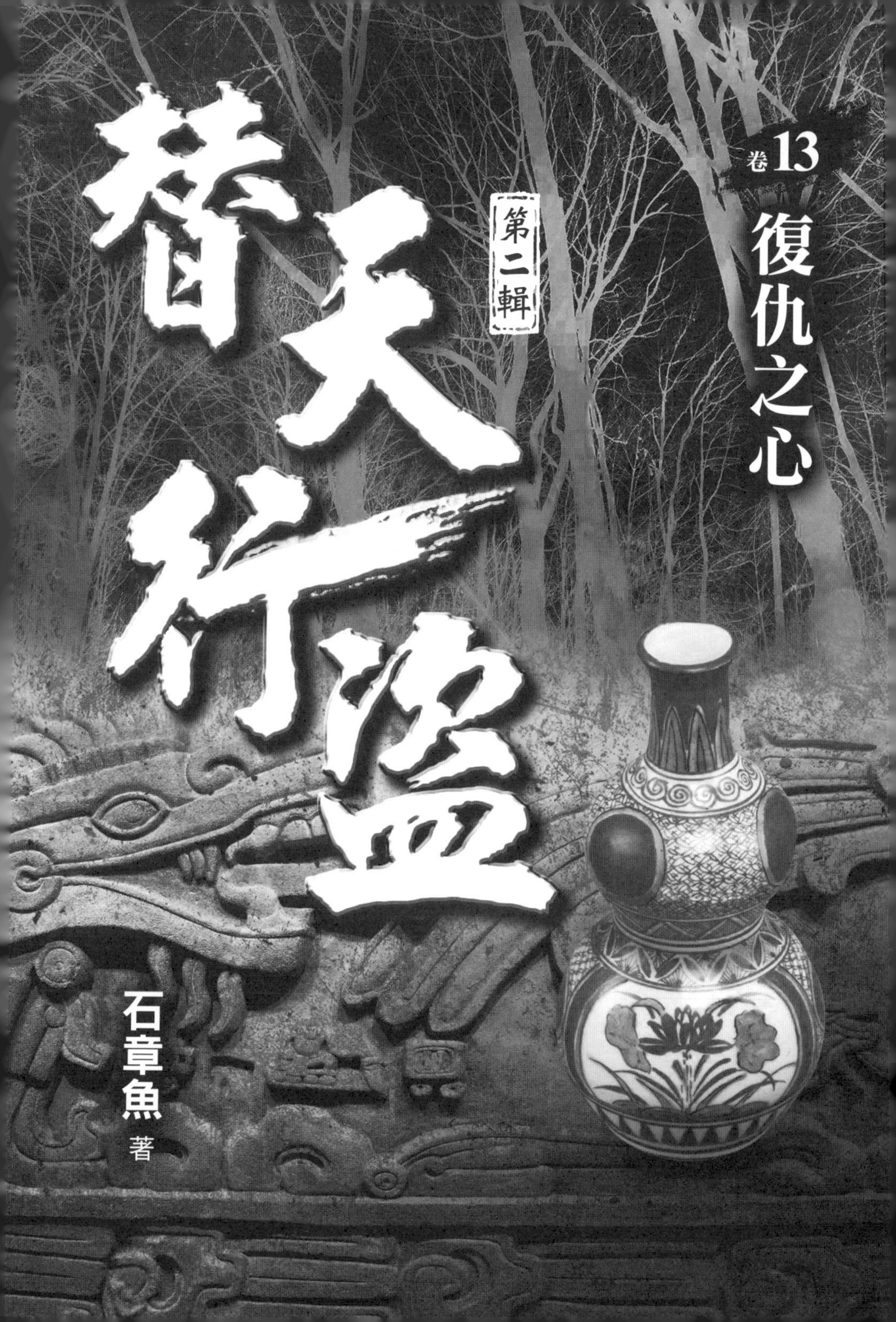

替天行盜
第二輯
卷13
復仇之心
石章魚 著

君子報仇十年不晚

目錄

CONTENTS

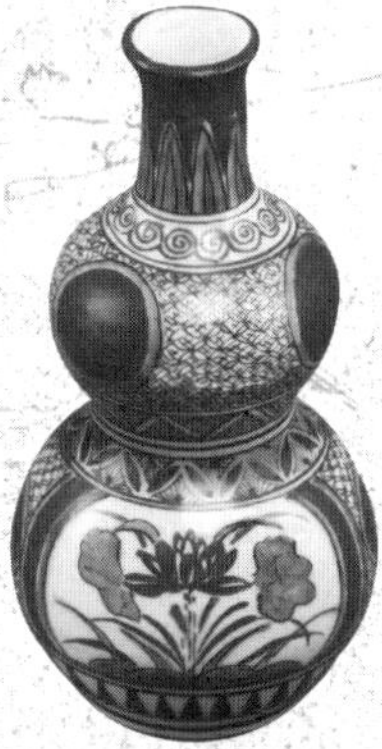

第一章

廢舊礦場

董彪招呼隊伍停了下來，
就著朦朧的月光，董彪拔出腰間短刃，
在地上畫了個那礦場的簡易結構圖。
許多年來，董彪養成了一個習慣，
有事的時候辦事，沒事的時候便開著車四處蹓躂，
因而，金山各條道路，各大建築廠礦，他均是了然於胸。

抱著那疊登記冊走出了房產交易管理局，董彪上了車，掉了頭，直接駛向了唐人街的方向。羅獵不禁疑道：「彪哥，不是要去照相館拍照片嗎？」

董彪斜眼看了羅獵一眼，道：「鬼扯，一張照片二十五美分，這五本登記冊至少也有一百張，彪哥的錢也是血汗錢啊，哪捨得這二三十美元啊？」

羅獵道：「那你打算怎麼辦？」

董彪笑道：「回去抄咯，跟你說啊，濱哥抄寫的速度很快的。」

羅獵愣了下，道：「可再快也得幾個小時，你怎麼跟布羅迪交代呢？」

董彪笑道：「那還不簡單？車子拋錨了，是不是個理由？照相館的照相機壞了，是不是個理由？路上碰見了一個漂亮妞，彪哥一時沒忍住，上前調戲了幾句，結果被人家給告了，在警察局裡帶了好幾個小時，這是不是又一個完美的理由？」

羅獵不禁笑道：「跟你在一塊久了，恐怕我都要變成一個流氓了。」

董彪大笑，將油門踩到了底，車子發出了強烈的轟鳴，速度猛然提升，將毫無防備的羅獵晃了個驚慌失措。

回到了堂口，進到了曹濱的書房，曹濱一聽董彪要他抄寫這些登記冊，登時變了臉色：「阿彪，你腦子裡想的是什麼呀？我那麼多事……」

董彪訕笑道：「不抄怎麼辦？還真拿去拍照片？花錢還是小事，等照片洗出來得浪費多少時間？還有，濱哥你說過，這件事知道的人越少越好，布羅迪是繞不過去的，那照相館的人，咱們不應該繞過去嗎？」

曹濱被噎得無話可說，自己留下了三本登記冊，將另外兩本丟給了董彪和羅獵：「你倆也別閑著，一人抄一本。」

董彪呵呵一笑，道：「濱哥，你是在笑話阿彪不會寫字是吧？那筆拿在手上可比槍沉多了去了，你這不是逼良為娼麼？」

曹濱氣道：「滾！哪兒涼快哪兒待著去。」罵完了董彪，又將分給董彪的那本登記冊丟給了羅獵，道：「你彪哥的這本由你來抄了！」

一物降一物，巴掌降屁股，羅獵敢跟董彪無限制頂嘴，但對曹濱卻是連一個不字都不敢說。那董彪見狀，嘿嘿一笑，閃人出屋去涼快了。

拿到了房產交易記錄，接下來就是逐一排查。那些個樓房公寓首先被排除在外，董彪先從別墅式住宅查起，然後是商業房產和工業房產。

十多天過去了，從仲夏來到了初秋，但董彪仍舊是一無所獲。

「這不對啊？前前後後二十好幾天過去了，能想到的地方咱們都搜過了，卻連個貨的皮毛也沒摸到。還有，那耿漢和吳厚頓就像是蒸發了一般，一丁丁的動靜也感覺不到，難不成他們根本不在金山？那批貨也沒藏在金山？」董彪不由得提出了疑問。

一無所獲的結果也大大出乎了羅獵的預料，他鎖眉凝神，思考道：「不會，絕對不會！金山那麼大，憑耿漢和吳厚頓的功力，只要能夠耐心下來潛伏在什麼地方，咱們是很難覺察到他們的存在的。還有那批貨，我可以百分百保證，它一定就藏在金山的某個地方。」

曹濱道：「羅獵說得對，耿漢吳厚頓二人不是貨主，無法做到完全掌握貨物的走向，他只能借助自己手中的權力，在當地玩一手調包的把戲，所以，這批貨一定還在金山。只要貨還在，他們便跑不了，遲早都會現身露面。」

董彪愁道：「我最擔心的是他們有太多耐心，甚或不厭其煩，今天運出去一點，明天再運出去一點，一天運個幾百公斤，花上個三年五年的把貨全都運出金山。」

董彪的這份擔心提醒了曹濱和羅獵，在很多事情上，最笨拙的辦法往往也是最有效的辦法，耿漢和吳厚頓若是真採取了這種辦法的話，安良堂還真是無計可施。

「所以，我們必須盡早找到那批煙土的藏匿地點。」曹濱習慣性踱起步來，忽地站住了，凝神靜氣了片刻，道：「如果換做了你倆，怎麼才能做到神不知鬼不覺地將那批煙土掉了包呢？」

董彪搶道：「那還不簡單？找到這麼一塊場地……」董彪邊說邊比劃，先將茶杯拿過來擺在了面前，然後又將香煙放在了茶杯的後面，接道：「這一塊場地可分成兩個部分，前面這塊場地是明的，後面那塊場地是暗的，貨運進來的時候，堆放在了前面這塊場地中，然後我再雇上另一批人，將貨運到後面那塊場地中，再用假貨將前面的場地填滿了，等裝船的時候，自然運出去的是那前面場地堆放著的假貨，而真貨不就留下來了麼？」

羅獵隨即送上了大拇指，並道：「好主意！可這麼做的話，陰謀一旦暴露，那貨主很容易就會找到被掉了包的真貨，耿漢要隱瞞的不單是咱們，他更需要隱瞞的是貨主一方哦！」

董彪愣住了神，未再接話。

曹濱歎道：「是啊，**咱們沒有那顆做賊的心，就很難解開賊打出來的結**。」

正如曹濱所言，思維不在一條線上，就很難解開耿漢的套路，三人雖然都開足了腦筋，但也沒能想出什麼頭緒，一時間，都閉上了嘴巴陷入了沉靜。

過了許久，羅獵突然開口道：「我在想，咱們是不是走錯了路呢？」

董彪翻了翻眼皮，道：「彪哥在金山廝混了二十多年，隨便哪條路，彪哥閉著眼都不可能走錯！」

羅獵指了指腦袋，笑道：「我說的是思路。」

「啊？」董彪半張著嘴，不好意思地笑了下，道：「啊，你說的是思路哈，那彪哥不是走錯路，是經常迷路。」

曹濱忍住了笑，道：「你想到了什麼？」

羅獵拿起了茶几上的香煙，抽出了一支，放在鼻子下聞了聞，道：「就拿這支香

煙來說，我背過身去，不讓濱哥你看到，然後讓彪哥藏在我身上的某個地方，然後讓濱哥你來猜，估計你很難猜得準，但是，你要是問了彪哥，那答案不就輕而易舉地得到了嗎？」

董彪忽地瞪圓了雙眼，搶在曹濱之前，驚呼道：「搬運工？」

曹濱微笑頜首，道：「對！搬運工。那批煙土運來的時候想必是貨主自己人在做搬運，但耿漢要想將這批煙土掉包，勢必會重新雇傭搬運工人，他不可能從外地帶來這些人，只能在當地尋找，而且這麼大量的貨物，一定不是二三十人能夠完成的。」

羅獵補充道：「為了遮人耳目，那耿漢亦不會聘請專業搬運公司，他的做法一定是在市場上雇傭零散勞工。」

董彪面露欣喜之色，道：「那就簡單了，這些勞工市場上一多半都是咱們華人，咱安良堂要打聽的事情，最多半天就會有結果！」

黛安回到了家中，家中已是空無一人。這本是意料之中，黛安並未覺得有多突兀，她上了樓，來到了自己的房間。

這個房間她已經有很多日子沒有住過了，父親健康的時候，家裡的傭人會定期清潔房間，但父親住進醫院已經好多天，家裡的傭人們也全部走光，沒有人打掃房間，桌面窗台上落下了薄薄一層灰塵。嵌在牆壁上的保險櫃還在，黛安打開了保險櫃，拿

出了她所有的財產，三千美元和兩把勃朗寧手槍，以及一盒五十發子彈。

單槍匹馬是肯定幹不過漢斯的，可三千美元的資產也無法拉起一支隊伍來。看似陷入了絕境的黛安卻毫無絕望情緒，反倒是顯得信心滿滿，只因為，她的身體還在，而她的身體，才是她的最大本錢。

收好了現金和手槍，黛安在腦海中過了一遍她欲尋找的目標，最終將大衛・斯科特的名字排在了第一位。大衛・斯科特曾是比爾・萊恩的一名貼身保鏢，曾經救過萊恩的性命並為此負了重傷，萊恩感恩於他，將他提拔為公司的經理，負責賓夕法尼亞州、新澤西州、以及馬里蘭州等三個州的煙土銷售。黛安和大衛有過一床之緣，但因大衛在這方面的能力有些欠缺，黛安之後再也沒有跟他重溫過這種緣分。

「黛安，很榮幸在這種情況下你還能想到我。」黛安找到大衛的時候，大衛正躺在自家游泳池邊上的躺椅上，饒有興味地看著兩位美女游泳。「我是你父親一手提拔上來的，我現在所擁有的一切都是你父親賜予我的，所以，對你的請求，我無法拒絕。但是，我也是一名商人，我很想知道，事情辦完之後，我能得到些什麼好處？還有，你打算向我付多少定金？」

黛安嫵媚笑道：「定金就站在你面前，如果你接受我的雇傭，在雇傭期內，你可以任意享用你的定金。如果你接受，那我們再來談事情辦完之後的利益分配。」

大衛不由得看了眼泳池中的那兩位美女。單就身材長相，泳池中的那二位並不比黛安差多少，可對一個男人來說，慾望是一個多種因素交織在一起的產物，那大衛曾經品嘗過一次，從那之後便是念念不忘卻始終沒能再次得逞，因而，對黛安提出的這份定金是相當的滿意。

「很好，黛安，我接受這份定金。」大衛說著，從躺椅上站起身來，伸出雙臂，將黛安攔腰抱起，一雙嘴唇不由分說便壓了上去。

「等一下，大衛，只需要一分鐘，讓我們談談……」黛安話沒說完，嘴巴便被堵上了。

一波激情過後是又一波更為洶湧的激情，在第二波激情開始之時，大衛低聲吼道：「有這份定金已經足夠了！讓事成之後的利益分配見鬼去吧！」

黛安喘著粗氣應道：「大衛……我保證……你將成為第二個萊恩……」

享用過定金後，大衛恢復了平靜，和黛安回到了泳池邊上，並打發走了泳池中的兩個美女。「漢斯的計畫，我是第一個向你父親提出反對意見的人。理由很簡單，中華人不可靠，他們實在太狡猾，就算是上帝也猜不懂他們的真實想法究竟是什麼。」

黛安道：「我為我父親的莽撞決定向公司所有員工鄭重道歉，但是，大衛，錯並不在我父親，漢斯提出的計畫確實可行，它一定能為公司帶來巨額回報。錯在那漢斯，他是一個壞人，是他欺騙我父親，欺騙了公司所有員工。」

大衛道：「我知道，我當然知道，從一開始我就看那漢斯不像個好人。你放心，黛安，我一定幫你討回這個公道。」

大衛是做保鏢出身，深知兵不在多而在精的道理。他在得到獨當一面的機會後，並沒有大量擴充手下，而是由他親自調教出了一支十二人組成的隊伍。這十二人，槍法精湛，搏鬥技能一流，而且對大衛非常忠誠。因而，在公司尚未解體時，大衛這一支力量或許不是公司勢力最大的，但絕對屬於實力最強的。

「大衛，我相信你一定能夠處決了漢斯，並奪回被他私吞的貨物。萊恩為他準備了多達兩千噸的貨，大衛，你可以從中分走一半。」在駛往金山的火車上，黛安終於得到了向大衛開出條件的機會。

大衛道：「不，黛安，我說過，我今天擁有的一切都是萊恩先生所賜，那批貨是屬於萊恩先生的，我不會有非分之想。我只希望我將能永遠擁有我的定金。」

黛安莞爾一笑，道：「萊恩先生身患腦出血，即便能夠離開醫院，卻也只能跟輪椅相伴了。大衛，我感謝你的忠誠，但正因為你有這份忠誠之心，你才更應該擔起這副責任。至於你想要的，我認為並不是問題，只要你有這方面的需求，你就可以隨時得到滿足。」

大衛道：「可是，黛安，你在我心中，卻是女王一般的存在，我向上帝發誓，一定會將漢斯擒到你的面前，交由你任意處置，但那批貨，我並不想分上一杯羹，我只

求我的女王將來允許我擴大地盤。」

大衛想得很遠很深，兩千噸的煙土，分一半就是一千噸。因萊恩孤注一擲的豪賭行為，美利堅合眾國的煙土行業已經出現了嚴重的缺貨狀態，市價在短短的半年時間已經飆漲了近兩倍，達到了一盎司接近一美元的價格。即便以市價五折出手這一千噸的煙土，那麼其收入也要超過一千五百萬美元。但是，南美大陸的貨源卻不是大衛能夠染指的，假如他接受了黛安的條件，那麼勢必會成為眾矢之的，而沒有貨源的王者遲早會被人打翻在地。與其如此，那還不如退一步海闊天空，扶持黛安繼承萊恩的事業，既可以保住了貨源，又可以盡享功臣的榮譽和利益，何樂而不為？

黛安可想不了那麼深遠，她現在的心思，全都被報仇所充斥。「大衛，我們現在很困難，漢斯避而不見，而知道藏貨地點的人全都沉入了大海。我在金山的時候又犯下了一個不可饒恕的錯誤，徹底得罪了金山安良堂的曹濱……」

大衛打斷了黛安，道：「不，知道漢斯藏貨地點的人不止船上那些人，公司還雇傭了當地的一些勞工，只要找到他們，就可以得知漢斯的藏貨地點。金山安良堂的曹濱也沒什麼厲害的，你能輕而易舉地傷了紐約的顧浩然，那麼就能夠將曹濱送上天堂。黛安，別忘了我是幹什麼出身的，更別忘記了我手下還有十二名一流高手。」

聽了大衛的這番話，黛安既興奮又擔憂。大衛的實力毋庸置疑，不然，黛安也不會將他排在第一位。他能表現出如此的決心和自信，黛安沒有理由不感到興奮。但是，金山安良堂的曹濱卻是一個可怕的對手，大衛表現出的輕敵思想，又不能不讓黛安為此而擔憂。

黛安並不清楚漢斯口中名叫無影的盜賊本是跟漢斯一夥，她只道那個盜賊能在威亨酒店中輕易盜走那枚假玉璽必是超一流的高手，而且，在黛安的思維中，很自然地將這盜賊劃入了曹濱的陣營。再有，曹濱明明被調離出了金山，但金山安良堂對他們的攻擊力度卻一點也不薄弱，差一點得到了真玉璽不說，還能從容不破地將貨船給炸了，這樣的對手，只能用恐怖來形容，任何輕敵的表現，只能換來萬劫不復的結果。

「大衛，你聽我說，我之所以能輕而易舉刺殺顧浩然得手，那是因為漢斯為此準備了三個月之久，而且，顧浩然對這場刺殺毫無準備。但再想幹掉曹濱就不一樣了，一是我們的準備並不充分，二是因為曹濱已經有了防備。」黛安覺得必須要提醒大衛不能輕敵，又生怕打消了他的積極性，於是便儘量保持著客觀的態度，向大衛表述了現況的困難性。

大衛不以為然，道：「那又怎麼樣呢？在金山，沒有人能確認你黛安還活在世上，更沒有人知道我大衛已經率領手下十二名勇士來到了這兒。他們在明，我們在暗，只要我們找到了藏貨地點，那麼接下來，不管是漢斯還是曹濱，我只能說，他們的性命掌握在我大衛的手中。黛安，我追隨你父親已經有十五年之久了，我第一次執行任務的時候，你還是個孩子，這十五年間，我大衛從來沒讓你父親失望過，我想，這一次你也同樣不會失望。」

黛安媚笑道：「是的，大衛，相比第一次，你肯定有了長足的進步，我本不該懷疑你能力的。」

黛安的這句話帶有強烈的雙關成分，使得大衛不禁想起了他跟黛安的第一次，那一次，他的表現確實很糟糕，根本達不到一個真正男人的及格水準，但那一次卻是因為他太過緊張所致，時隔數年，他終於得到了重新證明自己的機會。「黛安，若不是在火車上……」大衛被黛安的這句話勾起了某種情緒。

黛安打斷了大衛，火辣辣的眼神盯了上去，口中低聲道：「火車上不是更有情趣嗎……」

黛安說得很對，火車上確實是更有情趣，車窗不必拉上窗簾，而且，火車的鐵輪聲提供了極為強烈的節奏感。大衛第一次品味到其中的精妙，興致大發，居然在不知不覺中便度過了五天的漫長旅程。

抵達了金山，大衛在火車站附近尋了一個二流的旅店安頓了下來，這並不單純是為了省錢，更主要的目的是能更好的隱藏行蹤。安頓之後，他隨即將十二名手下分成了六組，派去了金山的各大勞工市場。

大衛自己也不願閑著，將黛安留在了旅店中，自己裝扮成來自於一名東海岸的遊客，去到了唐人街上。知己知彼，方能百戰不殆，這句話不單是中華人深諳其道，洋人們同樣懂得這樣的道理。

金山唐人街的規模相比紐約來要小了許多，從一端走到另一端，就算以散步的速度，也用不了一個小時，但大衛卻在這條街上逗留了兩個小時。這期間，他還特意兜了個彎子，在安良堂的門口走了個來回。

只是，限於語言上的障礙，大衛並沒有瞭解到多少有用的資訊。不過，這也是意料之中，大衛並沒有那麼大的自信能保證在第一次踩點的時候就能掌握到安良堂核心人物的行跡資訊。

回到了旅店，大衛隨即將記憶中的唐人街以及安良堂的位置關係和主要建築結構全都畫在了紙上，端詳著紙上的示意圖，再一點點想像著他想要做的事情，從而來感覺出最合適的下手地點和方式。黛安也算是此行當的高手，看到了大衛的這種舉動，心中不禁生出了敬佩之意，因為，在這一點上，大衛和漢斯有著驚人的相似之處。

到了傍晚，放出去打探消息的六組十二名手下全都回到了旅店，其中有那麼一組手下提供了一條令大衛陡然一驚的信息：「老大，我們兩個在勞工市場中看到了一個中華人在做著和我們同樣目的的事情。」

大衛尚未開口，黛安沉不住氣地問道：「那你們有沒有驚擾到那個中華人呢？」

其中一名手下蔑笑回道：「黛安，我們不是三歲小孩，這種情況下該如何處理，我們比你有經驗。」

大衛沉下了臉來，道：「麥克，你必須對黛安保持足夠的尊重，她或許會因為心態問題而造成經驗不足的假像，但要說到個人實力，黛安不會比你差多少。」

大衛的這幫子手下平時表現得桀驁不馴，但在大衛的面前，卻是畢恭畢敬，那麥克聽了大衛的訓斥，立刻向黛安道：「黛安，對不起，我並沒有輕視你的意思。」

大衛隨即解釋道：「他們執行這樣的任務不會直接端出真實目的來的，他們會裝扮成小老闆去尋找短工，所以，你沒必要擔心他們會驚擾到那個中華人。我想，這個中華人一定是曹濱的手下……嗯，黛安，你說得對，那曹濱果然是個厲害的角色。」

黛安緊張問道：「那我們該怎麼應對呢？」

董彪沒說大話，僅一個下午，便得到了想要的線索，並且找到了一個當事人，帶回到了堂口。

那當事人是個華人勞工，如此近距離地見到了自己心中神一般存在的曹濱，自然是激動不已，連話都磕磕巴巴地說不出來。「濱，濱，哦，曹，曹先生……」

「別那麼緊張，坐下來說話吧。」董彪將那當事人帶來之時，太陽剛剛落山，曹濱在水池邊擺了張桌台，正和羅獵喝茶說話。吩咐那人落座後，曹濱隨手給他斟了盞茶，並隨口問道：「老鄉是哪裡人氏啊？」

那人剛剛坐下，看到曹濱為他斟茶，連忙起身，雙手捧起了茶盞，磕巴回道：「回曹先生的話，小的是江浙人，姓方，不認字，也沒個名字，咱在家排老三，大夥都管我叫方老三。」

曹濱微笑點頭，道：「你一開口我便聽出來了，果然是老鄉，我也是江浙人，老家在寧波。」

方老三喜道：「小的是海鹽縣的，離寧波府確實不遠。」

曹濱道：「老鄉啊，聽說你前段時間被人雇去搬運了一大批貨物，能給我說說當時的情況嗎？」

方老三道：「曹先生的問話，小的自當是如實相告。」那方老三度過了激動緊張後，一張嘴皮子倒還是蠻溜，只聽他吧啦吧啦說了起來。

「說起這件事啊，可得有不短的時間了，嗯，沒有半年也得有五個月，那天，小的剛來到勞工市場，還沒來得及喘口氣，便被一個五十來歲的人給招過去了，那人跟咱一樣，也是個大清朝過來的人，曹先生你也知道，咱大清朝過來的，除了安良堂，沒幾個有錢的，所以啊，一開始小的就沒打算跟他幹。可是呢，他出價出得比洋人還高，幹一天工，能給五十美分，要是幹得多，還另有獎勵。」

方老三廢話不少，說了一嘟啦卻還沒說到正題上，但曹濱也不急躁，只是微笑著安靜地聽著。

「那人在市場上招了二十多人，雇了輛大巴斯，將小的們帶去了一個廢舊的礦場，小的當時就懵了，小的就是不願意再做礦工才出來打短工的，怎麼又被拉去了礦場呢？跟小的有一樣想法的人可是不少，大夥都不樂意了，要那人將小的們送回去。那人卻說，你們誤會了，老夫不是開礦的，老夫有一批貨物存在這廢舊礦洞中，找你們來啊，只是想把這批貨物挪動一下。」

方老三說話間還模仿了那個招人的老者的神態和口吻，羅獵看到了，心中不禁一凜，那不就是吳厚頓的樣子嗎？

「小的們將信將疑，但看那礦場，確實是已經廢棄的，於是就信了那人。下到了礦場巷道中一看，呵，裡面還真是堆滿了貨物，全都是……」方老三展開了雙臂，一邊比劃一邊道：「有這麼寬，這麼高，四四方方的木箱，一個箱子至少也得有兩百斤重，小的估算了一下，那麼多的一大堆貨物，至少也得有個千兒八百箱。」

羅獵禁不住插話道：「那人就雇了你們這二十來人麼？」

方老三話說開了，人也跟著放開了，端起桌上的茶盞，一飲而盡，抹了把嘴巴，道：「你聽小的繼續說嘛！」

曹濱微笑著對羅獵擺了下手，然後給方老三再斟上了茶，笑吟吟道：「不著急，你慢慢說，說的越詳細越好。」

方老三傻傻一笑，接著說道：「小的們進到巷道的時候，裡面已經有了三四十人了。招小的們過來的那人將小的們分成了四個人一組，且說了，四個人一塊將箱子搬進另一條巷道中，便一人給十美分的報酬，小的一看啊，從這條巷道往那條巷道去，就是個下坡路，你說，這錢賺得多容易？就是小的們這五六十十人，幹了兩天，便將那些箱子全都運到那裡面一條巷道中去了。」

待方老三講完了，曹濱笑著問道：「那你一共賺了多少錢呢？」

方老三頗為得意地伸出了兩根手指，在曹濱面前晃了晃。

曹濱笑道：「二十美元？」

方老三點了點頭，感慨道：「就差了三十美分便到二十美元了，唉，這真是天上掉餡餅啊，不知道以後還能不能再遇上這等好事。」

曹濱道：「當然能遇到，如果你還能記得那個廢舊礦場在哪裡，且願意帶我們去看看的話，你便可以再賺到一個二十美元。」

方老三驚喜道：「真的嗎？」

一旁一直沉默著的董彪突然冷冷道：「濱哥說的話，有假的嗎？」

方老三陡然一顫，連忙訕笑道：「小的這是上輩子積了什麼德了，能讓小的賺到曹先生的賞錢。」

董彪冷哼了一聲，道：「想賺到這份錢，你首先得保證你還能找得到那座廢舊礦場，還有，若是敢欺騙濱哥的話，你知道會有什麼下場的。」

方老三道：「小的當然知道安良堂的規矩，小的怎麼敢欺騙曹先生呢？」

曹濱擺了下手，道：「好了，今天已經晚了，不便前去查看，先給這位老鄉安排食宿，待明天一早，咱們一道前往那廢舊礦場一探究竟。」

待董彪安排堂口弟兄將方老三領了過去之後，曹濱不禁唏噓道：「怪不得我們找了那麼久都沒點頭緒，這耿漢居然能想到用廢舊礦場來藏貨。」

羅獵伸出手指蘸了茶水，在桌面上寫下了一個手字，然後道：「礦場巷道一般都成手字結構，耿漢事先將最裡面的巷道給封堵了，然後將貨存放進去，再找個機會甩開貨主的監視，雇人將封住的巷道打開，把貨搬進去，再把巷道重新封上，外面補了假的煙土，這樣便輕而易舉地完成了掉包。可是，我還是有些想不明白，那耿漢就不擔心貨主再去搜查那個廢舊礦場嗎？」

董彪道：「你這個疑問就很沒水準了，彪哥來給你解釋啊，第一，那女人僥倖逃下了船來，這一點，咱們知道而耿漢可不知道。第二，但凡知道藏貨地點的，估計都被耿漢帶上了船，這船一沉，那幫人全都餵了魚，誰還會知道藏貨地點呢？」

曹濱應道：「這雖然不是一個完美的策略，但也非常接近完美了，換做了我來操作，可能破綻只會更多。所謂富貴險中求，耿漢要做成這麼大的一筆生意，這點風險，還是值得一冒。」

羅獵點了點頭，道：「咱們探查各大倉庫的時候，耿漢就應該知道船上還有人活了下來，所以，彪哥的解釋並不能站得住腳，不過，這也可能是耿漢所沒想到的，正如濱哥所言，做這麼大一單生意，不冒點險總是不行的。這也解釋了另一個問題，那耿漢雖然將貨物藏得精妙，卻也是作繭自縛，想不動聲色地一天運出個幾百公斤的貨顯然是不可能。」

董彪笑道：「老子現在倒是希望他個王八蛋能去一天偷運個百八十斤呢，這樣的話，老子便可不費吹灰之力地逮著這王八蛋！」

曹濱道：「那你就趕緊洗洗睡，做夢的時候，一定能實現你的願望。」

羅獵突然掰著手指計算了起來，一邊算著，一邊呢喃道：「那女人射殺了艾莉絲之後到今天已經是第十三天了，她不可能始終留在金山，她一定會回去搬救兵，假如她的老巢就在紐約的話，一去一回，最多也就是十一天或是十二天……濱哥，我覺得咱們不能等到明天了，萬一被貨主搶了先，那咱們就被動了。」

曹濱沉思了片刻，道：「羅獵說得很有道理，咱們必須是趕早不趕晚，哪怕是早一個小時能找到那批貨，也能多占一分的主動。阿彪，通知後廚，趕緊開飯，吃過之後，咱們立刻前去探查。」

董彪應道：「明白！」

吃過了飯，天色已經黑了下來，董彪調集了堂口全部六輛車及十多名帶槍的弟兄等在了樓道門口。曹濱見狀，不禁皺起了眉頭，道：「有必要這麼大的陣仗嗎？」

董彪扛著他那杆毛瑟九八為曹濱拉開了第二輛車的車門，同時道：「這事你得聽我安排，濱哥，小心駛得萬年船，這可是你經常教育我的哦！」

曹濱苦笑搖頭，但也沒多說什麼，上車安坐就是。

董彪拍拍羅獵的肩，朝曹濱那輛車努了下嘴，道：「去跟你濱哥坐一輛車去！」

羅獵道：「你為啥不讓濱哥坐你的車？」

董彪笑道：「這你就不懂了吧，萬一出事，我倆能留下一個來，安良堂都不會倒，坐一輛車？要讓人一窩給端了呢？」

羅獵笑道：「那我坐你的車。」

董彪嘿嘿笑道：「我就知道，你小子還是跟彪哥親，對不？」

正說著，堂口弟兄將方老三帶下了樓，董彪將他安排在了他開的車上，眾弟兄也都上了車，六輛車成一字長蛇，駛出了堂口。

待車隊駛過，不遠處的一個隱蔽陰影中，閃出了一個人影，騎上了腳踏車，飛速向市區方向騎去。

「到了前面路口左轉，再走個三里來路就到了。」方老三在車上給董彪指路。

董彪隨即閃爍了兩下車燈，然後將其關閉。後面的車接到了信號，也紛紛關上了車燈。董彪降低了車速，緩緩地轉過了路口，道：「你說的那個礦我知道，四五年前就停產關閉了。不過，我有個疑問，方老三，這個礦你只是坐車來過一次，怎麼能記得那麼熟？晚上黑不隆冬的都能記得路？」

方老三道：「回董爺的話，小的來到金山也有十多年了，又四處打短工，對金山的各條道路熟悉得很呢。」

董彪應了聲「哦」，沒再接話。

車子又往前行駛了數百米，走在最前面的董彪停下了車來，到了第二輛車前面，跟曹濱商量道：「濱哥，前面也就七八百米便到那座礦場了，咱們下車摸過去吧？」

曹濱回道：「這種事，聽你安排。」

董彪嘿嘿一笑，向著後面的弟兄招呼道：「帶上幹夜活的傢伙事，下車跟緊了。那什麼，你們仨留下來看車。」

安排妥當，董彪帶著方老三走在了最前面，羅獵左手持槍，右手緊扣了一柄飛刀，跟在了董彪身後。方老三被這種陣仗搞得有些緊張，不由得小聲嘀咕問道：「董爺，看你這陣仗……難不成那批貨是安良堂的？」

董彪呲哼了一聲，道：「安良堂才不幹販賣大煙的勾當！」

方老三驚道：「董爺是說小的當初搬運的那些貨是大煙？」

董彪輕歎回道：「那你以為是什麼？」

方老三沉默了幾步，自語道：「想想也是，要是正兒八經的貨，又何必這樣偷偷摸摸。」

隱隱看到了那座廢舊礦場的輪廓，董彪招呼隊伍停了下來，就著朦朧的月光，董彪拔出腰間短刃，在地上畫了個那礦場的簡易結構圖。許多年來，董彪養成了一個習慣，有事的時候辦事，沒事的時候便開著車四處蹓躂，因而，金山各條道路，各大建築廠礦，他均是了然於胸。

「咱們要去探查的是一個老金礦，我剛來到金山的時候這個礦就開採了，後來金子越挖越少，後來就廢掉了。如果我沒記錯的話，應該是羅獵來金山的那年年底廢掉的。這礦不大，最多的時候也就是五六十工人，所以就一直沒怎麼興建生活設施……」董彪指著地上畫好的結構圖，逐一做了安排：「濱哥帶一隊兄弟從這邊摸過去，剩下的人跟著我，咱們從正面摸進去！」

羅獵自然跟在了董彪身邊。

摸到了這礦場的正門處，董彪打著手勢指示兄弟們交替前進，月光雖然有些朦朧，但地面上的樹木建築依稀可見，四下裡一片安靜，偶爾傳來不遠處的幾聲蛙鳴。看似頗為緊張，但實則非常輕鬆，沒出現任何意外，董彪帶領的這隊弟兄便和曹濱帶領的兄弟在巷道出口處會合了。董彪跟曹濱打著手勢做了交流，相互告知這摸過來的一路並沒有發現敵情。

「點火把，進巷道！」董彪下達了命令。

安良堂以面紗浸泡石蠟，製作了一點就著而且頗為耐燒的火球，此刻，只需要將這種火球安放在特製的木棒刻槽中，便成了火把。眾弟兄點燃了火把之後，前面的突進，後面的掩護，依次進到了巷道中。董彪留了三名兄弟在外面布上了一明兩暗三個崗哨，然後跟進了巷道中。

火把的照明下，方老三仔細觀察了數秒中，然後道：「沒錯，就是這兒，當時那批大……」一個「大」字是出了口，可緊跟著的「大」字卻被董彪一巴掌給拍散了。

「說貨物就好了！」董彪冷冰冰令道。

方老三撓了下後腦勺，重新說道：「當時那批貨從這邊一直堆放到了那一頭端，我滴個乖乖，可真是不少啊！」

曹濱從兄弟的手上要來了火把，蹲下來仔細查看了地面上的痕跡，起身道：「此言不假，此處確實曾經堆放過木箱一類的物品。」

董彪跟著向方老三問道：「雇你們的那人讓你們把木箱子都搬去了哪兒了？」

方老三手指巷道深處，道：「往下面去，從這兒算的話，大概得有個百十來步。」

董彪一個手勢，立刻有兄弟打著火把繼續向裡面探查。沒走出多少步，便喊道：「濱哥，彪哥，前面沒路了。」

曹濱應道：「上炸藥，炸開它！」

董彪立刻安排道：「留下倆兄弟給彪哥打個下手，其他人跟濱哥撤出巷道！」

董彪在邏輯思維上的能力比起曹濱、羅獵來要差了許多，但在這種主要依靠動手能力的事情上，曹濱和羅獵加在一塊也比不過半個董彪。在兩名兄弟的幫助下，董彪麻利地打了四個洞眼，裝填上炸藥，再引了導火索出來，點燃了導火索之後，董彪帶著那倆兄弟也退到了巷道之外。

「轟——」

四個洞眼的炸藥幾乎同時爆炸。

連著三輪爆破結束，董彪的臉上佈滿疑雲，忍不住嘟囔了一句：「不對勁啊！」

身後羅獵問道：「怎麼了？彪哥。」

董彪停下了手來，坐在了地上，吸了口氣道：「炸了三回了，卻越炸越沒感覺，按理說，封堵這麼樣的一個巷道，有個五六米厚的土方也就足夠了，可面前的這一大坨，恐怕至少得有個十幾二十米厚。咱們今晚上看來是炸不開這巷道了。」

羅獵道：「管他有多厚，只管著一輪輪地炸，總有炸開它的時候。」

董彪白了羅獵一眼，嘲諷道：「少爺，要不你跑回去一趟？幫彪哥多拿點炸藥回來？」羅獵不由一怔，尚未反應過來，又聽到董彪繼續說道：「算逑吧，家裡剩的炸藥也不多了，都他媽浪費在那艘船上去了。」

羅獵道：「那怎麼辦？趕明天再去買炸藥去？」

董彪歎了聲，道：「先出去吧，出去跟濱哥商量一下再說。」

巷道口外，曹濱聽了董彪的說法，沉吟了片刻，道：「耿漢將巷道封堵得那麼結實，擋住了我們的同時也一定擋住了他自己，除非，他另有通道。」

曹濱話音剛落，董彪便拍了下自己的腦門，悻然道：「你瞧我這腦子，過來的路上還想著要先找到巷道的風井看管起來，怎麼就給忘記了呢？」

羅獵驚疑道：「彪哥你是說從那風井也能下到巷道中去，是嗎？」

董彪解釋道：「這礦井的巷道啊，淺了短了還好說，要是深且長的話，就必須再打一個風井出來，不然的話，人在裡面豈不要被憋死了嗎？」

羅獵道：「那風井一定在巷道的另一端，說不定就是耿漢留給自己的通道。」

董彪笑道：「什麼叫說不定啊？那是百分之百好不好？」

曹濱沉下了臉來，喝道：「你倆想胡鬧也等到回堂口了再鬧，現在趕緊去尋找風井，我猜測，那耿漢為了遮人耳目，一定將風井的地上設施全都拆除了。」

董彪呵呵笑道：「那也不難，只要沿著巷道方向去找，很容易就能找到的。」

沿著巷道的方向，在地面上找尋了一百五六十米的樣子，便尋到了那個被做了隱蔽處理的風井口。立刻有兄弟拿來了繩索，準備栓在腰上讓同伴吊他下去。董彪攔住了，輕歎一聲，道：「你們啊，跟彪哥跟了這麼久，怎麼就不能長點經驗呢？人不能先下去，得先放個火把下去，看看下面的空氣夠不夠喘氣的。」

一根火把從風井口中吊了下去，只放了兩米多點的繩子，那火把上的火勢便搖曳了幾下，忽地滅掉了。

羅獵倒吸了口冷氣，感慨道：「幸虧彪哥經驗豐富，不然兄弟們可就倒楣了。」

董彪頗為得意，道：「那是！彪哥過的橋比你們這幫小子走的路還多。」

在這種事情上，原本就沒人敢跟董彪多強一句，再有剛剛新鮮出爐的案例擺在面前，那羅獵更是無話可說。

董彪接著得意，講解道：「這就跟古人墓穴一樣，在封口之前，先在墓穴中點燃足夠的燃料，然後再封住口，燃料燃燒時就會消耗大量的氧氣，等氧氣耗完了，燃料也就自動熄滅了，等那些盜墓的下到墓穴中時，就會莫名其妙地昏死在墓穴中。」

羅獵著急問道：「那咱們怎麼辦啊？」

曹濱在身後應道：「帶氧氣罐子下去，或是先通風，沒別的什麼好辦法。」

董彪道：「好在咱們對那批貨並沒有非分之想，驗明正身也就罷了，濱哥，你幫我在上面把控著時間，我下去看看。」

曹濱略微皺眉，道：「你還行嗎？」

董彪輕歎一聲，道：「老咯，比不上年輕那會了，不過憋個三五分鐘還可以。」

曹濱點了點頭，道：「三五分鐘，那就算四分鐘好了，下面不深，應該來得及。」說罷，曹濱從口袋中掏出了一支小巧的手電筒來，交給了董彪：「我還以為帶這玩意是多餘的呢，沒想到還真派上了用場。」

董彪接過手電筒，攔腰繫好了繩子，將身子探入了風井洞口，雙手撐住了洞邊，深吸了口氣，衝著曹濱點了點頭。

曹濱回應點頭，同時令手下兄弟拉緊了繩索，將董彪快速放了下去。

不過一分鐘，董彪便在下面拉拽了繩子，弟兄們趕緊發力，將董彪拉了上來。

「沒錯，就在下面，手電筒燈光太弱，也數不清有多少只大木箱子。」董彪只是喘了兩口粗氣，便基本上恢復了正常，轉而又對一弟兄道：「去給彪哥找根撬棍來，彪哥再下去一趟。」

那兄弟很快找來了撬棍，董彪帶著撬棍再一次下到了洞口中去。

這一次的時間長了許多。

羅獵在心中默數著數字，當他數到了一百八的時候，終於沉不住氣了，開口向曹濱提醒道：「三分鐘了，濱哥。」

曹濱點了點頭，道：「還有一分鐘呢！」

羅獵強忍住心中的不安，再數了五十個數，然後吼道：「四分鐘了，濱哥！」

曹濱淡定回應道：「我知道，我心中有數。」

便在這時，董彪終於傳來了信號。

「怎麼那麼久？」待董彪上來，曹濱沒問結果如何，卻先關切了董彪。

董彪喘了幾口粗氣，將別在繩索上的一包東西丟了過來，回道：「我怕被耿漢這王八蛋給騙了，就解開了繩索，去了遠一點的地方拿了這包東西回來。」

曹濱陰著臉道：「我在這兒聽不到下面動靜，就知道你小子動了歪心眼，有多危險你不是不知道，阿彪，你已經不年輕了，咱們也不需要再像年輕時那樣拚了！」

董彪訕笑著摸出煙來，點了一支，岔開了話題：「濱哥，你看看那玩意是不是煙土啊？」

曹濱長歎一聲，打開了董彪拿上來的那包東西，先放在鼻子下聞了聞，再摳下了一丁點放進了嘴巴裡。

「呸。」曹濱吐淨了口中雜物，道：「確定是煙土無疑！」

羅獵以拳擊掌，頗為激動道：「終於找到它了！有它在手，我就不信逮不住耿漢！」

董彪忽然失去了信心，道：「我怎麼感覺那耿漢就像是準備放棄了這批貨似的，濱哥，你說，咱們是不是有些緊了？應該適當地鬆一鬆才好吧。」

曹濱道：「放棄倒是不會，耿漢為了這個計畫籌措了五年的時間，絕不會輕易放棄。但是，再怎麼大的一單生意，要沒了性命，都是白搭。所以，我推測，那耿漢現在一定在冷眼旁觀，或是……」曹濱稍一頓，接道：「他還能調動來哪方勢力呢？」

董彪大咧咧道：「管他哪方勢力，兵來將擋水來土掩，除非他帶來了美利堅合眾國的正規軍，否則的話，老子一樣不鳥他。」

曹濱輕歎一聲，道：「還是不可掉以輕心啊！好了，現在咱們已經找到這批貨了，那麼就占了上風，接下來任他哪方人馬再找到這兒，都不會逃脫了咱們的監視。阿彪，佈置安排一下吧，早點弄完，咱們也能早點回去休息。」

第二章

分一杯羹

羅獵靜靜地聽著，飛速地想著。
西蒙神父的分析極有道理，金山有八家賭場，
其中五家屬於安良堂，剩下的三家，安良堂也占了不小的股份，
可以說，金山的賭博業完全掌控在安良堂的手中。
如此巨大的一塊蛋糕，馬菲亞不可能不眼紅

汽車的速度顯然比腳踏車要快，但要是把腳踏車的速度發揮到了極限的話，那麼比起汽車來也慢不了多少。在安良堂大門口的隱蔽陰影處閃現出的那個人影騎上了腳踏車，向市區方向飛快馳去。只可惜，那腳踏車是偷來的，偷的時候無法驗證其品質過不過關，結果，那人騎到了半路，腳踏車的鏈條居然斷掉了。

無奈之下，那人只能棄了腳踏車，可身處的位置卻在唐人街和市區的連接處，那地方很難等到計程車。如此一來，等那人終於趕回到火車站附近的旅店時，遠處剛好傳來了一聲爆炸聲。

「大衛，他們像是知道了漢斯藏貨的地點，四十分鐘前，我親眼看到他們開了六輛車出去了，第一輛車上還坐著一個勞工模樣的人，我想，那個人應該是他們找到的嚮導。」負責監視安良堂的便是頂撞黛安的麥克，這夥計領了大衛的命令剛剛趕到安良堂門口，便看到安良堂的車隊駛了出來，於是，連口粗氣都沒來得及喘上一口便急匆匆往回趕。這麼折騰下來，那麥克可是累得不行。

大衛道：「麥克，你看到那車隊往什麼方向去了嗎？」

麥克不由一怔，立馬做出了思考狀來掩飾自己的突兀，事實上，他並沒有跟蹤安良堂的車隊，但又不想在老闆面前失去臉面，於是，便想到了剛才那爆炸聲的方向來，回道：「南方，沒錯，就是正南方。」

大衛尚未將麥克的回答和爆炸聲聯繫在一起，他只是攤開了剛拿到手的金山地圖，先找到了唐人街的位置，然後再去研究南向的道路。便在這時，第二聲爆炸聲傳了過來。大衛終於意識到了，皺起了眉頭，道：「這爆破難道是曹濱他們搞出來的？他們即便找到了藏貨地點，為什麼又要爆破呢？」

黛安剛洗過澡，從盥洗間中走出，聽到了大衛的自疑問話，忽地楞了一下，道：「大衛，我想起了一件事來，有一次庫里跟我抱怨過漢斯選擇的藏貨地點，說那地方位於市區以外不近的地方，尤其是距離港口，足足有二十公里。」

大衛立刻找來了一段細繩，按比例估出二十公里的長度，以港口為圓心，在地圖上的上半部分畫了一個半圓。「從唐人街出發向南……距離港口足足有二十公里……」大衛用鉛筆在地圖上勾畫出了一個區域，露出了得意的笑容，並道：「咱們的萊恩先生總是想掌控一切，嚴格規定各組人員之間不得有資訊共用，結果，他一病倒，所有的資訊全都斷了線。幸虧還有我大衛……麥克，通知下去，明天天一亮我們就出發，不用找什麼嚮導了，我帶著你們一樣能找到漢斯的那批貨。」

麥克眨了眨眼，應道：「大衛，雖然你是老闆，我必須聽令於你，但有些話我不得不說。大衛，如果安良堂的人確定找到了藏貨地點，而我們明天在你的帶領下也順利找到了藏貨地點，這便極有可能爆發一場衝突，假若衝突不可避免的話，將會引來金山的警方，到時候，我們就會有想像不到的麻煩。」

大衛道：「天哪，我的兄弟，你居然會思考問題了，沒錯，假如安良堂的人沒能找到藏貨地點的話，那麼明天我們這一趟也只能是當做旅遊。但是，我並沒有打算和他們發生衝突，我們只需要驗證了他們已經找到藏貨地點的事實就夠了。」

黛安道：「安良堂找到了藏貨地點並不會聲張，他們一定會在周圍設下埋伏，等著漢斯上鉤，而我們，只需要坐觀其鬥，等著撿最後的便宜，是嗎？大衛，你是這樣想的嗎？」

大衛笑道：「黛安，我的女王，未來的老闆，我不能向你說謊，事實上，我們已經落了下風，至於到底該怎麼做才能翻盤，我還沒能想好。不過，我們必須要知道具體的藏貨地點，不然，我們一定會在這場競爭中被率先淘汰。」

黛安笑道：「大衛，這才是你最大的謊言，我從你的眼睛裡已經讀到了你的內心，你一定是有了整盤的計畫和策略，只是不想告訴我們而已。」

大衛只是笑了笑，卻未做評判。

麥克還算是知趣，總待在老闆的房間裡勢必會影響到老闆的生活，於是便點了點頭，道：「我明白了，我的老闆，我這就去通知大夥。」

麥克退出了房門，大衛一把抱起了黛安，將她扔在了床上。

就在這時，正南方向傳來了第三聲爆破聲。

自從艾莉絲遇害，羅獵的睡眠總是會出現這種或那種的問題，要麼是睡不著，要麼是勉強睡著了卻早早地被噩夢驚醒，但這一天夜晚，羅獵睡得相當踏實。

或許是因為連續十好幾天都處在嚴重缺覺的狀態而急需補覺，待羅獵第二天醒來之時，已經過了八點鐘。洗漱完畢，正準備去吃點早餐，便聽到樓外傳來一陣喧嘩。掀開窗簾，透過窗戶，羅獵看到堂口的院子中站滿了洋人員警，除了員警之外，還有數名穿著另外一種制服的洋人。

羅獵心頭一驚，不知道出了什麼事情，趕緊下樓去一探究竟。待來到樓下之時，董彪已經早先一步迎了上去。

「嗨，先生們，這兒是私人領地，受神聖的美利堅合眾國憲法的保護，你們，不能這樣！」眼看著這幫洋人是來者不善，那董彪的口吻也是十分強硬。

「哦，董先生，我們可不是來欣賞風景的，我們掌握了確鑿證據，證明你們安良堂在過去多年的時間中有偷稅漏稅的犯罪行為，我們是依法辦事，這是搜查令和拘捕令，請董先生過目，如果沒有問題的話，讓你的人識相點，讓到一旁去，另外，將你們的老大曹先生請過來，我們需要他到我們的辦公室去喝杯咖啡，把罪行交代清楚。」為首的那人是金山警局的一名警司，名叫卡爾•斯托克頓，這夥計平時可沒少貪占安良堂的便宜，但如今說翻臉就翻臉，根本不給董彪留下任何餘地。

身著不同制服的數人是金山國家稅務局的人，其中跟卡爾並排站在一起的那位是稅務局緝查司的司長，名叫胡安•湯瑪斯，這貨平日裡跟曹濱、董彪稱兄道弟，自然也沒少拿安良堂的好處，但如今也是翻臉不認人，一副公事公辦的樣子。

「濱哥出去了，不在家，有什麼事跟我說，如果必須過去喝咖啡，我董彪跟你們走好了！」董彪看過了那兩張搜查令和拘捕令，雖然不知道背後究竟發生了什麼而一時有些驚慌，但臉上的表情卻是異常鎮定。

卡爾看了眼胡安，搖了搖頭，道：「傑克，對不起，我不能答應你，拘捕令上寫得很清楚，我們要請走的人是湯姆，湯姆曹。你現在能為他做的只有儘快為他請一名優秀的律師。」言罷，卡爾轉身招了招手，帶著他的屬下就要進樓。

董彪暴喝一聲：「我看誰敢？」

隨著董彪的暴喝，安良堂的弟兄們齊刷刷亮出了槍械，跟院子裡的洋人員警們形成了對峙。羅獵斜靠在樓道口的立柱上，看似懶散，但左右掌心中早就扣緊了飛刀，他有十足的把握，只要彪哥那邊動手，他立馬能讓這兩個領頭的倒在血泊之中。

「阿彪，休得無禮，讓弟兄們把槍收起來。」二樓曹濱書房的窗口處，現出了曹濱的身影，他緩緩推開窗戶，慢條斯理地跟那兩個領頭洋人打著招呼：「卡爾，胡安，今天的天氣很不錯，原本應該有個好心情，但你們卻打攪了我的這份好心情。不過，我並不怪罪你們，我知道，你們也是奉公行事，你們可以隨意搜查，但你們必須留給我十分鐘的時間準備一些喝咖啡的生活用品。」

仗著身後有國家機器的支撐，卡爾和胡安倒是不懼怕安良堂弟兄們跟他們的對峙，但曹濱不緊不慢不嚴厲卻又輕鬆的警告，著實讓他們心驚肉跳。打攪了曹濱的好心情，這句話意味著什麼後果，但凡有點頭腦的人都清楚。

卡爾借坡下驢，立馬換了一副嘴臉，仰頭對著曹濱回道：「湯姆，謝謝你的理解，我們並不想打攪你的心情，但上司的命令我們不得不執行。做為朋友，我們相信你是一個守法公民，我們也相信在短短的十分鐘時間內你並不能做到將所有的罪證全部銷毀，所以，我們願意接受你提出的條件，湯姆，十分鐘，我們會在樓下安安靜靜地等你十分鐘。」

曹濱微笑著點了點頭，然後對董彪道：「阿彪，去把羅獵叫來，我有話要跟他說。」

羅獵應道：「我在這兒呢，濱哥，我這就上樓。」

由於心中焦急，羅獵進到曹濱書房的時候忘記了敲門，雖然到了這種當口，那曹濱卻依然不允，略帶慍色道：「怎麼不敲門就進來了？」同對待董彪有所不同，曹濱只是表達了心中的不滿，卻沒有逼著羅獵重新出去敲門。「偷稅漏稅這種事情可大可小，往年都是稅務局敲竹槓的一種手段，而我們一直以來跟稅務局都保持了良好的關係，但這一次如此突然，如此大張旗鼓，我想，其背後一定有著特殊的原因。」

羅獵剛想開口表達自己的觀點，卻被曹濱制止住。「咱們時間不多，你只管聽我說。」羅獵閉上了嘴巴，點了點頭，那曹濱接著說道：「**任何一件偶然的事件都有**

其必然性，很顯然，咱們是被人家在背後捅了一刀。但問題是，誰有這麼大的能耐能在金山這塊地盤上捅了我曹濱一刀？把這件事給查清楚了，咱們應對的辦法也就清晰明確了。你彪哥這個人有時候看著挺魯莽的，但那是他在演給我看，不想搶了我的風頭，事實上，他的思維相當縝密，只要我不在他身邊，他比誰都聰明。所以啊，你要多跟他商量。」

羅獵道：「我記住了，濱哥。」

曹濱接道：「時間上的巧合，使我不得不將這件事跟耿漢、吳厚頓的計畫聯繫在一起，但只憑他們二人的力量，是絕對不可能利用到稅務局和警察局的，也不能排除是貨主一方的操作，販賣大煙的團夥，什麼事情都能做得出來。但不管怎麼說，這件事都給咱們提了個醒，對方並非是綿羊，而是兩頭饑餓的雄獅，你跟阿彪必須謹慎再謹慎，小心再小心。」

羅獵道：「如果我們實在拿不準，就去問你。」

曹濱輕歎一聲，道：「這恐怕不太現實，他們擺出了這般陣仗，說明他們下了很大的決心，不可能讓我們再有見面溝通的機會。我能不能走出監獄，安良堂能不能渡過此劫，重擔就壓在你和你彪哥身上了。」

羅獵道：「他們只是說請你去喝咖啡……」

曹濱苦笑道：「那是他們忌憚我曹濱的威名，說得客氣好聽一些罷了，但你也不必擔心，他們也不敢把我曹濱怎麼著，最多便是切斷我同外界的聯絡而已。」

羅獵還想說些什麼，但曹濱已經站起身來往門外走去。羅獵連忙起身跟上。

下了樓，曹濱來到了卡爾和胡安的面前，微笑道：「兩位朋友，是不是還要給我戴上手銬呢？」

「這……」卡爾縮回了下意識去拿手銬的手，陪笑道：「湯姆歷來是一諾千金，既然已經答應配合我們的調查，就一定會兌現諾言，這手銬嘛，我看就免了吧。」

胡安連忙跟道：「是啊，湯姆，別人不瞭解，但我對你還是瞭解的，我相信這只是一場誤會。」

曹濱笑了笑，道：「誤會分兩種，一種是美麗的誤會，一種是醜陋的誤會，我希望我們面臨的是前者，否則的話，我們的臉面都不好看。」

董彪跟上兩步，叫了聲：「濱哥……」

曹濱轉過頭來，道：「你要完全配合他們的調查，不管他們提出什麼要求，只要是合法的，你必須答應他們，記住了嗎？」

二十年的兄弟，此時已然不需要多言，只是一個簡單的眼神，董彪便完全明白了。「我記住了，濱哥！」

曹濱掏出了一支雪茄，叼在了嘴上，董彪立刻拿出火柴，劃著了一根，為曹濱點上了雪茄。抽了口雪茄，淡定地吐了口煙，曹濱對卡爾和胡安道：「走吧，兩位，我現在迫切地想品嘗到你們的咖啡。」

卡爾和胡安二人帶著曹濱上了停在院門口的警車，留下來的一個員警小頭目指揮著洋人員警們進到樓中開始搜查。

羅獵來到了董彪身邊，悄聲問道：「彪哥，咱們是不是需要給濱哥請個律師呢？」

董彪搖了搖頭，回道：「你還不知道吧，濱哥他自己就是律師，美利堅合眾國的各項法律條款，沒有誰再比他熟悉的了。」

稍一愣，羅獵又道：「剛才在書房中，濱哥說，背後捅咱們一刀的人有可能跟耿漢的那個計畫有關，或者是貨主一方，也或者是耿漢新找來的靠山。」

那幫洋人員警將堂口翻了個亂七八糟後也沒有搜查出什麼有力的證據，只是抱走了曹濱書房中的幾本帳簿。看著這幫洋人員警離去的背影，董彪忍不住罵道：「媽了個巴子，要不是濱哥有交代，老子非得請你們吃頓狗屎才算甘休。」

羅獵跟道：「會有機會的，彪哥，等咱們救出濱哥後，一塊請他們大吃一頓。」

兄弟倆目送著洋人員警離去後，正要返回樓中商量對策，忽見大門處，西蒙神父慌裡慌張地跑了進來。「諾力，等一下，諾力，我有重要的事情要跟你說。」

羅獵站住了，等著西蒙神父來到了面前，道：「西蒙，你還好嗎？這些天我應該去看望你和席琳娜的，但事情太多，一直抽不出空閒，西蒙，你不會怪罪我吧。」

西蒙神父喘了兩口粗氣，回道：「諾力，我怎麼會怪罪你呢？我知道，你在忙著為艾莉絲報仇。」

羅獵露出一絲欣慰神色，道：「西蒙，再給我一些時間，我發誓，我一定能抓到殺害艾莉絲的兇手。」

西蒙神父點頭應道：「諾力，我相信你能做得到，接下來我要告訴你的事，或許會對你有所影響，諾力，就在今天早晨，我見到了馬菲亞的人，而且不止一個。」

董彪怔道：「馬菲亞的人？西蒙，他們是衝著你來的嗎？」

西蒙神父搖了搖頭，道：「我見到的馬菲亞並不是我所在的那一支，所以，我敢斷言，他們絕對不是為我而來。」

董彪疑道：「一直以來，咱們西海岸根本就入不了馬菲亞的法眼，再有，東海岸已經足夠他們折騰的，根本沒必要也沒這份力量將底盤擴大到西海岸來，但眼下是怎麼了？難道也想來蹚這淌渾水麼？」

羅獵道：「上千噸煙土，價值幾千萬美元，誰又不想分上一杯羹呢？」

董彪不以為然，道：「不對，馬菲亞打家劫舍姦淫擄掠，什麼壞事都敢做，但販賣煙土這種事卻從未聽說過，還有，像煙土這種買賣，若是沒有成熟的管道，不單很難出手，還極易被聯邦緝毒探員給盯上。」

羅獵道：「不管怎麼說，馬菲亞的人絕對不會是來金山旅遊來了，他一定有著他的目的……」羅獵說著，突然一怔，若有所思道：「彪哥，你說背後捅咱們一刀的會不會是馬菲亞幹的呢？」

董彪苦笑道：「馬菲亞專幹壞事，跟那些個穿制服的根本尿不到一壺去，而且，他們根本不屑於跟穿制服的人打交道。」

羅獵輕歎一聲，道：「馬菲亞為了達到目的往往不擇手段，他們若是拿住了某個有權力人物的短處，並以此要脅，將濱哥抓了起來，這從邏輯上講也不是不通啊！」

董彪不由愣住。

西蒙神父聽不懂羅獵跟董彪的中文對話，但濱哥這個稱呼他卻是頗為熟悉，又從羅獵的表情中體會到了一些不好的感覺，於是急切問道：「諾力，我剛才聽到你提及了湯姆，又看到你神色有些焦慮，告訴我，湯姆是不是出了什麼意外了？」

羅獵不想讓西蒙神父捲進這個漩渦中，於是回道：「西蒙，謝謝你的關心，濱哥沒出什麼意外。對了，今天並不是禮拜日，你不需要去神學院上班嗎？」

西蒙神父道：「當然需要，但我看到了馬菲亞，我想，讓你儘快得知這個資訊比上班更重要。」

羅獵淡淡一笑，道：「現在我已經知道了，西蒙，你應該回去上班了。」

董彪卻攔下了西蒙，道：「請一天假也沒啥了不起的，西蒙，我有事相求。」

西蒙神父道：「傑克，不用跟我客氣，只要我能做到的，就一定會答應你。」

董彪道：「既然你見到的這些個馬菲亞並不是為你而來，那麼相對來說，你也沒有多大的危險。西蒙，我想請你帶我去看看那些個馬菲亞長什麼模樣，可以嗎？」

西蒙神父道：「當然可以。」

羅獵很不情願董彪的做法，只因為西蒙和席琳娜已經失去了女兒，羅獵不想讓他們再有一絲危險。但是，馬菲亞的出現意味著原本已經足夠混亂的局勢進一步惡化，若是不能及時掌握住馬菲亞的動態，只怕自己這邊將會更加被動。因而，對董彪的提議，羅獵也是無法反對。

但是，當三人開著車準備出門的時候，卻在大門口被洋人員警給攔下了。「傑克，對不起，你不能離開，你也是這個案子的關鍵人，必須留在這裡隨時聽候問詢。」

董彪登時上火，額頭上青筋暴起，若不是羅獵及時相勸，那董彪恐怕早就是一記老拳揮出了。「彪哥，忍住，別忘了濱哥的交代。」

董彪重重地歎了口氣，鬆開了拳頭，跳下車，將駕駛位讓給了羅獵。「好吧，彪哥就忍了這口氣，你們倆去吧，記住了，不管看到了什麼聽到了什麼，都不能輕舉妄動，必須先回來跟彪哥商量。」

羅獵點頭應下了。

車子駛出了堂口，駛向了市區，坐在副駕位置上的西蒙神父突然幽歎一聲，道：

「諾力，我知道在你開車的時候不該打攪你，可是，還有件事情我實在是忍不住必須立刻告訴你。諾力，你不用向我隱瞞什麼，我能猜測到，濱哥他一定出事了。」

羅獵放滿了車速，扭頭看了西蒙神父一眼，道：「你是怎麼猜測出來的呢？」

西蒙神父道：「艾莉絲遇害那天，也是你二師兄和四師姐成婚那天，午飯後，湯姆將我叫到了堂口來，專門向我打聽了馬菲亞，他當時問了我很多問題，給我的感覺是他在做準備，在做和馬菲亞對決的準備。而今天，馬菲亞突然出現在金山，而你們堂口又來了那麼多的員警，你和傑克的神色又是如此異常，這不能不讓我聯想到可能是湯姆出了意外。」

羅獵將車速越放越慢，最終停在了路邊。

西蒙神父繼續絮叨道：「馬菲亞最核心的業務是開賭場，而你們華人是最喜歡賭博的人種，在美利堅，華人數量最多的城市就是金山了，只是近幾年才被紐約追上。而紐約的賭博業已經飽和，再想獲得增長已經是很難很難的事情，所以，馬菲亞不可能不瞄著金山這塊肥肉。而他們要想在金山立足，就必須扳倒安良堂，扳倒湯姆。」

羅獵靜靜地聽著，飛速地想著。西蒙神父的分析極有道理，金山有八家賭場，其中五家屬於安良堂，剩下的三家，安良堂也占了不小的股份，可以說，金山的賭博業完全掌控在安良堂的手中。而且，來自於這些賭場的收入，占了整個安良堂收入的小一半，達到了一天近兩千美元的收益水準。這還是曹濱有意控制的結果，若是完全放開，恐怕這份收益還要再翻上一番。如此巨大的一塊蛋糕，馬菲亞不可能不眼紅，若只是想來分一杯羹的話，或許還可以以和平手段得到解決，但馬菲亞卻不會甘願只分上一杯羹，他們更習慣於吃獨食。

也就是說，濱哥被抓，安良堂被人背後捅刀，很有可能就是馬菲亞幹的。對羅獵來說，眼下需要思考的問題只有一個，馬菲亞選擇了這個當口對安良堂下手，是純粹的巧合，還是跟耿漢的計畫有關聯呢？

羅獵思考再三，認為還是後者的可能性更大一些。

「西蒙，謝謝你告訴了我這麼重要的消息，我必須坦誠相告，是的，濱哥他出事了，就在你來到安良堂之前半個小時，濱哥被稅務局和警察局的人抓走了。我想，幕後指使很可能就是馬菲亞，所以，西蒙，你必須帶著我儘快查找到馬菲亞的落腳點，中華有句古話，叫知己知彼方能百戰不殆，我們必須充分掌握馬菲亞的各種情況才能以最小的代價戰勝它。」羅獵說著，重新發動了汽車。

西蒙神父道：「我是在聖安廣場附近看到他們的，當時，他們正在一家速食店中吃早餐，所以，我推測他們的窩點應該就在那附近。諾力，只要我們有足夠的耐心，就一定能找到他們，馬菲亞的人在生活上有個共性，就是非常懶惰，他們不會買了食物回去吃，一定會結伴出來吃午餐。」

羅獵接道：「而且，因為他們在生活上的懶惰習性，在選擇午餐地點的時候也一定會就近，所以，我們只要守在聖安廣場附近，就一定能再次看到馬菲亞的人。」

西蒙神父道：「是的，諾力，馬菲亞全都來自於我的家鄉西西里，那邊的人在走路的姿態上總有個向外甩腳尖的習慣，這是從小養成的，很難改得掉，所以，當你看到以這種姿態走在一起的一群人的時候，你基本上可以斷定他們就是馬菲亞。」

羅獵踩下了油門，提高了車速，並道：「很好，西蒙，等到了聖安廣場，我們兩個便可以各守一方。」

羅獵的判斷是對的，馬菲亞在這個當口來到金山確實跟耿漢的計畫有關聯，說得更準確一些的話，這些來到金山的馬菲亞實際上是耿漢親自邀請過來的。

半個月前，耿漢受到了來自於安良堂的壓力，他意識到在自己的計畫中出現了紕漏。耿漢絕不是一個盲目自大的人，會輕率認為以他自己的力量可以對抗得了安良堂，更何況，在他們身後，還有一個若隱若現的萊恩。因此，耿漢決定鋌而走險，回東海岸尋求新的勢力來將這趟渾水攪合得更渾，只有渾到了足夠的程度，他才能得到機會將局面扳回來。

馬菲亞對外是一個組織，但其內部卻分成了若干家族。單就紐約來說，龐大的馬菲亞組織實際上被五大家族所控制，甘比諾家族便是其中之一。耿漢所結識的馬菲亞成員名叫山德羅・甘比諾，山德羅是甘比諾家族老闆貝尼托・甘比諾的同族侄子，仰仗著叔父的這層關係，山德羅在組織中有著相當的地位，只是，組織內狠人強人眾多，山德羅始終獲得不到在家族中真正崛起的機會，只能帶著自己的部下，管理著大西洋城的兩家賭場。

大西洋城，說是一個城市，但和紐約相比，也就是一個稍大一些的漁港小鎮而已。對山德羅來說，這種位置，名義上是家族中重要的封疆大吏，實際上卻是不受重用而被發配到了邊疆。山德羅自然有著濃烈的不滿情緒，但家族組織中歷來是論功行賞而從不搞裙帶關係，因而，始終尋覓不到機會崛起的山德羅只能是悶悶不樂地龜縮在大西洋城這種小地方。

兩年前，耿漢因偶然機會結識了山德羅，一來二去，二人還成為了無話不談的好朋友，當然，這種無話不談更多的成分是山德羅在說耿漢在聽。因而，耿漢早就瞭解到了山德羅的這種不得志的鬱悶心情。

耿漢帶著吳厚頓來到了紐約，在紐約未做停留，直接轉道去了大西洋城。

山德羅對漢斯的突然造訪並沒有表現出驚詫，他熱情地擁抱了耿漢，並親自為耿漢和吳厚頓倒了兩杯白蘭地。「漢斯，我的朋友，見到你真的很高興，不過我想，你時隔兩年再次造訪大西洋城，一定不是因為手癢而想賭上兩把吧。」

耿漢接過酒杯，飲啜了一口，應道：「不，山德羅，你是開賭場的，我來到了你的地盤上卻不準備賭上一把的話，那將是很不禮貌的行為。」

山德羅笑道：「很好，漢斯，喝了這杯酒，我就帶你去下面賭上兩把。」

耿漢搖頭道：「山德羅，恕我直言，在你的賭場中，賭注實在是太小了。」

山德羅微微一怔，道：「漢斯，你話中有話，我們是朋友，而且彼此欣賞，你知道我的性格，我並不喜歡兜彎子。」

耿漢點頭應道：「我當然知道，所以，接下來我就打算直白我這次來找你的真實目的。山德羅，我有一批貨壓在了金山提不出來……」

山德羅立刻擺手，道：「漢斯，等一下，漢斯，你是知道的，我們對煙土的需求僅限於為賭客們提供服務，在此方面上，我想我們之間無法達到合作的關係，這一點，你兩年前就應該清楚，現在我告訴你，情況並沒有任何改變。」

耿漢微笑面對山德羅的拒絕，並道：「山德羅，你總是這樣，還沒有聽我把話講完就著急做出決定。」

山德羅放下了手中酒杯，拿起了桌上煙灰缸上的一根雪茄，連抽了幾口，將雪茄的隱火變成了明火，並噴出了一口濃煙來。「漢斯，我接受你的批評，現在，你可以耐心地向我講解你的計畫了。」

耿漢再飲啜了一口白蘭地，清了下嗓子，道：「山德羅，我不知道你剛才有沒有聽清楚，我的貨壓在了金山，相比大西洋城，金山的賭場生意會有多大我想你不會不知道。對整個甘比諾家族來說，金山或許是一塊可以放一放的市場，但對於你山德羅來說，我認為卻是一個難得的機會。」

山德羅抽了口雪茄，呵呵笑道：「是的，我的朋友，我一直盯著金山，可我的叔叔卻始終不發話，我能有什麼辦法呢？」

耿漢道：「可能性更大的是當你叔叔終於下定決心，機會卻落到了別人手上。」

山德羅的臉色不由一變，這正是他心中最大的擔憂。

耿漢不慌不忙接道：「你可能認為以你目前的實力尚不能對付金山的華人組織安良堂，事實上，在今天之前，我也是如此認為，這也正是兩年前你向我傾述你苦惱的時候，我並沒有向你提出今天建議的主要原因。但今天，山德羅，你的機會來了！」

山德羅猛抽了一口雪茄，凝視著耿漢，道：「說下去，漢斯，我迫切想知道你帶給我的機會究竟是什麼。」

耿漢從口袋中掏出煙來，點上了一支，噴了口煙，道：「你是知道的，我在為萊恩先生做事，但我說的那批貨此刻卻不再屬於萊恩先生，山德羅，你應該明白我說的意思。萊恩先生可不是一個甘願吃虧的人，他一定會派出得力幹將前往金山追查那批貨的下落，並希望能順便捉到我。但很可惜，安良堂的曹濱一樣想得到那批貨，他們會成為萊恩先生的正面敵人。待他們鬥了個兩敗俱傷的時候，我們便可以站出來收拾殘局，你得到你夢寐已久的金山賭場事業，我則帶著我的貨遠走高飛。事成之後，萊恩無法將這筆賬算在你的頭上，而安良堂也再無實力向你發起挑戰。當然，這是一場豪賭，輸的人恐怕會為此而付出最為慘痛的代價，但贏的人，卻一定是一步登天。」

開賭場不需要有多大賭性，但想在馬菲亞中嶄露頭角，那麼必須擁有十足的賭性。事實上，山德羅繼承了甘比諾家族的特徵，從不缺乏豪賭一場的勇氣和膽識，他缺乏的僅是機會。金山的市場究竟有多大，山德羅自己也說不清究竟是大西洋城的十倍還是二十倍，這樣的一個充滿了想像空間的地盤，著實引發了山德羅的濃厚興趣。

「漢斯，你說得對，這確實是一場賭局，但坐莊的卻是你和我，我想，閑家贏了莊家的機率要遠小於輸給莊家的機率，因而，我願意和你聯手坐莊這場賭局。」山德羅舉起酒杯，來到了耿漢的面前，道：「不過，我們客場作戰，容不得半點閃失，我必須親自掌握了實情，才能和你達成締約，漢斯，我想你會理解我的，對嗎？」

耿漢所言，並無虛假，因而，山德羅提出要親自掌握事情後才能跟他達成締約的條件對耿漢來說並無壓力，因而，他極為輕鬆地站起身來，舉杯跟山德羅碰了下杯，道：「我當然理解你，山德羅，事實上我們已經達成了締約。」

山德羅對耿漢提出的建議非常重視，但因他要將賭場事務安排妥當後才能動身前往西海岸的金山，無法滿足耿漢提出的立刻啟程的要求，但他隨後便從他的部下中挑選了六名精兵強將跟隨耿漢一道返回金山，而他承諾，最多也就延誤三天，便一定在金山跟耿漢他們會合。

有了山德羅的承諾，回到了金山的耿漢不再擔心那批貨被安良堂找到，甚至，他希望安良堂的曹濱能早一天找到那批貨，至少，也要趕在萊恩的前面。

至於萊恩那邊的資訊，耿漢不是不敢去打聽，而是認為根本沒必要在這方面上浪費時間。兩千噸的煙土，幾乎是萊恩的全部家當，耿漢認為，萊恩一定會為此而傾巢出動，而他的實力，完全可以匹敵了主場作戰的安良堂。因而，對他來說，眼下最好的策略就是找個地方躲起來，逍遙自在地看個熱鬧，盡好自己坐山觀虎鬥的本分。

耿漢的這通算盤打得確實是好，若是事情發展真的按照他的設計進行下去的話，贏家一定是他跟山德羅，只可惜，太過自信的他並不知道萊恩已經病倒，曾經的一個龐大且強大的組織已然崩塌，而發誓要復仇並尋回貨物的黛安只求得了大衛的幫助，但大衛的實力根本無法撼動安良堂。

僅僅這一點疏漏也就罷了，可耿漢同時犯下了第二項疏漏。

他以為，在金山並沒有人能識得他找來的馬菲亞幫手，因而，對隨行而來的山德羅的六名部下的行蹤也沒有做過多約束，只是要求他們在外出的時候不要攜帶槍械，更不准尋釁滋事。卻沒想到，安良堂的陣營中居然會有西蒙神父這樣一個前馬菲亞成員，還偏就那麼巧，在耿漢他們回到金山的第二天，便被西蒙神父發現了行蹤。

羅獵帶著西蒙神父驅車來到了聖安廣場。

聖安廣場位於市區的東南一隅，因聖安大教堂而得名，西蒙神父所供職的神學院也在附近。經過多年發展，聖安廣場已然成為了金山東南區域的一個商業核心地帶。

羅獵在路邊停好了車，又去報亭買了份報紙，回到車上，偽裝成了等著老闆辦事歸來的專職司機。而西蒙神父下了車，徑直去了廣場另一側的教堂，二人如此配合，剛好能將不大的一個廣場完全查看到。

已是臨近中午的時間，廣場上的人們越來越多，就在羅獵禁不住有些犯睏的時候，遠處的一群男子引起了他的注意。時值初秋，似火驕陽早已經消滅了勢頭，但午時的氣溫依舊不低，大多數青年人均是身穿短袖衫，而這幫看上去壯如牛的男子卻個個穿著長袖衫。羅獵不由得將注意力放在了他們的走路姿勢上。

「就是他們！」西蒙神父不知何時溜回到了車上，向羅獵做出了肯定的答覆：「他們剛在那一邊吃過了飯，現在應該是散步。」

羅獵數了下那群男人的數量，問道：「他們就這六個人嗎？」

西蒙神父道：「不好說，我早晨看到他們的時候，才四個，到了中午就變成了六個，誰知道等到了晚上會變成多少個呢？」

羅獵點了點頭，發動了汽車，同時問道：「西蒙，你還打算去神學院上班麼？我可以送你過去。」

西蒙神父驚疑道：「什麼意思？難道你就不打算繼續跟蹤他們，找到他們藏身的窩點嗎？」

羅獵已然將車子駛上了道路，朝著神學院的方向而去。「我改變主意了，西蒙，你看他們的狀態，顯然是一副不著急的樣子，就像是來金山旅遊一般。當然，他們不可能是真的遊客，我想，他們應該是在等人，或者是在等機會。不管他們是在等什麼，只要他們不著急，我們也不用著急，濱哥早就說過，這是一場耐心的比拚，誰沉不住氣，誰就有可能輸掉這場比拚。」

西蒙神父回道：「好吧，諾力，你總是能輕易地說服我。不過，我還是要指出你的一個錯誤判斷，湯姆他被稅務局和警察局的人抓走了，這肯定是有人在背後指使，我要說的是，這個背後指使絕不是馬菲亞。他們，沒這個腦子！」

羅獵不肯輕易認錯，反駁道：「可他們的身旁有個漢斯，西蒙，漢斯是個華人，一定有著這方面的智謀。」

西蒙神父歎道：「你可以懷疑漢斯，但馬菲亞絕對不會參與其中。他們從西西里遠渡重洋來到美利堅合眾國的時候就定下了規矩，絕不會冒犯聯邦政府的任何一個機構。而在金山想扳倒湯姆，重金賄賂顯然達不到目的，能達到目的的手段只有一個……」

羅獵接道：「暴力要脅！」

西蒙神父道：「沒錯，只有暴力要脅。這違反了馬菲亞的原則，但凡觸動原則的成員，等同於背叛馬菲亞。」

西蒙神父說得如此篤定，羅獵也不能不信，可是，那幕後指使不是馬菲亞，又會是誰呢？偌大一個問號，使得羅獵不由地降低了車速。

西蒙神父並未覺察到羅獵的心思，接著說道：「其實，想查明湯姆被捕的真實原因很簡單……」

羅獵下意識地一腳踩死了剎車，將西蒙神父的話晃斷在了一半。「西蒙，你有什麼好辦法嗎？」

西蒙神父扶正了用來偽裝斯文的金絲邊眼睛，無奈地笑了一下，道：「用同樣的手段自下往上追問上去，我估計，你最多追問四個人便可以得知真相。」

羅獵不禁愣住了。西蒙提供的這個辦法實過簡單，且略顯粗暴，但認真思考後，卻感覺應該是非常有效。羅獵在心中不禁感慨，這世上有很多事情看上去很是複雜，你越是深入，便越是感覺錯綜複雜，但若是退後兩步，以最簡單的思維方式來應對的話，往往會得到一個不過如此的結果。

「謝謝你，西蒙。」羅獵重新發動了汽車，心中有了方向，腳下的油門也感覺順滑了許多。

將西蒙神父送到了神學院，羅獵隨即駕車回到了堂口。堂口大門處仍舊有員警在看守，但看其神態，卻甚是彆扭，有些氣憤，更有些無奈，甚至還能看出些許恐懼。再看院內，董彪正扛著他那杆毛瑟九八步槍走來走去，還不時放上一槍。

羅獵駛進大門，按起了喇叭，董彪聽到了，放下長槍，立在路旁，等著了羅獵。

「彪哥，你這是幹嘛呢？用步槍打鳥？那鳥還不被子彈給打爆了？」羅獵停好了車，跳了下來，跟董彪開了個玩笑。

董彪沒好氣道：「老子想到門口的那幾根木頭橛子心中就煩，打幾槍解解悶，順便嚇唬嚇唬那幾個吃狗屎長大的玩意。」

羅獵笑道：「你也真是，跟他們置什麼氣？他們配嗎？」

董彪歎道：「你是沒體會過失去自由的那種滋味啊！」

羅獵撇嘴不屑道：「誰說的？五年多前，我剛到金山，不就被抓起來了麼？那一次，我可是被關在海關警署的監牢中啊，比起你來，不是更慘麼？」

董彪不服，辯道：「那時你就是個不值錢的小屁孩，沒被嚇死就很厲害了，哪還能扯到委屈不委屈？要是換做了現在的你，還不是得把海關警署的屋頂給掀了？」

羅獵瞥了董彪一眼，知道這彪哥此刻心中憋了一團火而無處發洩，於是便主動退讓了一步，沒有跟他繼續頂下去。「彪哥，我看到那幾個馬菲亞了，一共六個人，出來吃午飯，吃完了午飯後，還頗有興致地散了會步。我想他們如此放鬆，可能是近期並不打算有什麼行動，又或是在等什麼人或是什麼機會，所以我就沒進一步跟蹤，怕他們有所感覺而調換了藏身窩點。」

「並不打算有什麼行動？」董彪一臉狐疑，道：「他們都把濱哥給弄進大牢裡去了，你還說他們沒什麼行動？對了，對他們提出懷疑的不就是你嗎？我信了，你倒改口了！」

羅獵陪笑道：「我也不能全都分析對，是不？也會有犯錯的時候，對不？」

董彪露出了久違的笑容，點頭應道：「這還差不多！」

羅獵又道：「是西蒙指出了我的誤判，西蒙他還幫咱們支了個招，能很容易地追查出濱哥被捕的幕後真相。」

董彪不以為然道：「他一個前馬菲亞成員，脫離一線戰場都快二十年了，能有什麼好招數？再說，這事簡單得很，隨便找到卡爾或是胡安中的一人，問問是誰給他倆下達的命令，然後順藤摸瓜追上去，總能問出個究竟來。」

羅獵驚喜道：「你跟西蒙想到一塊了。」

董彪一怔，隨即笑道：「沒想到，西蒙這個老小子還真是寶刀不老呢！」

羅獵忽地又沉下臉來，道：「彪哥，既然你想到了辦法，為啥不早告訴我呢？」

董彪苦笑道：「早跟你說有意義嗎？那倆貨現在都在上班，難不成你扛著槍衝進聯邦稅務局或是警察局不成？」

羅獵陪笑道：「我的意思是說……」

董彪打斷了羅獵的解釋，道：「你說什麼不管用！兄弟，等天黑了，那卡爾和胡安下班了，那才管用。」

羅獵的臉上突然閃過一片愁雲，道：「可是，我並不知道那卡爾或是胡安的住址……」

董彪再一次打斷了羅獵，道：「你不知道，但彪哥知道呀！」

羅獵苦笑道：「我對金山不夠熟悉，即便你告訴了我地址，我也很難找得到。」

董彪瞪大了雙眼，道：「你說這話是什麼意思？難不成想甩開彪哥自己單幹？」

羅獵手指大門方向，道：「可你被監視，不准外出啊！」

董彪大笑，道：「就那幾個吃屎趕不上熱乎的貨就能攔得住老子了？你沒回來的時候，彪哥早就把那幾個傻逼貨給嚇得差點尿了，別擔心，兄弟，等天黑了，咱兄弟大搖大擺地去找卡爾、胡安好了。」牛皮吹完，董彪附在羅獵耳邊又補充了一句：「大不了彪哥爬牆頭就是了。」

此時，離天黑尚早，羅獵想回屋休息一會，董彪擺了擺手，扛起了他的毛瑟九八步槍，繼續在院子裡蹓躂了起來。羅獵邁開了腿，剛走了幾步，卻又想到了什麼，急忙轉身回來，叫住了董彪：「彪哥，我突然想起一件事來，西蒙很篤定地說濱哥的事情肯定不是馬菲亞做的，那麼，這就說明背地裡應該還有一股勢力，而這股勢力，說不定就是貨主一方。我在想，咱們是不是把那邊的兄弟給撤回來，以退為進，先讓貨主一方跟耿漢他們過過招，待事情明朗了，咱們再出手也不遲。」

董彪道：「你的意思是說，咱們的當務之急是把濱哥撈出來，對麼？」

羅獵道：「我有一種預感，濱哥他不一定願意這麼快就出來，不過，查清楚幕後推手倒是耽誤不得。」

胡安・湯瑪斯下班之後先是搭乘公共巴士，隨後又步行了近一公里的路程，才回到了自己的家中。打開房門的那一刻，他不禁愣住了。

客廳中，董彪和羅獵笑吟吟安坐在沙發上，而對面，則是他的妻子和孩子。

「胡安，我的朋友，你這是怎麼了？難道你不歡迎我的到訪嗎？不過，即便你真的不歡迎，那也沒關係，我有一百種辦法會讓你改變主意的。」董彪叼著香煙，翹著二郎腿，臉上不陰不陽，讓人捉摸不透。

胡安硬生生擠出一絲笑容來，進了屋，關上了房門，央求道：「傑克，我只有一個請求，放過我的妻子還有我的孩子。」

董彪呵呵笑道：「你這說的是什麼話呢？上帝若是聽到了，會對我產生誤會的。我並不想傷害誰，包括你的妻子，孩子，也包括你，我希望你們都能平安健康。」

胡安來到了董彪、羅獵面前，卻不敢坐下來，繼續央求道：「能讓她們到臥房去嗎？有些事，我不想讓她們親眼看到。」

羅獵隨手抖出了一柄飛刀出來，又從茶几上拿起了一顆蘋果，一邊削皮，一邊笑道：「就像你不想讓別人知道你是一個貪腐了很多錢財的聯邦官員一樣，故意用乘坐公共巴士的方式來顯示你的廉潔，是嗎？」

看到羅獵亮出飛刀，胡安的妻女均是不由一顫，卻又不敢發出驚呼，只能摟抱一團，在一旁簌簌發抖。那胡安也是明顯一愣，嘴巴張開了，卻沒能發出聲音來。

羅獵三五下削去了蘋果皮，將蘋果遞給了胡安的妻子，並道：「傑克剛才說的話是認真的，他確實不想傷害任何人。我也一樣，我也不想傷害任何人，但前提是，別人也不要欺負到我的頭上，否則的話，就會落了個同火車劫匪一樣的下場。」羅獵的話說完了，可手中削了皮的蘋果卻依舊沒被胡安的妻子接過去，這使得羅獵不得不沉下臉來，低吼了一聲：「拿著，滾進臥房去！」

胡安的妻子不禁打了個哆嗦，連忙用雙手接過蘋果，摟著她的女兒，躲進了裡面的臥房。

董彪放下了二郎腿，摁滅了手中的煙頭，又重新點上了一支香煙，道：「胡安，我一直把你當做朋友，直到今天早晨，我真的沒想到，你居然親手抓走了湯姆，胡安，我就問你一句，是誰給你這麼大的膽子？」

胡安囁啜回道：「傑克，我只是個稽查司司長，必須執行上司的命令，我……」

羅獵冷笑著打斷了胡安的解釋，道：「你沒有說實話，胡安，你在撒謊，而我，最反感被別人欺騙，這等同於被人欺負。」

胡安已然認出了羅獵便是八個月前在火車上將劫匪一刀斃命的那個馬戲團小英雄諾力，一個剛滿十八歲就敢殺人的年輕人，比起四十歲的煞星傑克來說，更讓胡安感到恐懼。

「諾力，請聽我解釋……」胡安下意識地擦了下額頭上的冷汗。

羅獵道：「你不用解釋什麼，你若是真把湯姆和傑克當做朋友的話，你可以推諉掉這次任務，實在推諉不掉，你也可以找到機會提前通知湯姆或是傑克一聲，但你什麼都沒做，這只能說明，你胡安先生也是這事件的主謀。」

董彪呵呵笑道：「胡安，你不要存在僥倖心理，以為湯姆和我已經是事業有成，不敢再做出冒險的事情來。好吧，即便你這種思想能夠站得住腳，可是，你面前的這位斬殺火車劫匪連眼皮都沒眨一下的諾力可不一樣，他學習飛刀的目的並不是站在馬戲團的舞台上進行表演，他的飛刀只喜歡割斷別人的脖子，而且，他殺人的時候一點聲音都不會發出，就算你躲在辦公室中，他都一樣能讓你的脖子裂開那麼大的一道口子，胡安，你想不想試上一試呢？」

董彪調侃戲謔之時，那胡安已然連著打了數個冷顫。接手這項任務的時候，胡安就反覆掂量過其後果，他最終以為，只要手中掌握了曹濱，那麼，董彪必然不敢輕舉妄動，而最終，聯邦稅務局並不打算將曹濱在監獄中關多久，等到將曹濱放出來的時候，多說幾句好話，然後將責任推到身負的崗位職責上去，事情便可以完全擺平。可他真沒想到，一早辦的案，到了當天的晚上，那董彪便找上了門來。如此態度只能說明，他們已然是破釜沉舟下定了決心。

「好吧，傑克，諾力，我坦白，我之所以這麼做，是因為我收了局長的一大筆錢。」胡安輕歎一聲，終於說出了實話。

董彪輕蔑一笑，道：「你們局長？斯特恩？那個糟老頭子吃了豹子膽了麼？」

胡安又是一聲輕歎，道：「傑克，請你原諒，我和斯特恩先生同時遭受到了陌生人的威脅，我們不得不這樣做，不然的話，我們自己的生命，以及我們家人的生命，都將得不到保證。」

董彪暴喝道：「放屁！你他媽得罪了我傑克，生命就能得到保證了？你家人的安全就能得到保證了？」

胡安道：「對不起，傑克，我們確實不想得罪你，可是，斯特恩先生的家人已經落在了他們的手上，我們不得已才出此下策。他們還說了，等湯姆入獄後，就會找機會幹掉你，可我和斯特恩先生並不想把事情鬧大，所以，我懇請了卡爾警司，限制了你的外出。」

董彪冷笑道：「這麼說，我還要謝謝你的良苦用心了，是嗎？」

胡安歎道：「傑克，我們只是不想把事情鬧大，我們會照顧好湯姆，等他們釋放了斯特恩先生的家人，我們就會向湯姆賠禮道歉，並將他親自送回你們安良堂。」

羅獵質問道：「你一口一個他們，這個他們究竟是誰？長什麼樣？從哪兒來？」

胡安囁啜道：「這個，這個，我們並不清楚。」

董彪和羅獵交換了一下眼神，彼此會心地點了點頭。胡安的遲疑只能說明那個他們很有來頭，絕非是一般勢力，不然的話，他們理應採取的處理方式是聯合警察局先把人質救出來，而警察局已然參與到此案當中，並且順從了對方的意願，那麼只能說明對方的來頭是稅務局和警察局都不敢得罪的。

羅獵再次亮出了飛刀，冷笑道：「你若是真不知道也就罷了，但若是知而不說，那我也只能表示遺憾。」

胡安膽怯地看了眼羅獵，再看了眼董彪，深吸了口氣，再發出一聲長長歎息，道：「好吧，我說，他們是從紐約來的聯邦緝毒署探員，他們說，你們安良堂參與到了一起煙土走私案中，讓我們協助他們的調查，如果我們不答應，就揭露我們跟安良堂的不法往來，並會將我們投進監獄。傑克，我說的每一個字都是真的，他們手段極為惡劣，真的控制了斯特恩先生的家人。」

第三章

梅花針

「江湖傳說有一種暗器叫梅花針，功力高的人，
可以將這種針完全沒入敵人的體內。」
董彪伸手要來了一方手帕，在那死去兄弟的眉心處擦拭了兩下，
黑點隨即變成了一個殷紅的針眼。
「殺死這兩位兄弟的人顯然是個內外兼修的高手。」

董彪和羅獵再次交換了眼神，這一次，不再是會心點頭，而是彼此傳遞了驚詫的心情。

安良堂從未碰過煙土生意，對聯邦緝毒署甚是陌生，胡安說他們來自於紐約，這點倒是好理解，但問題是他們不去盯耿漢以及那批貨的貨主，為什麼會盯上安良堂？再看胡安，他的表現實在不像說謊，且從邏輯上講，這個說法卻又完全能夠成立。

陷入了迷茫中的董彪和羅獵二人只能是先放過胡安。

「胡安，你說的話我們會去核對，如果你沒有撒謊，那麼我想我們會原諒你。但我希望，你能借助你手中的權力，安排我們其中一人和湯姆見一面，時間不會太久，有個十分鐘就很好了。」董彪在羅獵準備起身時，想了想，又提出了一個要求來。

胡安愣了下，回道：「傑克，我只能說我會盡力安排，但能不能成，我卻不敢保證。他們提過這方面的要求，要完全隔絕湯姆與外界的聯繫。不過，我想他們總會有疏忽的時刻，或許可以被我利用上。」

羅獵道：「與其是這樣，那還不如換一個要求，胡安，幫我們搞到那些聯邦緝毒署探員的住址和姓名。」

胡安大驚失色，道：「你們不能這樣！我知道你們是被冤枉的，安良堂從來沒碰過煙土，這一點我可以作證。他們無法掌握你們的涉毒證據，最終只能是不了了之，忍一忍吧，傑克，諾力，不要把事情搞大了。」

董彪聳肩冷笑，道：「可是，事情已經很大了。」

羅獵跟著冷笑道：「是啊，事情已經是難以收場了。他們可以把你們送進監獄，但我們卻很樂意送你們去見上帝，該如何選擇，我想，你應該比任何人都要清楚。」

羅獵的恐嚇絕非是虛張聲勢。他決意要為艾莉絲報仇雪恨，為此甚至不惜再搭上自己的一條性命，更不要說什麼跟自己毫不搭邊的洋人稅務官了。如此心思反應在口吻及表情中，甚是令人感覺到一股騰騰殺氣，那胡安不由得又是一連串控制不住的冷顫哆嗦。

「我，我盡力。」生怕那羅獵一怒之下真的會宰了自己的胡安只得再退一步。

董彪站起身來，從一側拍了拍胡安的肩膀，道：「胡安，人這一生會犯下很多錯誤，絕大多數錯誤都很容易被更正過來，但有一些錯誤卻會讓當事人悔恨終生。你今早所犯下的錯誤，尚屬於前者，但我來拜訪你之後，再犯下的錯誤便一定屬於後者。諾力說得很好，他們確實可以將你送進監獄，但進了監獄並不代表結束，而我們，卻隨時可以讓你向這個世界說再見。」

羅獵亦跟著起身，橫跨一步，站到了胡安的面前，抖出一柄飛刀，貼在了胡安的面龐上，笑吟吟道：「年輕人往往沒多少耐性，明天天黑之前，我若是得不到你的資訊，我想，我很有可能會勃然大怒且控制不住自己。另外，奉勸你一句，別想著還能有什麼辦法擺平我諾力，還記得布蘭科嗎？那可是一個不折不扣的惡魔，槍殺比爾・

布朗探長就像是殺死一條流浪狗一樣簡單，可最終不還是死在了我諾力的手上嗎？你仔細掂量掂量吧，我認為，你胡安應該是個聰明人。」

聽到了布蘭科的名字，胡安更是忍不住地哆嗦起來，據卡爾警司說，布蘭科最終的死因是被人割斷了脖子。而面前的這個拿著飛刀貼住自己臉頰的諾力，可不就是割斷布蘭科脖子的那個人嗎？恐懼下，胡安只感覺到自己的褲襠中突然一熱。

「我，我答應你，明天天黑之前，你一定能得到你想得到的資訊。」已然被嚇得尿失禁的胡安強作鎮定，答應了羅獵的要求。

離開了胡安的家，開車駛回堂口的路上，羅獵恢復了冷靜，對剛才的言行稍有擔憂，並對開車的董彪道：「彪哥，你說那個胡安會不會因此而報警呢？我在想，咱們兩個是否要分開一下，免得被洋人員警給一網打盡了。」

董彪瞅了羅獵一眼，不無嘲諷回道：「你這個一網打盡的詞用得是真好，彪哥沒念書，都覺得這個詞用得是真他媽貼切。」

羅獵回懟道：「我可沒心思跟你鬥嘴啊！」

董彪再瞅了羅獵一眼，哼笑道：「他倒是想報警，可他有什麼證據來報警呢？咱們傷他一根寒毛了沒？咱們搶他一毛錢的財產了沒？咱們不過是去了他家一趟，跟他檢舉揭發了一下湯姆曹有一筆總額超過十美元的偷稅漏稅的犯罪行為，要是這樣都會被員警找麻煩的話，那還要美利堅合眾國的法律幹啥？」

羅獵道：「那你覺得他能搞來緝毒署探員的住址和姓名嗎？」

董彪冷笑道：「只怕他早就知道，不想告訴你罷了。」

羅獵皺眉道：「那你不提醒我？」

董彪歎道：「你一開口我就知道了你的打算，可羅獵啊，你想過沒有，在沒搞清楚那些緝毒署探員的背景目的之前，我們貿然行事恐怕只會給自己添麻煩，所以，我並不主張你對他們直接動手。」

羅獵也是一聲歎息，道：「我當然知道會有麻煩，可是，不對他們下手，又如何得知他們的真實背景以及目的呢？」

董彪道：「是啊，如此詭異的局面，或許最簡單粗暴的辦法才是最有效的辦法，所以，我也沒打算攔著你。」

羅獵道：「那你到底是怎麼想的呢？咱們幹還是不幹呢？」

董彪無奈歎道：「我要是能拿定主意的話，那還有必要讓胡安安排咱們跟濱哥見上一面麼？」

大衛和黛安一大早便領著手下奔向了昨晚爆破聲傳來的方向。如果那三聲爆破真是來自於安良堂，那麼確定下來的正南方向和以港口為圓心二十公里為半徑的圓弧相交處便很有可能是那藏貨地點。地圖上規劃出來的一個小範圍落在了實際環境中就有可能是方圓數里的一片，饒是如此，那也是大大縮小了應有的搜索範圍。

搜尋了一個上午，並沒有值得驚喜的發現，一隊人馬簡單吃了點隨身攜帶的乾糧，找了塊清淨地短暫休息後，繼續搜尋，終於來到了那座廢舊礦場的附近。

大衛拿著望遠鏡遠距離觀察了那座廢舊礦場，不由興奮起來，將望遠鏡交給了身邊的黛安，並道：「我有一種強烈的預感，黛安，前面那個被廢棄的金礦，很可能就是漢斯的藏貨地點。」

黛安跟著觀察了片刻，應道：「大衛，恕我直言，這一上午我認為毫無意義，包括眼前的這座廢棄金礦。你想啊，這麼一大批貨，價值數百萬美元，漢斯怎麼可能就這樣像是扔垃圾一樣扔在這種地方呢？」

大衛笑道：「不，黛安，你聽我說。煙土的存儲對空氣中的濕度以及溫度要求非常嚴格，普通倉庫無法滿足要求，而這種廢棄的金礦卻能夠完全滿足。而且，選擇這兒做為藏貨地點極有隱蔽性，我相信，安良堂那幫外行，若非找到了嚮導，是絕對找不到這兒來的。」

一旁麥克插話道：「到底是還是不是，我們過去看一看不就知道了嗎？」

大衛冷笑道：「我們小心謹慎了一上午，我可不想在即將捕捉到獵物的時候卻中了另外一幫獵人的陷阱。麥克，如果我們找錯了方向，那也就罷了，但現在我們找對了，那麼，昨晚上的三聲爆破代表了什麼呢？安良堂並不是一個慈善機構，曹濱一定會在那邊佈滿了陷阱，等著咱們往裡跳。」

麥克解釋道：「我的老闆，我當然知道真正的藏貨地點一定是佈滿了陷阱，我的意思是說，我們可以派出兩名兄弟前去打探一番。」

大衛笑道：「這個主意很好，麥克，你越來越成熟了，所以，我認為由你來執行這項任務最為合適。」

麥克不禁一怔，在心中暗罵了一聲：「狗屎！」但老闆的指令已經發出，麥克也是無可奈何，只得就近招呼了另一名兄弟，二人檢查了槍械，然後貓著腰向那廢舊礦場摸去。

不大一會，麥克便向大衛這邊發來了安全的信號。

大衛心中不禁一涼，暗忖，難道是直覺出現了偏差？那廢舊礦場並非是漢斯的藏貨地點？不過，來都來了，即便找錯了地方，過去看看也不會損失什麼，於是，大衛率先起身，帶著眾人去向了那廢舊礦場。

和安良堂一幫人一樣，大衛他們也是直奔著廢舊礦場的主巷道而去，奇怪的是，董彪於昨晚上佈置的那些機關陷阱卻像是失效了一般，根本沒起到絲毫作用。大衛進到了主巷道中，打開了手電筒，往裡面走了沒多遠，便看到了堵住巷道的那堆土方，土方上，爆破痕跡非常明顯。

黛安略顯失落，道：「大衛，我想一定是他們意識到這廢棄礦場並不是藏貨地點，所以才會放棄。」

大衛卻顯得很興奮，轉過身來，手指巷道洞口，道：「從這兒算起，整個巷道不足百米，很顯然這兒並不是盡頭，而是被人堵上了。我想，堵它的人一定是漢斯。」

黛安不解，問道：「那麼，安良堂的人為什麼會放棄爆破呢？」

大衛道：「我想，不出兩個原因吧，一是他們準備不夠充分，攜帶的炸藥用完了，二是他們想到了繞過這堆土方的辦法，比如，從巷道另一側的風井口進入到被堵住的巷道中。」

黛安面露驚喜之色，道：「大衛，我真是小看你了，沒想到，你的知識居然如此豐富。」

大衛不以為然道：「這還要感謝萊恩先生，在他聘請我做他保鏢的七年時間中，教會了我很多東西。」

可是，自認為學到了很多東西的大衛卻在找到了風井洞口之後栽了一個不大不小的跟頭，用繩索拴住了腰放入洞口的一名兄弟在腳還沒有落地的時候便失去了知覺。好在大衛及時發現了異樣，連忙令手下兄弟將那夥計拉了上來，好一番急救後，才算是撿了條命回來。

大衛的手下包括大衛他自己，都沒有像董彪那種能憋氣三五分鐘同時還能發力幹活的那種人，面對黑黝黝洞口，大衛不禁是愁雲滿面。

一向愛展現自己的麥克忍不住又要插嘴說話：「大衛，只有一個辦法，我們先回去，找消防隊購買兩隻氧氣罐後再來查探。」

大衛點了點頭，道：「很好，麥克，你的建議非常好，等回去後，你就去找消防隊買氧氣罐吧。」

回到了藏身的旅店，已是傍晚時分。大衛顧不上先處理了肚皮問題，甚至連先洗個澡都等不及，便將黛安放倒在了床上。快速完成前奏，就要準備長驅直入之時，忽聽敲門聲傳來。大衛很是惱火，卻也無奈，因為聽那敲門聲的節奏，正是自己跟手下們的事先約定，而且還表明了有萬分緊急之事需要立刻稟報。

大衛只得穿上了衣服，並為黛安拉了薄被遮擋住，然後去打開了房門。

「老大……」門口站著的居然是那因多嘴而被大衛故意支去購買氧氣罐的麥克，那麥克一臉神秘，將聲音壓低到了即便面對面站著若不仔細都聽不清楚的地步：「我剛出門，便有人塞給了我這張字條。」麥克後退了一步，給大衛讓出了空間，待大衛完全走出了房間，才攤開掌心，向大衛展示出了那張字條。

大衛拿過字條，只看了一眼，便驚詫地瞪大了雙眼：「漢斯？」雖然大衛發出的聲音並不大，但一聲漢斯叫出後，還是下意識地捂住了嘴巴。

麥克點了點頭，悄聲道：「我想，他應該是在那座廢棄礦場發現咱們的，然後一路跟蹤了過來。」

大衛重新展開字條，看清楚了，然後將字條撕了個粉碎，丟在了走廊中的痰盂中。「麥克，這件事還有第三人知道嗎？」

麥克神色凜然，搖頭道：「大衛，只有你才是我的老闆，至於其他人，都是我的同事，這種事，我只能在第一時間趕回來向你彙報。」

大衛做了兩下深呼吸，道：「麥克，雖然我一直很反感你的自以為是，但無疑，你是我所有兄弟中最有頭腦的，現在，我需要你為我提供一些建議。」

麥克道：「漢斯約你見面，肯定是想跟你做筆交易，大衛，我認為你應該赴約，談得好，那就成交，談得不好，直接幹掉他！」

大衛沉思了片刻，道：「我卻認為我們首先要做的是換一個藏身地點。」

麥克疑道：「為什麼？大衛，漢斯的這種做法無異於自投羅網，他沒什麼幫手的，而我們，加上黛安，有十四名好手，難道還對付不了一個漢斯麼？」

大衛道：「不，麥克，我們瞞不過漢斯的，我們一路回來，並沒有發覺身後有人跟蹤，但他還是找到了我們，這只能說明，他的身邊有高人相助，或者是，我們遠遠地低估了他的能力。」

麥克怔了下，頗為緊張道：「如果是這樣，我們換一個藏身地點又有什麼作用呢？不一樣還會被他發現麼？」

大衛輕歎一聲，道：「你說的對，麥克，說實話，突遇變故，我確實有些心慌了。不過，我認真想了，我不能答應漢斯前去赴約，這樣只會把局面搞得更亂，漢斯他敢於向我發出邀約，就說明他做足了準備，我一個人是很難對付得了他的。」

麥克道：「我的老闆，聽你的口氣，感覺你似乎萌生了退意？」

大衛稍一猶豫，道：「不，麥克，開弓沒有回頭箭，那個廢棄礦場巷道中藏著的可是兩千噸煙土，我們幫助黛安拿到了這批貨，便可以重新整合公司，到時候，我們將會成為公司功臣，再也不用看別人的臉色。」

麥克道：「是的，大衛，正因為如此，兄弟們才甘願追隨你來到這陌生的西海岸，可是，我們已經被漢斯盯上了，落了下風，若是不能見到漢斯的話，恐怕我們再也沒有翻盤的機會，因為那漢斯隨時可以將我們的藏身地點通知給安良堂。」

大衛深吸了口氣，道：「我明白你的意思了，我隻身去見漢斯，因為你們的存在，那漢斯並不敢對我怎麼樣，而我們卻可以借此機會摸到漢斯的行蹤，並將他的行蹤告知安良堂，這樣的話，我們才能實現坐山觀虎鬥的目標。」

麥克點頭應道：「大衛，我的老闆，你終於恢復了你的英明。」

昨天晚上，耿漢回到了金山不久，便聽到了那三聲爆破。這當然不是歡迎他歸來的炮聲，耿漢隨即便明白過來，一定是有人發現了他的藏貨地點，而這個人，八成可能便是安良堂的曹濱。對耿漢來說，藏貨地點被發現並不是什麼大不了的事情，本是預料之中，只是，安良堂曹濱找到他藏貨地點的速度還是令耿漢稍有些吃驚。

今早起來，耿漢只帶著吳厚頓去到了那座廢舊礦場，董彪留下來的那些個機關陷阱對耿漢來說行同兒戲，反倒指引著他找到了安良堂負責監視這座廢舊礦場的兩名弟兄的藏身之所。以耿漢吳厚頓的身手，解決掉安良堂的這兩名兄弟可以說易如反掌，事實上，耿漢也沒有絲毫猶豫，殺死了安良堂的那兩名兄弟，並留在了那兒直到等來了黛安和大衛。

吳厚頓並不是一個只會說大話的江湖騙子，論盜門技能，他比起老鬼來要差了個檔次，但在江湖上，卻也算得上是個一流的高手，尤其是他的跟蹤術，對付起大衛之流來絕對是綽綽有餘。

耿漢不認為大衛和黛安的搭檔會對他形成威脅，他真正忌憚的是萊恩。既然不是他的對手，那麼，同樣可以理解為大衛聯手黛安也不會是安良堂曹濱的對手，而耿漢為之犯愁的恰恰在此，萊恩遲遲不露面，他便無法給安良堂曹濱找到一個勢均力敵的對手，更不能實現了他坐山觀虎鬥並看到他們兩敗俱傷的願望。

因而，耿漢決定要冒個險試上一試，讓吳厚頓出面約大衛見上一面。假若那萊恩已經抵達了金山，只是在幕後操縱而不肯露面的話，那麼，大衛必然會在黛安的配合下來反查探自己的行蹤，反之，那萊恩若是出了什麼意外而仍舊沒有抵達金山的話，大衛一定會單獨行動。

巧的是，大衛一幫人進到旅店後卻單獨留下了一個麥克來，這使得吳厚頓在傳遞資訊上也少了許多麻煩。那麥克很明顯是打算出去辦點什麼事，但接到了那張字條後迅速折返回了旅店。耿漢在隱蔽處守候了大約有四十來分鐘，便看到大衛獨自一人走出了旅店。

待大衛的身影消失在了旅店所在街道的另一端後，耿漢再守候了近一刻鐘的時間，仍舊未看到有可疑的人跟著出來，只能斷定那大衛是準備單獨行動。

街道的另一端，吳厚頓像個影子一般跟上了大衛。

字條上邀約的地點距離這家旅店並不算遠，步行也就是十多分鐘的樣子，吳厚頓一直跟到那大衛來到了約定地點，卻也未能發覺對方背地裡安排了幫手。

吳厚頓當然不會跟大衛見面，耿漢交代他的任務已經完成，於是，吳厚頓像個路人一般，從大衛的身邊漫步而去。

待吳厚頓回到了住所，耿漢已經等著了。

「我沒有發覺到任何異常之處，他真的是單獨赴約的。」吳厚頓似乎有些失落，話說完後不由得跟了一聲歎息。

耿漢跟著一聲長歎，道：「是啊，我同樣沒有發現問題，看來，萊恩並沒有出現在金山。這隻老狐狸，他究竟在做些什麼呢？他怎麼能那麼沉得住氣呢？」

吳厚頓道：「那個大衛只帶來了十二名手下，就這麼點力量，哪裡是安良堂的對手啊？漢斯，看來咱們的方案需要調整了。」

耿漢苦笑道：「在沒有明確萊恩的葫蘆裡究竟賣的是什麼藥之前，我們做出的任何調整都是徒勞。」

吳厚頓道：「如果那個萊恩真的出了意外，比如，突然死掉了，他的公司也成了四分五裂，沒有人再關心咱們手上的這批貨，那我們該怎麼辦？跟安良堂死拚麼？」

耿漢道：「不可能，絕對不可能！萊恩是個什麼人，我比誰都清楚，他就像是一顆仙人掌種子，環境越是惡劣，他的生命力就越是頑強，他一定是躲在某個角落中默默觀察著，萊恩、曹濱，他們同樣能夠想得到。我說過，這是一場耐心的比拚，誰先沉不住氣，誰就會率先被對手幹掉。現在看來，大衛便是那個率先被幹掉的傢伙。」

吳厚頓道：「他若是率先被幹掉了，豈不是對咱們更加不利麼？」

耿漢冷笑道：「萊恩是一個冷酷無情的傢伙，為了達到他的目的，別說一個大衛，就算是他的女兒黛安，他也會毫不猶豫地犧牲掉。你放心，等大衛倒了楣的時候，便是萊恩浮出水面的時候。」

剛回到堂口，那董彪就炸開了。

堂中，赫然擺放著兩具堂口弟兄的屍體。

「這他媽是誰幹的？誰他媽吃了豹子膽了，敢動我安良堂的兄弟？」董彪如雷般的爆吼，使得堂口上的弟兄無不為之一震。

其中一兄弟上前道：「彪哥，我們按您的指示，去通知他們兄弟兩個撤下來，可等我們趕到那邊的時候，他們倆的身子都已經涼透了。」

董彪吼道：「集合所有的兄弟，將所有外地人全都給老子抓回來！」

羅獵急忙攔住了：「彪哥，不可衝動，要忍住！」

董彪冷笑一聲，手指那兩具弟兄的屍身，吼道：「忍住？人家都騎到咱安良堂的脖子上了，你讓我怎麼忍得住？」

羅獵道：「越是忍不住的時候就更應該忍住！濱哥還在人家的手上，人家可就等著咱們這樣衝動失去理智，從而抓住咱們的把柄，並把這些罪名一股腦地安在濱哥的頭上。」

提到了曹濱，董彪稍稍恢復了理智，他一屁股坐了下來，怒目圓瞪，卻無話語。

羅獵勸阻住了董彪後，開始查驗那兩具屍身。「彪哥，這倆兄弟不像是死在洋人手下，洋人不善於徒手殺人，他們要麼用槍，要麼動刀，但這倆兄弟的身上卻無明顯外傷……」

冷靜下來的董彪隨即離開座位，來到了羅獵的身旁。

那倆兄弟的死因很快就查明了，一個是被人家一掌擊在了心臟，震斷了心脈而亡，另一個更為蹊蹺，渾身上下不見傷痕，只有眉心處多出了那麼一個細微的黑點。

「江湖傳說有一種暗器叫梅花針，功力高的人，可以將這種針完全沒入敵人的體內。」董彪伸手要來了一方手帕，在那死去兄弟的眉心處擦拭了兩下，黑點隨即變成了一個殷紅的針眼。「殺死這兩位兄弟的人顯然是個內外兼修的高手。」

羅獵深吸了口氣，道：「兇手或許是兩人，耿漢，還有吳厚頓。彪哥，你應該還記得，當初在船上的時候，吳厚頓便是以暗器幫咱們脫了困。」

董彪搖了搖頭，道：「不一樣啊，吳厚頓發出的暗器帶有明顯的破空聲，顯然是勢大力沉的一類暗器，和這種梅花針有著本質上的不同，一個暗器高手，不可能同時練出兩種截然不同的暗器的。」

這話說得相當有道理，身為飛刀高手，羅獵自然是體會頗深。但是，董彪的見解卻明顯忽略了一個基礎，幸好羅獵想到了，並說了出來：「吳厚頓在船上發出的暗器顯然不是他的本門暗器，他那只是做戲給咱們看，既然是演戲，當然要選用帶有破空聲的暗器，不然的話，萬一真的傷到了耿漢，豈不是虧大了？」

董彪站起身來，輕歎一聲，並點頭應道：「你說的很有道理，這種殺人的手法，除了咱們中華找不出第二個來。而涉及此案的中華人，除了咱們之外，便是耿漢和那吳厚頓。」

羅獵跟著起身，早有堂口兄弟端來了一盆清水，羅獵洗了雙手，尋了個座椅坐了下來，招了招手，叫來堂外候著的弟兄，吩咐道：「把他們先抬下去吧，抓緊買兩口棺材來入殮了。」董彪跟著吩咐道：「順便去通知一下他們的家人，方便的話直接請到堂口來。」

堂口弟兄領命而去。

羅獵接道：「耿漢、吳厚頓消失了半個多月，今天終於露面，這說明什麼？我猜，他們一定是找到了幫手。」

董彪脫口搶道：「馬菲亞?!」

羅獵點了點頭，道：「我也猜是他們。」

董彪不由疑道：「馬菲亞從不涉及煙土，怎麼這一次會來蹚這淌渾水呢？……我明白了，耿漢想挑起咱們安良堂跟貨主之間的爭鬥，然後他坐收漁利，借助馬菲亞的勢力將兩敗俱傷的咱們和貨主都收拾了，他得到他想要的貨，而馬菲亞則得到馬菲亞想要的地盤。靠！他這小算盤打的，還真是精明啊！」

董彪的話提醒了羅獵，皺著眉，閉著眼，羅獵思考了片刻，道：「咱們最初的想法也是不動聲色先看著貨主跟耿漢鬥上一番，可為何不知不覺間，卻是咱們跟貨主先幹上了呢？」

董彪疑道：「不對吧，羅獵，咱們什麼時候跟貨主打過照面呢？」

羅獵道：「那幾個從紐約趕來的聯邦緝毒署探員不可能平白無故針對咱們，要麼是耿漢請來的幫手，要麼就是貨主安排的陰招，而前者我覺得可能性不大，耿漢是一個華人，沒那麼大的能耐籠絡住洋探員，那就只能是貨主安排的陰招，而我們卻已經為此跟胡安幹上了一場。我總覺得，咱們似乎是進入到了人家設計好了的步調中。」

安良堂從未涉及過煙土生意，因而，對這個行當毫無熟悉可言，自然不知道能一手拿出上千噸煙土的貨主究竟是何方神聖。但有一條，董彪卻是可以篤定斷言，在美利堅合眾國，肯定存在著拉不下水來的官員，但絕對沒有滲透不進去的部門，除非是錢沒花夠。就像安良堂，想在金山這塊地盤上混出個風生水起，就一定要把眾多不同部門的官員給賄賂成自己人，那麼，貨主一方若是想保住自己的生意，就一定會把緝毒署的探員們拖下水來幾個，這樣才能保證自己可以掌握最及時的資訊，做出最及時的應對。

但凡這種被拖下水的探員，在拿到了豐厚回報的同時，自己的把柄也握在了人家的手上，若是被要脅過來做些不道德的事情，只要不是太過分，一般都會答應。而紐約安良堂，一直都比較本分，從未在社會上招惹過是非，再加上紐約那麼大，所以，被輕視甚或是被忽視都是頗為正常的事情。那幾個緝毒署探員，或許便是因此而誤解了金山安良堂，以為按照貨主的要求欺負一下安良堂並非什麼大事。

想明白了這些，董彪反而顯露出了些許淡然神色。「既然咱們已經進到了人家的步調，那麼咱們不妨就悠閒自得地繼續往前走走，反正著急想拿到貨的不是咱們。若不是看在那枚玉璽的面子上，咱一把火燒了那些煙土又能如何？著急的應該是他們才對，只要咱們穩住了，他們必然會露出破綻出來。」

羅獵頗為認可董彪的想法，點了點頭，道：「下午的時候，我便朦朦朧朧意識到了這一點，所以才跟你說，建議把監視礦場的那兩名兄弟給撤下來，可惜啊，還是晚了一步。」

董彪歎道：「既是打仗，必有傷亡，咱們安良堂的弟兄，沒一個怕死的，能站到這個堂口上來的，每一個都做好了必死的決心。但咱們安良堂的弟兄不能冤死白死，血債必須血來還，我董彪誓要讓他們付出十倍百倍的代價！」

羅獵切著牙應道：「沒錯，他們已經欠了咱們三條人命，不把他們全都滅了，這血債就算沒還乾淨。」咬牙發狠之後，羅獵忽地又想到了什麼，頗有些犯愁道：「彪哥，我突然覺得咱們不應該招惹那幾個緝毒署探員，就像我剛才勸慰你時說的那樣，對手可能正盼望著咱們因衝動而犯錯，那幾名探員，會不會是人家給咱們設下的陷阱呢？」

董彪瞇著眼回憶了當晚在胡安家中的整個過程，稍顯遲疑道：「我瞭解胡安這個人，此人時常擺出一副大義凜然公正廉明的姿態，但實際上卻是貪念頗重膽小如鼠之輩，他很聰明，精於算計，從不願吃眼前虧，卻也想不到身後的坑，所以，他做出這種事情來還算是正常。他應該是沒想到咱們敢那麼快地找上門去，因而缺乏應對之策，又被你完全嚇破了膽，所以合盤托出了他所知道的內幕真相……」

羅獵插了一句：「如果這一切都是對手的有意而為呢？他們算準了咱們會反擊，故意把那幾名探員推到了風口浪尖上，只等著咱們對他們動手，那咱們豈不就成了主動鑽進人家打好的套中的呆子傻子了麼？」

董彪歎道：「是啊！咱們對胡安的住址頗為熟悉，若是在那邊設個什麼局的話，很容易被咱們發現。但若是換個咱們不怎麼熟悉的環境，他們就可以輕易騙過咱們，當咱們對那幾名探員動手的時候，可就落下了十足的罪證，到時候，就算把咱們安良堂給查封了，似乎都有了充分的理由。」

羅獵心中不禁一凜。

美利堅合眾國的法律只講證據，若是拿不出充分的證據，就算是布蘭科那樣的惡人都可以逍遙法外。也正因如此，董彪、羅獵才敢於那般恐嚇胡安。但若是在緝毒署探員身上翻了船，落下了恐嚇威脅聯邦官員的罪證給人家，那麼，對方以此為突破口，很可能擊潰安良堂在法律上設下的種種防線。查封安良堂恐怕都是小事，給曹濱定下一個足以判刑二十年以上的罪行都是很有可能。

胡安確實是一個精於算計的人，這種人，在洋人之中當屬鳳毛麟角。

三天前，稅務局最大的頭，斯特恩先生找到了他，一見面，斯特恩便從包裡拿出了厚厚一疊美金來，胡安目測，那疊美金至少有五百美元。

斯特恩話說得很直白：「胡安，有人希望安良堂的湯姆能夠在金山消失一段時間，如果你能做得到，那麼這些美元便屬於你了。」

「曹濱？」胡安不禁一怔。說實話，面前的這筆錢對他的誘惑力十分巨大，但是，他深知老虎屁股摸不得的人生道理，不敢輕易觸犯曹濱。「斯特恩先生，我沒有聽錯吧？我們的工作性質決定了我們發不了什麼大財，但相對其他人來說，我們的生活品質還算不錯。有著好的生活不去享受，為什麼要給自己招惹麻煩呢？」

斯特恩道：「你以為我會為了這點錢故意招惹麻煩麼？不，胡安，是麻煩主動招惹了我。你是知道的，再有不到一年的時間，我就可以退休了，我早已經設計好了我退休之後的生活，可偏偏在這個時候有野蠻人闖了進來，打亂了我的計畫，他們威脅我說，如果我不配合他們，那麼，他們就會拿出足夠的證據將我送進監獄。胡安，一直以來，你我都是一體的，我若真的被送進了監獄，恐怕你也會被連累。」

胡安道：「不，斯特恩先生，你恐怕是上了他們的當了，一直以來，我們小心翼翼，怎麼可能被別人掌握了證據？」

斯特恩苦笑道：「他們闖進了我的家中，強迫我打開了保險櫃。」

胡安心頭不由一顫，斯特恩口中所稱的他們，其手段居然如此暴戾。

斯特恩接著道：「你可能會問我為什麼會放陌生人進到家中，為什麼會配合他們而不是報警，胡安，他們是聯邦緝毒署的探員，已經掌握了我們吸食煙土的證據。」

胡安登時傻眼了。

聯邦議會早在十多年前就制定了禁止吸食煙土的法律，金山所在的加州議會隨即便回應了聯邦議會，並規定，但凡加州政府雇員，均不得吸食煙土，一經發現，立刻開除公職，嚴重者，將予以法律起訴。而他，以及斯特恩先生，卻都是個癮君子。

「他們並不想真正為難我們，他們只是想和我們做筆交易。」斯特恩看上去很平靜，一副胸有成竹的樣子，說起話來，也是不緊不慢，沒有絲毫的緊張情緒。「他們希望我們以偷稅漏稅的名義將安良堂的湯姆請到看守所來住上一段日子，等他們把事情辦完了，便任由我們處置湯姆。為此，他們願意付給我們一大筆錢，並承諾事情辦完後雙方再不見面。我認為，這對我們來說並不是一件很難的事情，所以，我答應了他們。事實上，我不答應也不行啊，我可不想在監獄中安排我的退休生活。」

胡安歎道：「可是，斯特恩先生，你想過沒有，將湯姆請過來容易，隨便找個專案編個資料就可以做得到，但是，他若是事後追究起來，我們又該如何交代呢？我非常理解先生的想法，事實上，我也不想進監獄，可是，要是惹惱了湯姆的話，他可是隨時能殺了我們的呀！」

斯特恩輕歎一聲，道：「這個問題我當然想過，我跟湯姆打交道的時候，你還在學校裡念書呢，湯姆是個怎樣的人，我比你清楚。他在咱們手上時，他的組織肯定不會輕舉妄動，所以在這段時間內，我們應該是安全的。在這個過程中，你可以將所有的責任推到我的身上，湯姆這個人是不會怪罪一個奉公行事執行命令的辦事人員的，而我，已經做好了提前退休的準備，雖然提前退休會讓我損失一大筆退休金，但為了不坐牢，我也只能這樣選擇。等到湯姆出來之後，想報復我，卻很難再找到我了。」

胡安當時在心中飛速地算計了起來。

斯特恩既然決定了要做這件事，且找到了他，那麼，即便他拒絕了，也難以甩脫麻煩，搞不好別人都落了個悠閒自得，而自己卻會遭到報復，就算沒被送進監獄，至少也會以吸食煙土的緣由被開除公職。若是答應了斯特恩，不單能撈到一大筆外財，而且，按照斯特恩的設計，他很有可能會逃脫了曹濱的報復。利弊之間，清晰明瞭！

這時，斯特恩又補充了一句：「胡安，等我得到了提前退休的批准後，我想，我會提名由你來接替我的位置。」

胡安再也抵擋不住這份誘惑，終於答應了斯特恩的請求，拿走了那一疊多達五百美元的定金。

接下來的事情進展得相當順利，胡安隨便找了安良堂的一個經營專案，偽造了資料，做成偷稅漏稅的假像，然後以此出具公函，向警察局發出了協作申請。胡安一開始以為警察局最多也就是派上一個或兩個警隊應付一下，卻沒想到，居然得到了卡爾・斯托克頓警司的積極回應。

但胡安還是失算了，他沒想到，曹濱的兩名兄弟竟然如此莽撞，根本不顧及曹濱的安危，便找上了自己。在面對董彪、羅獵的威脅的時候，胡安原本打算以強硬態度來對抗，一口咬定自己不過是奉公行事執行命令而已，但那一瞬間，胡安意識到自己犯下了一個錯誤。

安良堂是一個華人組織，而華人在美利堅合眾國的地位相當低下，安良堂若想立足於這個社會並得到別人的尊重，唯有搏命這一條路可走。若是因為曹濱一個人的安危而失去了這份搏命的精神，那麼，等著安良堂的必然是衰敗。以曹濱的個性，斷然不會容許安良堂走上衰敗之路，那麼，身為曹濱左膀右臂的董彪做出這番搏命的姿態來，也是理所當然。

想明白了這一點，胡安的心中頓時充滿了恐懼。

論社會地位，他胡安可是要比安良堂的任一人都要高出幾個檔次，但要是論實力，論狠勇，安良堂的任何一人都可以輕而易舉地送他去見上帝。

因而，胡安迅速調整了自己的策略，顯露出唯唯諾諾的懼怕心理，對董彪及羅獵的每一句問話均是如實相告。只不過，這種如實卻是加了些水分而已。

終於送走了董彪和羅獵兩顆煞星，胡安在無盡後悔中努力思考，究竟該怎麼做才能不露痕跡地打探到斯特恩所說的聯邦緝毒署探員的姓名和住址呢？

精於算計的人雖然會被詬病為小聰明，但有著小聰明特徵的人其智商必然不低。胡安只是想了片刻，腦海中便形成了一個計策。

第二天一上班，胡安便找到了斯特恩。胡安當然不會向斯特恩透露昨晚上所發生的的事情，他不露聲色道：「斯特恩先生，我們已經如約完成了他們的要求，做為交易，我想他們是不是到了應該支付餘下酬勞的時候了？」

事情辦得很漂亮，其順利程度大大超出了斯特恩的預期，因而，這老頭顯得相當愉悅：「是的，胡安，我和你有著相同的認識，尤其是我，更需要用這筆錢來提前安排我的隱退生活。」

胡安道：「斯特恩先生，我對你提出的分成比例沒有意見，畢竟，是你擔負了主要的責任，而我，也僅僅是付出了一些體力。但是，在對方的酬勞總金額方面，我想得到最有說服力的數字。當然，提出這樣的要求可能會傷害到你，但我希望斯特恩先生不要誤會，因為在過去相當長的時間內，你總是這樣要求我的。」

斯特恩的心中難免生出些許怒火，但在這種關鍵時刻，他還不能得罪了胡安，否則的話，他一怒之下去跟安良堂的傑克兜了底，恐怕自己的生命隨時都有可能報銷。「胡安，我當然不會誤會，生意就是生意，只有講規矩的生意才會長遠。不過，我怎麼做才能滿足你的要求呢？」

胡安笑道：「很簡單，斯特恩先生，你再和他們接觸的時候，帶上我。」

斯特恩稍顯猶豫，道：「我不知道他們會不會同意和你見面，胡安，請你相信我，他們確實提過這方面的要求，除了我，不會跟第二人發生關聯。」

胡安思考了一下，道：「我能理解，斯特恩先生，但是，你若不能做些什麼來，我卻無法說服自己，你看這樣好嗎？你告訴我他們的名字和下榻的酒店，我只需要驗證他們的存在，好麼？」

這對斯特恩來說簡直就是赤裸裸的要脅，可是，事情走到了這一步，對任何一個參與者來說均是騎虎難下之態勢，忍一忍，或許就是風平浪靜，但若是因為心中不順暢而招惹出不必要的麻煩出來，那就太不划算了。

「好吧，我可以告訴你！」矛盾之後，斯特恩終於做出了讓步。

所謂他們，其實並沒有多少人，數天前敲響斯特恩家門的只有兩個人，這兩個人中只有一人向斯特恩展示了他的聯邦緝毒署探員證件。

得到了這二人的資訊後，胡安當然不會去驗證，而是直接去了唐人街的安良堂。

「傑克，說句真心話，我一直把你當做朋友，還有湯姆，我從來沒想過我會傷害他。可鬼知道我……」胡安將那二人的信息告知了董彪，再拿捏出了一副懊喪的樣子，從口袋中掏出了一疊二十張十美元的美鈔，放在了董彪的面前。「為了這兩百美元，我居然做出了這種事情來……」

董彪笑瞇瞇地看著胡安，卻不做任何表態。

胡安怯怯地看了眼董彪，頗為不情願地給了自己一嘴巴，並道：「唉，我怎麼能這麼混蛋呢？」

董彪這才開了口：「好了，是個人總會做錯事情，你能知錯就改，還算不錯。這些錢你就拿著吧，權當是我付給你的酬勞。」

胡安訕笑著拿回了那疊美鈔，放回了口袋中，並獻媚道：「傑克，我還有個資訊要透露給你，卡爾對這件事非常積極，雖然他並不知道真相，但以我的觀察，他似乎很樂意看到湯姆和你觸犯楣頭。」

董彪笑道：「我知道，卡爾這個東西，虛榮心非常強烈，半年前，諾力手刃了布蘭科，他想搶到這份功勞，並以此作為晉級的基礎，但湯姆沒有答應他，而是向警察局提供了真實情況，所以，他才會記恨在心。不過，你能告訴我這些，說明你真的是把我當做了朋友，胡安，我很欣慰。」

聽到了董彪這句肯定的答覆，胡安才算放下心來。

打發走了胡安，董彪敲響了羅獵的房門。

一早吃早餐的時候，董彪見到了晨起鍛煉歸來的羅獵，但羅獵的神色非常憔悴，一問之下，才知道昨一整夜，羅獵幾乎沒睡，於是，早飯過後，董彪便將羅獵趕回房間補覺去了。

「我是真不想打攪你睡覺的，可是……」一進屋，董彪便忙著道歉解釋。

羅獵苦笑道：「問題是，我根本睡不著，所以，你也就不存在打攪了我睡覺。」

「失眠的滋味不好受啊！小子，要不還是去診所開些安眠藥物吧！」董彪坐了下來，習慣性地摸出了煙盒。

羅獵搖了搖頭，道：「席琳娜給我開了藥，可我吃了，並不能解決問題，相反，第二天的腦袋還特別脹痛，乾脆就不吃了。」

董彪點上了煙，抽了一口，卻突然想起了什麼，將煙摁滅了，道：「走，彪哥有辦法讓你踏踏實實地睡上一覺。」

羅獵再次苦笑，道：「彪哥，你來不是要跟我說事情嗎？咱先說完事情，再說睡覺的事，不好麼？」

董彪笑道：「彪哥的辦法，說事睡覺兩不耽誤。」

羅獵的狀態實在是糟糕，主觀上也的確想睡上一覺，於是便乖乖地跟在了董彪後面，出了房間，下了樓。

「給彪哥提輛車來，先看看油箱，油不滿的話給彪哥加滿嘍！」出了樓道口，董彪先吩咐了堂口弟兄，然後轉身對羅獵道：「這種天，坐車最容易犯睏，咱們晚上要幹的活至關重要，你必須好好睡上一覺，養足了精神，晚上的活才能幹得漂亮。」

羅獵驚喜道：「胡安來過了？他拿來了聯邦緝毒署探員的資訊？」

董彪點了點頭，道：「剛讓我給打發回去了。那邊就倆人，住在敦麗酒店，為主的一個叫貝拉克川泊，另一個只知道名不知道姓，叫唐納德。」

羅獵道：「住的房間號不知道嗎？」

董彪搖了搖頭，道：「胡安說他沒問出來，不過，我想這並不重要，知道了客人的姓名，害怕打探不到他的房間號麼？」

說著話，堂口兄弟將車開到了樓道口，停了車，他兄弟將鑰匙拋給了董彪，並彙報道：「彪哥，加了一整箱油哦！」

董彪接下了車鑰匙，上到了駕駛座上，並為羅獵打開了副駕位置的車門。「要說的也就這些了，你上車再好好想想晚上這趟活該怎麼幹才能最漂亮，想著想著，估計也就想睡著了。」

初秋的陽光雖然失去了夏季的毒辣，但曬在了身上，還是有些讓人想出汗。車子疾馳起來後，帶起的風吹在了身上，捲走了大部分陽光的熱量，而人在這種不冷不熱的環境下最容易犯睏。再加上，董彪將車開得非常平穩，汽車發出的單調轟鳴聲，更像是一首效果極佳的催眠曲。

車子僅僅開出了兩公里，羅獵的眼皮便不自覺地打起了架來，下意識地掙扎了幾下，但最終沒能抗拒得了身體的反應，終於進入了睡眠狀態。董彪頗為得意，點了支煙，單手把著方向盤，還低聲哼起了一首不知名的流行歌曲。

董彪不肯浪費汽油，於是便借著這個機會開著車去了敦麗酒店，圍著敦麗酒店的週邊一連轉了三圈，董彪這才調轉了車頭，駛回了唐人街。

剛駛過了唐人街的路口，前面突見一行人橫穿馬路，董彪無奈，只得踩下了剎車。汽車猛然一點頭，堪堪停在了距離那行人不到三米的地方，董彪顧不上責怪那行人，先看了羅獵一眼。

羅獵的氣色明顯好了許多，美美地伸了個懶腰，順便打了個哈欠，道：「坐車睡覺真的不錯哎，我現在精神多了。」

董彪抱歉笑道：「別說話，閉上眼，說不定還能睡著呢。」

羅獵用雙手搓了搓臉，用力地眨了兩下眼皮，道：「差不多夠了，再睡的話，估計晚上又要失眠了。」

董彪這才想起來去責怪那名冒失的行人，可是，行人已然走遠了。

「走了，回去吧，彪哥，難不成還想追過去把人家打一頓麼？」羅獵看穿了董彪的心思，調侃道：「安良堂講究的可是懲惡揚善除暴安良哦，就你這種思想，就該遭到安良堂的鎮壓！」

董彪呵呵笑道：「我是想追上那人來著，但可沒你想的那麼齷齪，彪哥只是怕嚇著了人家，追上去安慰兩句，有錯嗎？」

從唐人街回到堂口也就五六分鐘的車程，兄弟倆鬥著嘴，說著笑，沒覺得過癮便駛進了堂口的大院子。

已經過了午飯的時間，但周嫂特意為這兄弟倆留了飯菜，拿起筷子的時候，董彪問道：「晚上的活想好了怎麼幹麼？」

羅獵道：「我覺得昨晚上咱們的設計就挺好的，正常執行就夠了。」

董彪道：「剛才我去敦麗酒店兜了幾圈，突然有了個想法，不知合不合適。」

羅獵夾了口菜，邊嚼邊道：「彪哥什麼時候變得這麼謙虛了？」

董彪沒理會羅獵的調侃，接著說道：「半年前，你在火車上宰殺布蘭科的親兄弟的時候，不是剛巧被金山郵報的那個叫什麼的女記者……對了，海倫，這個海倫對你應該還是很熟悉的，我想晚上把她叫過去，將事情鬧得再大一些。」

羅獵剛好扒拉了一口飯在嘴中，聽到了董彪的想法，禁不住半張著嘴愣住了，過了兩三秒鐘，才想起來了嘴裡的飯，一邊嚼著，一邊露出了笑容來。「這主意不錯啊！鬧出個滿城風雨來，對咱們只會更加有利。怪不得濱哥說，有他在身邊，彪哥就是半個傻子，他要是不在的話，彪哥的智商就會迅速恢復，看來，濱哥說得還真對呢！」

董彪一邊吃著菜，一邊呵呵笑問道：「濱哥真是這麼說的？」

羅獵鄭重點頭回道：「當然，不信的話，你去問濱哥呀！」

董彪冷笑兩聲，道：「行吧，等他出來，看我怎麼跟他算帳。」

羅獵噗哧一聲，差點噴飯，並道：「你敢麼？」

董彪隨口應道：「趁他不在，吹個牛不行啊？」

十分鐘吃過了飯，董彪叫來了幾位核心弟兄，交代的第一件事便是給金山郵報的海倫傳個話，叫她晚上七點半鐘守在敦麗酒店的大廳中，到時候，會有一個天大的新聞在等著她。

「你給彪哥記住了哦，傳話的時候可不能露面，千千萬萬不能暴露了你的安良堂兄弟的身分，不然的話，咱們可就要遭大麻煩了，明白不？」

那兄弟自信回道：「放心吧，彪哥，幹這種事又不是一回兩回了，兄弟有分寸，保證圓滿完成任務。」

那兄弟領了命令率先出去，董彪接著安排道：「你們幾個，早點出發，埋伏在敦麗酒店的大廳中，那種地方不適合攜帶武器，哪怕是匕首都不成，咱們今晚，只能依靠雙手，明白麼？」

明白才怪！

但安良堂的弟兄執行力都非常之強，只要是濱哥或是彪哥的安排，明白不明白，都是一個嚴格執行。

終於等到了天色擦黑，董彪開了車，帶著羅獵又一次駛向了敦麗酒店。

路上，羅獵忍不住感慨道：「說真的，今晚上的活，咱倆都不是關鍵，最關鍵的還是你的英文教員兼秘書陸文棟兄弟啊！」

董彪笑道：「你就放心吧！文棟這小夥，幹別的差點，幹這種活，絕對是一把好手。」

第四章

裝病的妙計

氣急攻心，一頭栽倒，倒不是萊恩的有意之為，
但在醫院中醒來之後，萊恩便生出一條裝病的妙計，
如此一來，不單可以蒙蔽了漢斯，
也可以看看公司中那些要員們肚子裡揣著的是一顆怎樣的心。

也是湊巧，這一天下午，海倫剛好結束了上午的採訪計畫，正在報社辦公室中埋頭趕稿，這時，一名同事敲響了她的辦公室房門。

「海倫，外面有人要我交給你一封信。」那同事進到了海倫的辦公室中，將手中一封信件放在了海倫的面前。海倫怔了下，當著那同事的面打開了信封。信件內容極為簡單，既沒有開頭稱謂，也沒有結尾落款，只有那麼乾巴巴一句話：晚上七點半後，敦麗酒店大廳中將有大事發生。

「送信的是個什麼樣的人？」海倫並不忌諱被同事分享了資訊，索性還把這句話給了同事過目。

同事聳了下肩，道：「一個小女孩，在門口剛好碰見了我，就委託我把這封信交給你。她親口報出了你的名字，而我們郵報只有你一個海倫。」

海倫咂了下嘴，發出了嘖的一聲，問道：「這件事你怎麼看？」

那同事道：「我感覺這可能是個惡作劇，或者，有人愛慕你，想利用這樣的機會為你製造驚喜。」

海倫歎道：「不管是惡作劇還是製造驚喜，我想知道，你是其中的參與者，對嗎？」

那同事連聲分辯：「不，不，海倫，你一定是誤會了，我真的是碰巧遇見了那個送信的小女孩，這其中究竟實情如何，我真的是一點也不知道。」

海倫點了點頭，道：「這就對了，不瞞你說，當我打開這封信的時候，我的直覺告訴我，今晚在敦麗酒店的大廳，真的會發生一起重大新聞。你仔細觀察這封信的筆跡，寫字者一定是在故意隱藏自己的筆跡，他是一名爆料者，肯定會擔心自己受到牽連，所以，才會用另一隻非便利手寫下了這句話。」

那同事仔細觀察過了，不由讚道：「海倫，你的觀察力真是令人佩服，這封信的筆跡歪歪扭扭，確實像是用另一隻非便利手寫下的。」

海倫淡淡一笑，道：「我搭檔的運氣很不好，他請了假，如果你有參與到這件獨家新聞報導的興趣的話，就請你拿起你的照相機，隨我一同前往敦麗酒店。」

那同事看了看時間，道：「我當然願意和金山最優秀的新聞記者海倫女士共事，可是，信上說七點半後事件才會發生，現在才五點半鐘，是不是早了些呢？我的意思是說，我們能不能吃了晚飯再過去呢？」

海倫搖了搖頭，道：「做新聞，就得經得起忍受饑渴，爆料者雖然標明了時間，可是，誰又保證事件不會提前發生呢？」

那同事投來了由衷欽佩的一眼，道：「海倫，你說得對，我為我剛才的想法而感到羞愧。我這就去拿照相機，我們五分鐘後在報社門口會合。」

海倫帶著她的同事趕到敦麗酒店的時候，時間才走到了六點一刻，憑著經驗，海倫在酒店大廳中選了一個視線最好的座位。正逢要準備吃晚餐的時間，因而，大廳中的客人並不是很多，但海倫還是發現了蹊蹺之處。

「把照相機隱藏好，保持鎮定，就像是一名外出歸來的遊客。大廳的氣氛有些怪異，四周分別有幾個喬裝打扮過的華人，我猜測，今晚很有可能發生的是安良堂的一起行動。」海倫換了個位子，和她同事坐到了同一張沙發上，並將身子偎依在了那同事的肩上，裝扮成了一對遊玩歸來的情侶。

「安良堂？」那同事身體猛然一顫，卻不知是被嚇到還是被海倫偎依過來的身子給刺激到了。「海倫，你半年前刊登的那個飛刀小英雄不也聽說加入安良堂了嗎？」

海倫點了點頭，道：「他很有可能是安良堂派去馬戲團的，為的就是能殲滅布蘭科這夥匪徒，只可惜，我當時沒能想這麼深遠，以至於錯過了一件更大的新聞。」

莫說是金山的記者，就算是普通百姓都知道，安良堂要麼是悶不做聲地做他的生意，要麼就是轟轟烈烈幹出一件大事來。因而，當海倫觀察到酒店大廳中事先埋伏了數名喬裝打扮過的華人的時候，第一時間想到的，同時也是期盼著的，便是安良堂今晚上的行動。對海倫以及她同事來說，做出了這樣的判斷後，再說不緊張那顯然是假話，但緊張中卻包含著職業造就的莫名興奮。

時間一點一滴地流淌著，海倫和她的同事便在這種複雜的心情中煎熬著，終於煎熬到了七點半鐘。就像是經過多次排練一般，當海倫看到自己的腕表上的分針指向了最下端的時候，突然感覺到了異樣，不禁抬頭向酒店大廳門口瞥了一眼，便看見了曾經的飛刀小英雄和安良堂的二把手並肩走進了酒店大廳。

「果真是安良堂的行動！」海倫興奮之至，很想立刻讓同事架起照相機，又生怕自己的莽撞影響到了安良堂的行動。

就這麼稍微一猶豫，海倫便只能注視那二人的背影了。

便在這時，從樓梯口處突然衝出一人，一頭金色的卷髮已經暴露了此人的洋人身分。這個金髮洋人徑直向羅獵、董彪二人衝來，不等此二人有所反應，已然從懷中掏出了一把左輪手槍。

「砰——砰砰——砰砰砰——」

金髮洋人連著射出了六發子彈，在一片混亂中衝出了酒店大廳。

董彪的反應終究是快了羅獵一步，雖然，那金髮洋人的第一槍便打中了他的胸膛，但他還是挺身擋在了羅獵的身前，以至於羅獵僅僅是肩膀處挨了一槍，而董彪卻身中五槍，直接倒在了血泊之中。

酒店大廳中事先埋伏的那些個喬裝打扮過的華人確實是安良堂的弟兄，也是因為平日裡訓練有素，此刻突遭如此變故，卻也沒有多少慌亂，而是迅速圍了上來，將受了重傷的董彪、羅獵圍在了中央。

接著，便聽到了羅獵撕心裂肺的呼喊聲：「彪哥，你醒醒啊！彪哥，你不能死啊！」

海倫連忙督促同事道：「快，趕快架起照相機來拍照。」

安良堂的那些弟兄反應極快，迅速用衣服蓋住了身中五槍的董彪的頭，海倫從人縫中看到，那董彪一動不動，蓋住了頭的衣服也看不出有呼吸的跡象，顯然是死了。隨即，羅獵帶著明顯哭腔的呼喊證明了海倫的判斷。再接著，安良堂弟兄抬起董彪的姿勢進一步證明了海倫的判斷。

那同事迅速架好了照相機，咔嚓咔嚓拍攝了起來，只可惜，能拍到的僅僅是安良堂弟兄抬著董彪攙扶著羅獵，倉惶撤出酒店大廳的背影。

「對不起，海倫，我的動作還是慢了，只能拍到這些背影了。」那同事一臉愧疚，全然沒有被剛才的槍擊事件所嚇到。

海倫道：「已經很不錯了，這將是我們金山郵報的又一篇重大新聞的獨家報導。好了，我們必須儘快趕回去，連夜撰稿並沖洗照片，爭取明天一早能以號外的形式將新聞報導出來。」

敦麗酒店雖然不是頂級酒店，但在金山，也算是豪華級別的酒店，發生了這種事，當然不能隱瞞，在安良堂弟兄尚未撤出酒店大廳的時候，便已經撥通了警察局的緊急報警電話。當海倫幫助同事收好了照相機準備撤離的時候，已經聽到了遠處傳來的警笛聲。

那同事不禁讚道：「海倫，還是你的反應比較機敏，換做了我的搭檔，此刻很可能會要求再多拍幾張照片，或是他再試圖採訪幾人。可這樣一來，很可能就被員警堵在酒店大廳中了。」

海倫倒也不謙虛，和那同事並肩向外走去的同時，講解道：「我們要的只是事件的新聞性，而新聞性只講時間和真實性，至於事件的幕後因素，那將是另一個範疇。另外，人們總是擺脫不了先入為主的潛意識，我們率先報導了這個事件，那麼，人們就自然將我們視為此事件的最權威媒體，待到需要深挖事件真相及幕後故事的時候，人們也會習慣性的相信我們的報導。」

那同事點頭應道：「是的，就像你最先報導了諾力在火車上以飛刀殺死了劫匪的新聞，後來，在深挖安良堂和布蘭科的那場戰鬥故事的新聞戰時，我們雖然一直落後於競爭對手，但在那場比拚中，我們金山郵報最終還是獲得了勝利。」

離開了酒店，走到了街口，迎面已經駛來了一隊警車。海倫下意識地停下了腳步，看著警車呼嘯而過，嘴角處不由揚起一絲帶著輕蔑神色的笑來，並呢喃道：「那麼，今晚的事件，其真相究竟是什麼呢？員警能破開這個謎團嗎？」

那同事應道：「員警恐怕連中槍者是誰都搞不清楚，想挖出事件的真相，還得靠你海倫，畢竟你對那安良堂最為熟悉。」

海倫勉強一笑，道：「事實上，我對安良堂並不熟悉，他們和布蘭科之間的故事，我不過是摘抄了競爭對手的報導，並加上了自己的想像而已。」

員警趕到後迅速封閉了案發現場，並開始尋找目擊者。

七點半的時間，很多客人已經用過了晚餐，因而，酒店大廳中的人們相對一個小時前多了許多。槍擊發生後，大多數客人因為恐慌而四下逃竄，又因事發極為突然，因而，員警們能找到的目擊者並不多，就連酒店服務台的侍者們也說不清楚究竟發生了什麼。現場留下了一灘血污以及零散於地面上的六顆彈殼，但這些，對員警的指導意義並不大。

警戒線外，兩名男子明面上在冷眼觀看著忙碌的員警，實際上，卻是在凝神靜聽周邊人們的悄聲議論。很少有人看到了槍擊的過程，但不少人卻看到了一幫華人抬著一具屍體撤離了敦麗酒店的大廳。在金山，能召集來這麼多華人的組織，必然是那赫赫有名的安良堂。

那兩名男子聽到了安良堂三個字，神色不禁為之一變，相互交換了一下眼神，便匆匆離去。他們的裝束打扮跟金山的風格有著明顯的差異，很顯然是從外地來到金山的遊客或是出差人員。這二人並未遠離敦麗酒店，而是在附近找了個僻靜的地方商談起來。

「唐納德，這件事你怎麼看？」說話的是其中一個留著絡腮鬍子的大高個。

叫唐納德的這位面龐白皙個子稍矮的傢伙回道：「我不知道，貝拉克，我只知道開槍的並不是咱們的人。」

貝拉克道：「我們沒有刻意隱藏我們的資訊，目的就是想將安良堂的人引來，但今天的這個事件卻大大出乎了我的預想，一是沒想到安良堂的人會那麼快找到我們，二是沒想到竟然有人在我們之前對安良堂的人下了手。」貝拉克幽歎了一聲，又跟了一句自問：「下手的人，會是誰呢？」

唐納德道：「會不會是漢斯的人？」

貝拉克搖了搖頭，輕歎道：「漢斯惹上大麻煩了，換了我是他的話，一定會放棄了那批貨而保住自己的性命，可他卻始終不甘心，以為可以挑起我們跟安良堂之間的爭鬥從而坐收漁利，既可以保住性命，又能夠最終取得那批貨的所有權，所以，此時此刻，他是不會對安良堂下手的。」

唐納德做出了一副深思的樣子，道：「那會不會是黛安和大衛他們幹的呢？」

貝拉克道：「這倒是有可能。貨是在黛安手上丟掉的，她急於挽回損失洗刷恥辱，而大衛那夥計，看似精明，實則草包一個，完全有可能做出這種莽撞事情來。」

唐納德道：「貝拉克，我認為不管是誰幹的，對咱們來說，首要的是將這件事報告給老闆。」

貝拉克點了點頭，道：「是的，唐納德，你說的非常對，可是，一直以來，都是老闆在單線聯繫我，而我，並不知道老闆在哪兒。」

唐納德聳肩歎道：「那我們也只好在房間中等著老闆的召喚了。」

貝拉克道：「不，唐納德，我們的資訊已經洩露出去了，現在房間並不是一個安全的場所。」

唐納德疑道：「你是說安良堂仍然有力量對我們……」

貝拉克打斷了唐納德，道：「不，唐納德，你誤會我的意思了，安良堂遭此重創，自顧不暇，還怎麼能騰出手來對付我們呢？我擔心的是兇手那邊的人，他們很有可能在狙擊安良堂的同時，趁亂對我們下手。上帝啊，這趟渾水究竟有多渾啊！我已經完全困惑不清了。」

唐納德道：「如果我們不回房間，那老闆怎麼才能找到我們呢？」

貝拉克長出了口氣，道：「老闆神通廣大，若是想找到我們的話，他就一定能找到我們。唐納德，有句話我一直想跟你說，又不知道合適不合適，但現在看來，這句話我必須要跟你說清楚。唐納德，我們並不是老闆組織的核心人物，我們只是兩枚微不足道的棋子，僅僅是曾經做過聯邦緝毒署的週邊探員。看在錢的份上，我們來到了金山，但我們不可能為了那點錢便把命搭上，你說對嗎？」

唐納德道：「貝拉克，我的朋友，你是被剛才的槍擊案給嚇到了，是嗎？」

貝拉克反問道：「難道你不驚恐嗎？唐納德，被子彈射中的滋味很不好受，我這輩子再也不想有第二次體會。」

唐納德歎道：「說實話，我也很恐懼，可是我們已經拿了老闆的傭金，若是不能完成任務的話，我們兩個就不可能體面地回到紐約。貝拉克，我同意你的觀點，房間既然已經不夠安全，那我們就沒必要回去，但我們可以待在酒店大廳中，這樣，也方便老闆找到我們。」

貝拉克道：「不，我不能接受你的建議，安良堂的人就在酒店大廳中被槍殺了，天知道下一個會不會是我們呢？我已經不再奢求拿到老闆承諾的餘款了，我打算立刻離開這該死的金山，唐納德，你是我帶到這兒來的，我必須要對你負責，和我一塊離開吧，趁著老闆現在還騰不出手來尋找我們。」

唐納德猶豫再三，終於點頭同意了。

於此同時，一個陌生人敲響了貝拉克和唐納德的房間，連敲數聲，卻始終未見回應，那人只得無奈轉身離去。酒店大廳中的員警們收隊準備撤離了，那人在樓梯口猶豫了一下，重新回到了樓上，掏出了鑰匙，打開了貝拉克和唐納德的房間。那人進到房間中，並未對房間進行搜查，只是給自已倒了杯水，坐到了窗前的沙發上，耐心地等著貝拉克和唐納德的歸來。

然而，被槍擊案嚇破了膽的貝拉克和唐納德二人再也沒回到房間去。

那人在房間中等了大約半個多小時，終究是無奈離去。而此時，酒店大廳中的員警已經完全不見了蹤影，地面上的血污也已然被清洗乾淨，一切都恢復到了初始狀態，就像是什麼事情都沒發生過。那人徑直穿過了酒店大廳，出了門，上了輛排隊等客的計程車，駛離了酒店。半小時後，那人在另一家中流水準的酒店下了車，來到了四樓的一個套間中。

「出了什麼事情了？這麼久才回來？」裡屋傳出了一個稍顯蒼老的聲音。

那人規規矩矩立在門口回應道：「確實出事了，我的老闆，在敦麗酒店的大廳中，安良堂的傑克遭受槍擊而亡，那諾力也是身負重傷。員警趕到的非常及時，封鎖了酒店大廳，所以，到了約定的時間，我並沒有見到貝拉克。我去了他的房間，等了他大約半個小時，可他仍未回來。」

裡屋的人道：「你是說安良堂的傑克和諾力被人槍殺了？知道是誰幹的麼？」

那人回道：「不，我的老闆，可能是我沒表達清楚，傑克中槍身亡，但諾力還活著，只是肩膀處挨了一槍，看情況，他那條胳臂恐怕是要廢了。」

裡屋的人有些不耐煩，道：「這不重要，我想知道的是誰幹的！」

「我想……」那人剛開了口，卻怔了下，最終還是沒有妄自猜測：「我不知道，老闆，事實上，我連肇事者的面龐都沒看到，只看到了他的一個背影，個子不算太高，體型偏瘦，穿了一身黑色的嬉皮裝，留了一頭金色的長髮。」

裡屋的房間門悄無聲息地打開了，一名上了年紀的洋人叼了根雪茄走了出來。

「約翰，你說，這件事會不會是漢斯幹的呢？」

約翰上前一步，攙扶住了那位老者，並回道：「在這個當口，有可能對安良堂動手的只有漢斯和黛安，對黛安來說，她最希望得到的結果是親手幹掉漢斯，其次才是那批貨，所以，她的主要精力應該放在尋找漢斯上，而不是槍殺安良堂的人。」

那老者露出了笑容來，溫和道：「不管怎麼說，這種平衡總算被打破了，安良堂的湯姆被我們送進了監獄，而傑克又遭到槍擊身亡，只剩下了一個年輕的諾力，想必掀不起多大的風浪來，安良堂可以說已經提前退出了這場競爭。那麼，接下來漢斯的主要攻擊方向便是黛安和大衛的組合了。很好，這非常好，局面很快就會明朗起來，而身處最暗處的我們將會是最後的贏家。」

約翰道：「這都要歸功於老闆將湯姆送進了監獄，這步棋，實在是精彩。」

那老者道：「如果你今晚能夠順利幹掉貝拉克和唐納德的話，那才叫真正的精彩，不過，這個結局也不錯，那二人一定是嗅到了什麼危險的氣息，拔腿開溜了，只要他們不再出現於金山，那麼，我們便是最安全的隱身人。」

約翰道：「老闆，我們要不要加強一下對黛安的保護？畢竟，她是你的女兒。」

那老者正是萊恩。

氣急攻心，一頭栽倒，倒不是萊恩的有意之為，但在醫院中醒來之後，萊恩便生出一條裝病的妙計，如此一來，不單可以蒙蔽了漢斯，也可以看看公司中的那些個要員們肚子裡揣著的究竟是一顆怎樣的心。

次日上午，耿漢看到了金山郵報的號外，一時驚喜不已，再一時卻又驚疑不止。金山郵報是一家嚴謹的報媒，這一點毋庸置疑。而且，新聞報導中還排列了數張現場照片，這大大增加了此新聞的可信度。然而驚喜之餘，耿漢隨即產生了一個疑問，誰幹的？誰有這麼大的能耐可以如此輕鬆地幹掉董彪重傷羅獵？

黛安和大衛絕沒有這個能力，而一直隱身的萊恩絕不會做出這樣的傻事。安良堂最恐怖的人是曹濱，只要他還在，安良堂的戰鬥力就不會有明顯的下降，這一點，萊恩理應能夠看得清楚。

這兩個問題始終想不清楚，那耿漢的驚喜心情頓時湮滅了一多半。

「吳先生，這件事恐怕還得辛勞你一趟。」耿漢琢磨再三，對此新聞仍是將信將疑，甚或一度懷疑這是曹濱的故意之為。「我始終不敢相信董彪會如此輕易地被人幹掉，說不定，這是曹濱故意使出來的詐術，兵不厭詐這個成語對洋人來說或者陌生，但對你我華人來講，卻是太熟悉不過。」

吳厚頓跟著看過了那篇新聞報導，只是，吳厚頓聽得懂英文，也能應付得了日常對話，但就是看不懂白紙黑字，只能是看了新聞中的幾副照片。「那也不好說，老弟，紐約安良堂的顧浩然不就被你輕而易舉地傷到了麼？要不是你手下留情，他豈不是早就去見了閻王？」

耿漢點了支煙，苦笑道：「那不一樣，我的吳兄！與其說顧浩然是傷在了我的安排下，倒不如說他傷在了毫無防備上。但現在是什麼局面？三方兵戈相見，卻又互不知底，只能是小心再小心，謹慎再謹慎，那董彪又豈能如此大意呢？」

吳厚頓略加沉思，道：「聽你這麼一說，我覺得也甚是蹊蹺，咱們於昨日殺了他安良堂的兩名兄弟，沒見到安良堂的報復，反倒出了這麼一檔子意外，要說不是計策，還真是解釋不通。」

耿漢道：「解釋得通也好，解釋不通也罷，只要吳先生辛勞一趟，去那安良堂打探一番，或許就能得到答案。」

吳厚頓道：「去是肯定要去的，辛勞也談不上，只是，需要打探哪方面事宜，還請老弟明示。」

耿漢想了想，卻想出了一聲長歎來：「我這腦子現在是一盆糊塗漿，根本理不清個頭緒，不管真假，那安良堂此時都應該是高設靈堂大肆祭奠，又如何能看出破綻來呢？除非……」

吳厚頓接道：「除非，抓一名安良堂的人審上一審！」

耿漢緩緩頷首，應道：「確實如此，只是白天行事風險太大，兄弟不想讓老兄冒險啊！」

吳厚頓忽然笑道：「知情人此時必然龜縮在安良堂的堂口中，大白天抓人顯然不可能，但是，我卻想到了另外一人，她並非是安良堂弟兄，她甚至是個洋人，可是，她一定知道安良堂的實情。」

耿漢驚疑道：「還能有這種人？」

吳厚頓頗為得意道：「你可知道，那羅獵有個小女朋友叫艾莉絲，這個艾莉絲跟羅獵的關係可不一般，安良堂上下幾乎把她當成了自己人，不單可以自由出入安良堂堂口，跟曹濱、董彪也是十分相熟，巧的是，她並不住在安良堂的堂口中。」

耿漢先是一喜，隨即皺眉搖頭，道：「你知道她住在哪裡麼？還有，安良堂出了那麼大的事情，難道就不會對她封鎖消息嗎？」

吳厚頓道：「不試上一試，又豈能做出定論？」

耿漢深吸了口氣，背著手踱了幾圈，終於下定了決心：「你說得對，不試上一試，確實不能做出定論。」

得到了耿漢的首肯，吳厚頓隨即裝扮了一番，不過二十分鐘，便換了另一副形象，乍一看，活脫一個普通到了極致的勞工模樣。

「吳老兄，兄弟對你的能力沒有絲毫疑問，但我還是要多嘴叮囑一句，絕不可冒進，寧願無功，也絕不可犯錯。」那吳厚頓已然準備要出門了，耿漢追上來又叮囑了一句。

吳厚頓信心滿滿道：「你就放心吧，對付一個小洋妞，我還是有把握的。」

耿漢估計的沒錯，此刻，安良堂堂口中，靈堂高設，前來弔唁的人們是絡繹不絕。一條唐人街上，幾乎所有的商鋪在門口都紮了一朵白花。

吳厚頓來到了唐人街，剛準備打聽艾莉絲的住址，忽然意識到自己犯下了一個錯誤，既然艾莉絲跟羅獵的關係那麼近，那麼，此刻艾莉絲包括艾莉絲的家人此時也應該在安良堂的堂口中弔唁董彪才是。於是，吳厚頓改變了計畫，隨著人群，來到了安良堂堂口的大門外。

進去，顯然有些膽怯，那吳厚頓也只能是遠遠地守望著堂口裡的情況。

過了午時，從堂口大門走出了一群男女，其中雖然沒有那個叫艾莉絲的少女，但吳厚頓還是看到了自己想看到的面龐，艾莉絲的父親，西蒙神父。

那日，艾莉絲被人劫持，吳厚頓可是在暗中見到過這位曾經的神父，另有一人吳厚頓也是稍有印象，應該是老鬼的徒弟，羅獵的大師兄，趙大新。吳厚頓心中盤算著，此二人，隨便抓獲一個，說不定都能得到堂口內的真實情況。

跟蹤原本就是吳厚頓的強項，雖然是白天，難度稍微大了一些，但路上的行人頗多，對吳厚頓來說倒也簡單，只是，那數人卻始終不曾分開，這讓吳厚頓有些惱火。

這幫男女最終進到了一個院子中，吳厚頓在遠處等了許久，同時也矛盾了許久，這肯定不是抓舌頭的好時機，但就這樣放棄了，卻又心有不甘。就在吳厚頓的心情到了最為矛盾的時候，那院落的大門終於打開了，西蒙神父一個人走出了院子。

吳厚頓大喜過望，連忙跟上。

西蒙神父的情緒看上去很是低落，一路上連頭也不願抬一下，自然感覺不到身後的異常，就在他轉向一個小巷的時候，忽然感覺到肩膀被人拍了一下，猛然一轉身，便被一把鋒利的匕首頂住了喉嚨。「不許叫喊！」吳厚頓陰沉著臉惡狠狠地威脅道：「往後退，一步一步往後退！」

西蒙神父驚慌失措，下意識地舉起了雙手，並道：「你要多少錢，我給你，只求你不要傷害我！」

吳厚頓冷笑道：「我不要錢，我也可以答應不傷害你，但你必須如實回答我的問話。」

西蒙神父哆哩哆嗦地連聲應道：「好，好，你問吧，我一定如實回答。」

吳厚頓逼著西蒙神父退到了牆根，道：「我問你，安良堂的董彪真的死了嗎？」

西蒙神父道：「沒有！傑克是個好人，他怎麼能死呢？」吳厚頓不禁一怔，隨即又聽到西蒙神父跟了一句：「他將永遠活在我們心中。」

吳厚頓心中登時竄上了一團火來，忍不住揚起了另一隻手狠狠地抽在了西蒙神父的臉上。這一巴掌打得確實痛快，但同時，右手中的匕首也離開了西蒙神父的喉嚨。

西蒙神父順勢一個踉蹌，待直起身來的時候，手中一把左輪已然指向了吳厚頓。

同時，頭頂上傳來了一個熟悉的聲音：「彪哥，你輸了！」

吳厚頓大驚失色，面前這把左輪已然難以對付，頭頂上的聲音又分明是那羅獵，而羅獵手中的飛刀，比起面前的左輪更加難以伺候，更讓吳厚頓絕望的是，那羅獵口中稱呼的，居然是彪哥。

董彪果然沒死！

那則新聞果然是曹濱的使詐！

向前衝顯然不行，面前左輪的子彈可比自己快多了。向上跳也不是個好的選擇，鬼知道那羅獵的飛刀會招呼到自己身上的哪個部位。

只能向後飛奔！那一瞬間，吳厚頓做出了自認為最英明的決定。

可就在這時，身後傳來了董彪的聲音：「南無影吳前輩，沒想到啊，咱們又見面了！要不要切磋切磋，看看是你的身法快還是老子的子彈快？」

絕望中的吳厚頓使出了最終的絕招——撲通一聲，跪了下來。

「嗖——」兩道寒光並著一聲破空音響，射向了吳厚頓的左膀右臂。

隨著吳厚頓的一聲悶哼，袖筒中滾落出一支鐵質簧管，落在了地面磚石上，發出了清脆的聲響。

身後，董彪的聲音再次響起：「小子，你大爺的又贏了彪哥一局！」

羅獵從巷口的牆頭上跳了下來，拍了下西蒙神父的肩，關切道：「感覺怎麼樣？」

西蒙神父點頭應道：「很刺激，是從來沒有過的體驗！」

董彪蒙著一張臉，只露出了兩隻眼來，掂著手槍走了過來，用槍把敲了下吳厚頓的腦袋，笑罵道：「你他媽害得老子連輸了兩局賭約，靠，這筆賬你看該怎麼算吧！」

羅獵笑道：「第三局你還是個輸的命，彪哥，敢不敢加大賭約？」

董彪撩起腿來，踢了吳厚頓一腳，恐嚇道：「你他媽可得給老子撐住了，打死都不能招一句，不然，害得老子再輸錢的話，看老子不活扒了你個老東西的皮！」

本著就近原則，同時也是因為堂口正在熱熱鬧鬧地辦著董彪的「喪事」不適合待客，因而，這老少三人將吳厚頓帶去了趙大新他們所居住的院子。

路上，吳厚頓已然想好了一套狡辯的措辭。

「你們不能這樣對待老夫！老夫雖然未能助你安良堂奪得玉璽，但老夫已然盡力了。」吳厚頓忍住了左膀右臂各挨一刀的鑽心疼痛，振振有詞道：「老夫一早看到報紙，說你董二當家於昨晚中槍身亡，心中悲痛，本是前來弔唁，卻在路上遇到了那個洋人，老夫見他鬼鬼祟祟，疑他與刺殺董二當家的人有關，於是便上前逼問。卻不想被你們誤會。」

羅獵拍起了巴掌，道：「這理由編得真好，我都差點信了，可是，我跟彪哥都開口說話了，你老人家為何還想用你的暗器傷人呢？」

吳厚頓道：「只聞其聲，不見其人，誰能確定這不是一個陷阱？再說，巷口中回聲頗大，你二人的聲音實難分辨，老夫難免判斷失誤，下意識做出了拚死一搏的反應。」

董彪在一旁看著熱鬧，鼓勵道：「對，就這樣，打死都不能認下這壺酒錢，也好讓老子扳回一局。」

趙大新掀開了門簾，走進屋來，坐到了羅獵身旁，衝著吳厚頓道：「你便是跟我師父齊名的南無影，是麼？」

吳厚頓拿捏出成名人物的做派，口中卻謙遜道：「那只是江湖朋友所贈的名號，實不敢自稱跟崔老鬼齊名。」

趙大新笑了笑，道：「哪能呢！我師父曾經跟我聊起過南無影做下的幾件大案，對南無影甚是佩服，我記得師父最為佩服南無影的一項本事便是他的縮骨功，無論身上的繩子綁得有多緊，他都能逃脫出來，吳前輩，要不你就給他們露上一手好了。」

縮骨解鎖，乃是老鬼最得意的一項絕技，苦練雖是必須，但更需要天賦，趙大新也好，羅獵也罷，包括當初的安翟，均不具備修習縮骨功的天賦，因而，也就沒能繼承下來老鬼的這項絕技。

至於吳厚頓，雖然於盜門各項技能均可稱作一流高手，但對縮骨解鎖之術，卻是一竅不通。「老夫雙臂中刀受傷，又如何向你們展現縮骨神功？」吳厚頓強詞狡辯，臉上神色卻能做到坦蕩。

羅獵忍不住笑道：「你可拉倒吧！你若是真的南無影，又怎麼能傷在我的飛刀之下呢？」

趙大新跟道：「就是，連我師父都佩服不已的南無影，豈能是我輩這點三腳貓功夫所能冒犯到的呢？」

吳厚頓仍舊強辯，道：「歲月不饒人，老夫畢竟已近花甲，力量，速度，反應，均不如從前，傷在你等手下，又有何異常？」

董彪在一旁樂得不行，打岔道：「羅獵，你小子服不服輸？我就說嘛，你若是不說出實情來，這老傢伙一定會死扛到底。」

羅獵聳肩撇嘴，無奈道：「好吧，這一局，算你贏了。」轉而再對吳厚頓道：「你恐怕不知道吧，所謂北催命南無影，實際上並非二人，都是我師父闖下的名號，南無影當時在南方成名的幾件大案，是我師父在南方遊歷的時候做下的。你，不過是一個冒充名號的贗偽貨色。」

吳厚頓明顯一愣，囁嚅道：「怎麼可能？」

趙大新喝道：「怎麼就不可能?!就我師父做下的那幾件大案，又豈是你等宵小之輩能夠做下的？姓吳的，別硬撐了，對你沒什麼好處！」

羅獵跟道：「你能拿來欺騙我們的，無非就是五年前的那件名單之案，能從內機局高手中盜走那份名單確實了不起，但若有內機局的高手妥善安排可就稀鬆平常了，就算是換成了我羅獵，也一樣能輕鬆盜走那份名單！」

趙大新冷哼一聲，接道：「將名單交到你手上的那高手叫耿漢，他便是被我師父逐出師門的大師兄，他還有個英文名叫漢斯。姓吳的，我說的沒錯吧？」

吳厚頓愣了足足有一分鐘之多，最終長歎一聲，哀道：「既然你們已經如此認定，那老夫也沒什麼好說的了，殺了老夫就是！」

董彪從一旁晃蕩過來，拍了拍吳厚頓的肩，衝他豎了下大拇指，然後對羅獵道：「我輸了你兩局，只扳回了一局，彪哥心有不甘啊！你小子敢不敢再跟彪哥賭上一局？我賭他絕對扛不住食人魚的噬咬，最多搭上一隻腳，他就得崩潰。」

羅獵笑道：「我倒是變了觀念，我覺得吳前輩是條漢子，莫說一隻腳，就算搭上兩條小腿，他也絕對不會皺下眉頭。」

董彪一臉嚴肅，道：「那好，賭約已成，即刻實施，立見分曉，來人啊！把魚缸搬上來。」

食人魚原本產於南美亞馬遜河流域。幾百年前，冒險家們踏上了南美大陸這塊美麗富饒的土地，當他們發現了食人魚的時候，立刻被這種魚的特性所吸引，因為，在這種魚的身上，他們看到了自己的影子。在隨後的上百年中，食人魚逐漸成了這些冒險家們最為鍾愛的觀賞魚，並將這種魚帶離了南美大陸，傳到了歐洲，北美，以及全世界各個殖民地。

吳厚頓在美利堅待了五年多的時間，當然見到過食人魚，也領略過食人魚的凶殘。食人魚體型雖小，但其性情卻十分凶猛殘暴。一旦被咬的獵物溢出血腥，牠們就會瘋狂無比，用其像外科醫生的手術刀一般鋒利的牙齒瘋狂地撕咬切割，直到僅剩下一堆骸骨為止。

門外，羅獵的五師兄六師兄二人應聲抬進來了一口大魚缸，裡面的食人魚不多，也就是三四十條，但這也足以令吳厚頓心驚膽戰。

「吳前輩，請吧，你是打算先失去左腳呢？」董彪似笑非笑，卻又嚴肅認真，道：「還是想先失去右腳？咱們相識一場，這點面子，我董彪一定給你。」

吳厚頓在這一瞬間徹底崩潰了。

他倒不是一個怕死的人，想當初被內機局捕獲，也算是死過一回了。若是兩眼一閉，一把鋒利的兵刃穿心而過，這種死倒也乾脆，沒什麼可怕。可是，被食人魚一點點將自己的皮肉吞噬撕咬下來，這種痛楚，這種恐懼，卻是吳厚頓怎麼也抗不過去的。

「我，我，我認輸！」吳厚頓磕巴數聲，終於認了慫，隨即便像一只泄了氣的皮囊，癱倒在了地上。

董彪樂道：「這就對了嘛！老吳，念在你幫我又扳回一局的份上，等待會問完了話，老子請你喝酒啊！」

羅獵應道：「彪哥，現在說輸贏是不是有些早了，吳前輩說認輸，那不過是權宜之策，等你問他話時，他隨便扯個謊便騙過你嘍。」

董彪掐著吳厚頓的後脖頸，將他的頭擰了個圈衝向著那口魚缸，並問道：「你敢扯謊騙老子嗎？」

吳厚頓驚恐作答道：「不敢，董二當家，小的一定如實相告。」

董彪吡哼了一聲，道：「那我問你，紐約安良堂的顧先生，是誰下的手？」

吳厚頓唯諾答道：「是漢斯，就是那個耿漢，他做的安排，下手的人是黛安。」

羅獵插話問道：「黛安？就是咱們在火車站看到的那個女人麼？」

吳厚頓點頭應道：「就是她。」

羅獵咬著牙從牙根處擠出四個字來：「她死定了！」

董彪跟著問道：「你說的那個黛安是什麼背景？是耿漢找來的殺手麼？」

吳厚頓道：「不，不是，她是老闆萊恩先生的女兒，配合耿漢執行這項計畫，其實也是在監視著耿漢。」

董彪點了根香煙，退到一旁，坐在了一口箱子上，掂著二郎腿，問道：「萊恩又是隻怎樣的鳥？」

吳厚頓道：「我沒見過萊恩，只知道他是美利堅合眾國最大的煙土商，耿漢說，美利堅這邊的貨，有八成以上來自於萊恩。」

董彪再問道：「這隻老鳥也來了金山，是麼？把濱哥弄進監獄就是這隻老鳥搞的鬼，對麼？」

吳厚頓驚道：「曹濱進了監獄？哦，小的不清楚萊恩的行蹤，但小的以為，黛安從船上也逃了出來，那麼，耿漢的計畫便一定暴露了，為了那批貨，萊恩一定會趕來金山。至於他做了些什麼，小的是真不知道。」

董彪自己也意識到這話問得確實有問題，不由一笑，自我圓場道：「諒你也不知道。那什麼，說說耿漢的整個計畫吧，雖然那王八蛋的陰謀詭計已經讓我們猜了個七七八八，但老子還是想給你一個立功的機會，你個老東西可要把握好了，可別讓老子失望。」

吳厚頓輕歎了一聲，開口說道：「耿漢原本就是宮中侍衛，在其中當屬數一數二的高手，內機局其實便是耿漢創建，只是後來被他親手調教出來的李喜兒給搶了權力。耿漢咽不下這口氣，便一心想著將李喜兒除掉，剛好這時耿漢意外獲得了一份勾結逆黨的當朝官員名單。」

「這份名單對耿漢來說形如雞肋，耿漢對大清朝還有些忠心，對名單上的這些個官員恨之入骨。但若將這份名單交給內機局，又唯恐被李喜兒搶去了功勞，以至於自己的處境更加艱難。於是，他便將小的從內機局大牢中放了出來，借小的之手，將那份名單盜了去。」吳厚頓說著，臉上不由蕩漾出幾絲憤恨神色，同時長歎了一聲，接道：「小的也嘗試過擺脫耿漢的控制，可換來的卻是耿漢嚴厲的懲處，以至於小的再也不敢生出二心來。」

董彪冷哼道：「別他媽扯遠了，說重點！」

吳厚頓深吸了口氣，接著說道：「在小的盜走那份名單之前，耿漢已經將消息透露了出去，太后在宮中還盼望著能儘早得到這份名單，接著便傳出了名單被盜的消息。太后自然是勃然大怒，責成內機局不惜一切代價奪回那份名單。」

羅獵插話問道：「那為何當時會傳說是逆黨聘請了高手盜走的那份名單呢？」

吳厚頓應道：「那不過是耿漢的故意之為，意在混淆內機局視聽。」但見羅獵沒再追問，吳厚頓再深吸了口氣，接道：「耿漢心機極深，他對自己的前程已然失去了信心，於是便想著伺機大撈一筆，太后對這份名單的重視使得耿漢嗅到了機會，於是，他便通過小的向內機局提出了條件，用名單來交換煙土在大清朝的銷售權。」

董彪忍不住問道：「那為何又會跑到美利堅來呢？」

吳厚頓輕歎一聲，道：「起初，內機局李喜兒是答應了這個條件的，耿漢便來了美利堅尋找貨源，他找到了萊恩，也談妥了交易條件，可沒想到，那李喜兒之所以會答應，乃是想誘騙小的跟耿漢上當，從而一網打盡。也虧得小的警覺，發覺了李喜兒的陰謀，於是便遠渡重洋來到美利堅尋找耿漢商量對策，卻不想，剛一下船，便遭了老鬼的暗算，丟掉了那份名單。」

羅獵恨恨道：「所以，耿漢就借助某種手段，將尾追而來的李喜兒一行引到了紐約，為的就是報復我師父。」

吳厚頓搖頭道：「恰恰相反。老鬼盜走小的懷中那份名單的時候，耿漢就在不遠處，他念及老鬼對他有授業之恩，因而眼睜睜看著老鬼得手而未有任何舉措……」

董彪不由笑道：「你可拉倒吧，就他那種人，還會感激師恩？」

吳厚頓稍微一怔，歎道：「就算是耿漢忌憚老鬼手段，而不敢有任何舉措吧！」

羅獵冷笑道：「什麼叫就算？分明就是。」

吳厚頓苦笑回道：「不管怎麼說，那份名單對耿漢來說已經失去了意義，丟了它，倒也省心。將李喜兒引去紐約的目的絕不是報復老鬼，而是想借老鬼與紐約安良堂之手，除掉李喜兒，以解耿漢他心頭之恨。」

董彪長出了口氣，道：「這樣的說法，倒也是合乎情理，也罷，這並不重要，老子暫且信你就是。」

吳厚頓道：「可惜那李喜兒雖然年輕，但做事卻頗為沉穩，在紐約待了幾十天，居然只是為了查獲耿漢的罪證，直到他差不多花光了攜帶的盤纏，才利用老鬼和顧浩然之手，除掉了內機局中跟耿漢走得比較近的幾名弟兄，返回到了大清朝。」

董彪忍不住罵道：「草他媽，老子聽說到這事的時候，還他媽為之喝好，真沒想到，鬼叔他跟顧先生居然被李喜兒當槍使了一回。」

說開了口的吳厚頓有些剎不住車的感覺，沒受到董彪那句罵人話的影響，接著道：「耿漢是一個相當有毅力的人，在這件事上的失敗並沒有讓他氣餒，反而使他堅定了信念，認為只要找到了能讓大清朝無法拒絕的條件，那麼就一定能發大財。於是，他便想到了那枚開國玉璽。小的和他走了多個國家，用了兩年的時間，終於尋訪到了那枚玉璽的下落。」

羅獵不由接問了一句：「法蘭西博物館？」

吳厚頓點了點頭，道：「沒錯，正是法蘭西博物館。打探到準確消息後，耿漢便找到了萊恩，通過萊恩的運作，將法蘭西博物館邀請到了紐約開辦展覽。耿漢下了一盤很大的棋，他將開國玉璽即將重現於世的消息透露給了逆黨，吸引了逆黨的首領人物前來美利堅，並以此為契機，將李喜兒等內機局精英也引到了美利堅來。逆黨首領的金蟬脫殼之計便出自於耿漢，對萊恩來說，找到一個議員來接待逆黨首領，包括整個行程安排均非難事，但如此一來，卻達到了一箭雙雕的效果，既可以向法蘭西博物館的人做出大清朝要對那枚玉璽下手的跡象，又可以將李喜兒交給你們金山安良堂清除乾淨。」

董彪聽得幾乎呆了，不由呢喃咒罵道：「草泥馬的，老子自以為幹了件轟轟烈烈的大事，沒想到被耿漢那王八蛋也當了槍使了一回。」

羅獵輕歎一聲，道：「那耿漢果真是個人才，只可惜用錯了地方。不過，我有一事想不明白，既然耿漢惦記了那枚玉璽，又何必故意製造出緊張氣氛使得法蘭西博物館的人更加警覺呢？這不是有意在給自己增添困難麼？」

吳厚頓道：「法蘭西博物館的安防措施絕非是我等水準可以染指，即便是你師父出手，恐怕也多半是空手而歸的結果。那耿漢雖未入盜門，但畢竟跟你師父修習了近兩年，對盜門之術的感悟卻是頗深。盜術的最高境界並不是飛簷走壁信手拈來，而是設下騙局，讓物主乖乖地將寶物送上門來。」

羅獵下意識接道：「這麼說，那個大清朝特使是假的咯？」

吳厚頓長出了口氣，回道：「那所謂的特使，便是老夫，哦，不，便是小的假扮。耿漢製造出了逆黨聯手紐約安良堂雇傭了數名最頂尖盜賊的假像，給了法蘭西博物館莫大的壓力，因而，當小的假扮成大清特使向法蘭西博物館提出以一百萬兩紋銀贖回那枚玉璽的時候，法蘭西博物館幾乎沒有猶豫便答應了。小的帶著作假的一百萬兩紋銀的票據去跟他們交易，假銀票自然交易不來真玉璽，但也足以讓小的能將那枚玉璽看個清楚，隨後便以真假難辨為由，暫停了那場交易，只是要求他們不要在展覽期間將那枚玉璽展出。借著這個空檔，耿漢請來了工匠高手，依照小的的記憶，仿製了一枚贗品。」

董彪忍不住道：「於是你便帶著這枚贗品，假裝再次與法蘭西博物館進行交易，從而偷樑換柱，將真的玉璽換了出來，是麼？」

吳厚頓歎道：「若是能如此簡單，那法蘭西博物館的安防措施豈不是形同虛設？小的若是能有如此手段，豈不就成了真的南無影了？」

羅獵起初跟董彪有著同樣的想法，卻被吳厚頓連著兩個反問給扭轉了過來，但否定掉了剛才的想法後，羅獵又實在猜不透那耿漢用的是什麼策略將真玉璽拿到了手，於是，充滿了好奇且頗為急切地埋怨董彪道：「彪哥，你別打岔好麼？只管聽吳先生說就是了！」

吳厚頓察覺到了羅獵神色上的變化，又聽到羅獵對他的稱呼重新改回了吳先生，心中不由一喜，以為得到了跟羅獵談談條件的機會，於是道：「答案小的自然會說，但小的卻想跟幾位英雄提個條件……」

董彪一聽這話，登時暴跳，叱道：「你他媽還敢跟老子談條件？窩靠，幸虧沒把這魚缸抬回去，來人啊……」

吳厚頓急忙擺手改口道：「董二當家莫要發怒，小的只是想討口水喝。」

董彪隨即緩和下來，先點了支煙，然後擺了擺手，吩咐羅獵的六師兄道：「去給他倒杯水來吧。」

此時羅獵笑道：「吳先生想提的條件絕不是喝口水那麼簡單，不過，你也不必開口，我現在就可以答應你，只要你真心配合我們，我們一定不會為難你，甚至還會送你一筆錢，將你送回大清朝。」

吳厚頓心中大喜，但在臉面上極力保持平靜，卻在喝水的時候，一不小心被嗆到了。連咳了數聲，總算平靜下來，吳厚頓喝完了杯中水，抹了把嘴巴，道：「羅家小哥能做得了董二當家的主嗎？」

董彪忽地又暴怒起來，從箱子上跳了下來，飛起一腳，踢在了吳厚頓的屁股上，叱罵道：「給你臉了是嗎？你他媽還蹬鼻子上臉了是嗎？老子把話給你說明白了，問你的話，你愛說不說，老子自由處論，但你他媽給老子拎清楚了，不該說的話，不該問的事，說了問了，就是他媽在找死，知道嗎？」

吳厚頓挨了一腳，登時老實了，揉著屁股，唯唯諾諾應道：「知道了，董二當家的，小的一定不再冒犯各位英雄。」

董彪沒好氣道：「別他媽廢話了，趕緊接著往下說！」

「耿漢得知這枚玉璽下落的時候，法蘭西博物館才從那名大兵手中將這枚玉璽收上來三個多月，耿漢動不了法蘭西博物館，卻能查到那個法蘭西大兵的姓名和住址。耿漢帶著小的找到了那名大兵，並將他推下了山崖摔死了他，小的當時還埋怨耿漢多事，但等到那枚贗品做成之時，小的才真正明白了耿漢的深意。」吳厚頓談吐間，眼神中不由透露出一絲恐懼，嘴角處也是下意識地抽出了兩下。「做出這枚贗品的工匠高手於次日突然無緣無故地死在了法蘭西博物館工作人員下榻的酒店中，他的身上，便藏著那枚贗品玉璽。」

董彪皺緊了眉頭，道：「是耿漢幹的麼？」

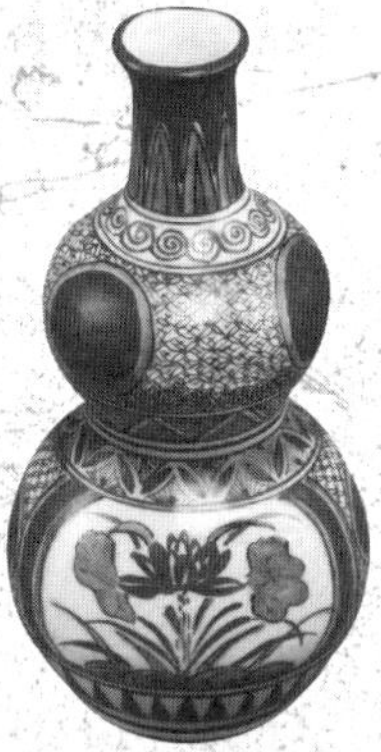

第五章

強烈的危機感

吳厚頓在整個計畫中扮演不可或缺的角色，
為了讓他演繹好這個角色，耿漢不得不將計畫向他和盤托出。
而耿漢看得很清楚，吳厚頓這個人說到本事確實有一些，
但是要說骨氣的話，那就只能是搖頭歎氣了。
因而，耿漢判斷，一旦吳厚頓落入了安良堂手上，
那麼自己也就成了一個幾無遮掩的人。

吳厚頓點了點頭，道：「他裝扮成了一個來自於大清朝的大師，給辦案人員以及法蘭西博物館的工作人員講了一個故事。」

羅獵驚道：「我記得你在救生艇上說過，但凡對這枚玉璽起了覬覦之心的人，都落不得一個好下場，是這種故事麼？」

吳厚頓長歎一聲，道：「越是詭異的事情，越是解釋不清的事情，就越是容易讓人深信不疑，耿漢解釋說，這枚開國玉璽之所以被大清朝棄用，便是因為它具有一種魔力，大清的開國皇帝皇太極在製作了這枚玉璽後不到一年便暴病身亡，而那個搶走了玉璽的法蘭西大兵也莫名其妙的失足墜崖而死，眼前的這個身上藏著假玉璽的人也因為對玉璽產生了覬覦之心而無端死亡，接下來，只有上帝才知道還有誰會因它而送命！」

董彪感慨道：「這種事，若是說給了普通人聽，或許只會換來呵呵一笑，但說給了玩收藏玩古董的人聽，基本上會讓聽著毛骨悚然。」

吳厚頓深吸了口氣，接道：「就在當晚，法蘭西博物館的一名工作人員再次死於非命。」

羅獵道：「我想，耿漢當晚殺死的這個法蘭西博物館的工作人員一定是距離那枚玉璽最近的人，對嗎？」

吳厚頓緩緩點頭，道：「那人被耿漢以內力震斷了心脈，從外觀上根本看不出死因來，而現場又查不到任何端倪，法蘭西博物館的人不得不信了耿漢的那則故事。他們在恐慌中再次找到了小的，想儘快將那枚玉璽脫手，從最初小的開出的一百萬兩紋銀的價格壓低到了五萬兩紋銀即可，但就在談判的時候，小的也莫名其妙的死掉了。」

董彪不由讚歎道：「好一個耿漢，真是夠黑的，連五萬兩銀子都不願意出！」

羅獵卻疑道：「裝死不難，但要經得起檢驗，卻是不容易做到，吳先生，你是怎麼做到封閉住自己心脈的呢？」

吳厚頓苦笑道：「小的哪有那番能耐？小的只是做個樣子，刺激一下法蘭西洋人們的恐懼罷了。這一切都是耿漢算計好了的，當小的倒地身亡後，耿漢及時趕到，不單幫小的掩蓋了破綻，還彰顯出他做為大師的預知能力。這中間還有些過程，但小的卻做為屍體被藏了起來，因而不甚清楚，總之是耿漢成功地讓法蘭西博物館的那幫洋人相信了他的話，將那枚充滿了魔咒的玉璽交給了耿漢。」

董彪唏噓道：「三條無辜人命，換來一枚玉璽，耿漢這生意做得真是精明啊！」

吳厚頓再苦笑了兩聲，接道：「得到了那枚玉璽之後，後面的事情也就簡單了，耿漢畢竟在宮中待過數年，重新聯絡起來也是極為方便，太后得知玉璽資訊後非常高興，當即答應了耿漢提出的條件。有了大清朝的肯定答覆，耿漢向萊恩提出了用最大的貨輪一次運輸五千噸煙土的要求，饒是萊恩這樣的人物，也難以一次性籌措出這麼多的貨，最後勉勉強強才湊出了兩千噸。小的當時還納悶，這麼多的貨，運到了大清朝，也不是一下子就能賣得完，還得搭上在當地的倉儲成本，划不來啊！誰能想到，那耿漢最終的計畫，卻是私吞了這批貨，獨自發筆橫財。」

董彪冷笑道：「所以，耿漢便安排那個黛安用清洗過的印第安毒箭傷了紐約安良堂的顧先生，只為了將濱哥調離金山。」

吳厚頓歎道：「若想實現私吞了那批貨的目的，就必須找到一個合適的背黑鍋的強敵，金山安良堂自然是最適合扮演這個強敵角色。可是，曹濱的心思太過縝密，小的毫無把握能夠騙過他的眼睛，無奈之下，也只好出此下策。調走了曹濱，剩下了董二當家的，事情就好辦多了。」

董彪眥睚怒眉，剛要發作，羅獵卻噗嗤笑出了聲來，指著董彪道：「彪哥，你別拿這副樣子來嚇人了，人家吳先生說的一點也沒錯，咱們二人確確實實是被騙到了，生氣也好，發火也罷，卻是不得不服，因為咱們所做的一切，全都掌握在了人家耿漢的手中。」

董彪愣了下，隨即跟著大笑起來。笑過之後，擺出了一副得意的神色，道：「你這話既對也不對，咱們是上了那耿漢的套，被耿漢牽著鼻子走了一圈，還差點搭上了咱兄弟倆的命，可是，這中間咱們也一定做了耿漢沒想到的事，不然的話，他的整個計畫又怎麼會失敗了呢？」

吳厚頓皺著眉頭道：「董二當家，現在說耿漢就已經失敗了，還有些為時過早吧？」

董彪方才就想發作，卻被羅獵攔住了，可吳厚頓偏偏長了一張欠抽的嘴，再次給了董彪理由，那董彪豈肯輕易放過？噌地一下從箱子上跳將下來，原本是想給吳厚頓來上一腳，半道路過魚缸時卻突改主意，彎身抄起了一條食人魚來，拋在了吳厚頓的身上。

吳厚頓大為驚恐，連忙用雙手撥擋，卻連扯到了臂膀上的刀傷，登時疼得是齜牙咧嘴。

董彪又是一陣開懷大笑。

羅獵道：「沒錯，現在就說那耿漢失敗了的確有些為時過早，但彪哥所言也是不差，若非我倆做了那耿漢沒有想到的事情，那麼，耿漢的計畫理應已經獲得了成功。說吧，吳先生，到底是那件事出乎了耿漢的預料呢？」

吳厚頓忍住了痛，回道：「耿漢千算萬算，漏算了輪機艙的運煤通道。以他的能耐，一旦發現了你倆的行蹤便可輕鬆控制住你們，這時，小的便會出手相助，救下你倆後迅速逃離貨船。接下來，耿漢便會點燃他事先埋設好的炸藥，並嫁禍給你，炸藥一旦爆炸，那貨船必然沉沒，船上的假貨也就成了真貨，至於船上能夠僥倖逃脫多少人都不重要，因為根本沒有人能想得到那一船貨物只是金山最普通的泥土。可是，他偏就沒想到，你董二當家居然能從運煤通道中返回了輪機艙，並將輪機艙炸出了一個大洞來。」

羅獵疑道：「不對吧？既然那耿漢已經準備炸船了，彪哥引爆了炸藥只會幫到他，怎麼能說毀了他的計畫呢？」

吳厚頓苦笑道：「總得留下幾個人來作證吧。不然的話，耿漢說不清道不明，那萊恩會放過他嗎？就是因為董二當家先一步引爆了炸藥，使得耿漢措手不及，連接發生意外，才導致被黛安識破了計畫。」吳厚頓長歎一聲，再跟上了一句：「最不幸的是，那黛安居然活了下來！」

董彪咬牙恨道：「是啊，就是因為那黛安活了下來，可愛的艾莉絲才會遭了她的毒手！」

吳厚頓猛然一驚，失口道：「什麼？那個洋人小姑娘被黛安給殺了？」

羅獵搖了搖頭，道：「不要再提這件事了，吳先生，還是接著說說耿漢之後的補救計畫吧。」

吳厚頓知曉艾莉絲在羅獵心中的地位，擔心自己被遷怒而無法保住性命，於是，便趕緊交代了實話：「耿漢在發覺到安良堂有異動之後，便去了東海岸的大西洋城，找到了當地馬菲亞組織的頭頭山德羅·甘比諾。耿漢說，他會挑起萊恩跟你安良堂之間的爭鬥，待到你們雙方兩敗俱傷的時候，山德羅便可以出來收拾殘局，將你們雙方全部擺平，到時候，山德羅・甘比諾可以得到金山這塊遠大於大西洋城的地盤，而耿漢則可以從容不迫地運走他那批貨，繼續完成他沒能完成的計畫。」

羅獵看了眼待在一旁始終未言一語的西蒙神父，問道：「西蒙，你認識這個山德羅・甘比諾嗎？」

西蒙神父點點頭，回道：「十八年前，我還在馬菲亞的時候，他還是個孩子。」

董彪笑道：「三歲看老，他當時雖然只是個孩子，卻也能看出一些性格特徵來，對嗎？西蒙。」

西蒙神父點了點頭，道：「是的，山德羅繼承了甘比諾家族的特點，做事有頭腦講手段，但這孩子卻有一個不足之處，思維太過縝密而導致不夠果敢。」

吳厚頓在一旁呆傻呢喃道：「他怎麼能是個馬菲亞呢？我怎麼能那麼倒楣呢？」

西蒙神父並不屬於甘比諾家族，因而對山德羅的瞭解也只能是限於表面，況且，十八年過去了，山德羅早已經從一個十七八歲的小夥子成長為了三十五六歲的一方霸主，性格特點上發生了怎樣的變化，卻是誰也說不清楚的事情。

董彪也只是隨口一問，之後便將注意力重新轉向了吳厚頓。「老子問你最後一個問題，耿漢這狗東西現在藏身何處？是跟那幫馬菲亞守在一塊麼？」

吳厚頓老老實實回答道：「小的和耿漢沒跟馬菲亞待在一起，馬菲亞住在聖安廣場那邊，耿漢和小的住在火車站附近。」

董彪喝道：「說具體點！具體到門牌號碼。」

吳厚頓苦笑道：「小的來了美利堅僅五年，雖能聽得懂洋人話，也能說幾句洋人話，可那洋人的字，小的卻是一個也認不得。要麼這樣吧，董二當家，小的給你畫出來得了。」

火車站距離聖安廣場並不算遠，吳厚頓一幅圖畫出了兩個藏身地來。「小的跟耿漢住的是一個兩間房的公寓，給馬菲亞他們找的是兩幢別墅。」

董彪對金山的大街小巷都很熟悉，吳厚頓一邊畫，他一邊想，待吳厚頓畫完，他在腦海中已然想到了那兩處住所的所在位置，於是收起了吳厚頓畫圖的紙，劃了根火柴，燒掉了。

吳厚頓尚在驚愕，便聽到了羅獵的問話：「我也問你最後一個問題，你的真實姓名究竟叫什麼？吳厚頓這個名字，我想一定不會是你的真名吧。」

吳厚頓回道：「小的確實姓吳，名單字一個喧，吳厚頓這個名字是小的從大清朝過來時偷來的船票及證件的主人，也是圖個方便，這五年就一直用這個名字了。」

羅獵看了眼董彪，董彪卻對羅獵攤了下雙手，羅獵的眼神是在徵求董彪的意見，詢問一下董彪究竟想怎樣處理吳厚頓，但董彪回了個沒意見悉聽尊便的意思。

「那好吧，我說過，只要你誠心配合，我們便不會為難你，還會給你一筆錢，送你回大清朝。不過，現在還不是時機，只能先委屈委屈你了。」羅獵說罷，拍了三下巴掌。

門外立刻進來了兩名安良堂的弟兄，給吳厚頓帶上了手銬腳鐐。

「我還是叫你吳先生吧，叫別的總覺得彆扭。」羅獵離開了座位，走到了吳厚頓的面前，道：「我也不想這樣待你，而且，你的左膀右臂還各挨了一刀。可你這一身本事卻不容小覷，我們也只能如此慎重待你了。」

一旁董彪補充道：「手銬腳鐐都戴好了沒？戴好後搜搜他的身，這老小子的身上恐怕不止一樣暗器。」

那倆堂口弟兄搜過了吳厚頓的身，卻是一無所獲，董彪不信，要親自上來搜身。羅獵勸住了：「算了，彪哥，他就算真藏了什麼其他暗器，也沒機會再使用了，就算有機會，恐怕也沒這個膽量。把他押回堂口去吧，咱們節省點時間，還要商量下一步的行動呢！」

就在吳厚頓被押往安良堂的路程中，同一時刻，躲在火車站附近的耿漢突然生出了一絲擔憂來。萬一那報上的新聞是一則曹濱故意安排的虛假消息，萬一那安良堂已經在唐人街周邊布下了天羅地網，萬一那吳厚頓稍有閃失落入了安良堂之手……

耿漢越想越是擔憂。

山德羅既然打定了主意，自然不會半途而廢，但他以及他準備帶來的眾多手下尚未趕到金山，按照之前的約定，他恐怕最快也要到明日這個時刻才能走下火車。就眼下，耿漢能調動的力量僅僅是山德羅派來的那六名先遣弟兄，而這點力量，絕不可能掰得過安良堂曹濱的手腕。

擔憂之餘，耿漢甚至開始後悔。

這原本是一個相對平衡的三角關係，三方勢力彼此制約，任一方均不敢輕舉妄動，正如他自己剖析的那樣，這是一場耐心的比拚，哪一方沒能沉住氣，那麼那一方便很有可能被率先踢出局去。他能想得到這一層，那麼，安良堂的曹濱或是紐約的萊恩同樣能夠想到這一層，既然三方均不敢貿然行事，那麼，只能判斷所謂的董彪中槍身亡羅獵身負重傷的新聞報導要麼是杜撰，要麼就是安良堂故意做戲。

想到這兒，耿漢不由地驚出了一身冷汗。

假若自己對安良堂的推斷是正確的話，那麼，安良堂此舉的意圖無非就是想造成一個安良堂無力為繼的假像，讓另外兩方忽略了己方，這種策略下，安良堂只會加強暗地裡的行動，尤其是在他們的老巢唐人街一帶，一定會佈滿了各種暗哨甚或陷阱。吳厚頓雖然有著一身不弱的本事，更有著相當豐富的江湖經驗，可跟曹濱相比，他終究還是弱了許多。

耿漢思來想去，最終決定，必須做最壞的打算。

吳厚頓在他整個計畫中扮演了一個不可或缺的角色，為了能讓他演繹好這個角色，耿漢不得不將自己的計畫向他和盤托出。而耿漢同樣看得很清楚，吳厚頓這個人說到本事確實有一些，但是要說骨氣的話，那就只能是搖頭歎氣了。因而，耿漢判斷，一旦吳厚頓落入了安良堂曹濱的手上，那麼自己也就成了一個幾無遮掩的人。甚至，那吳厚頓為了能求得一條性命，會帶著安良堂的人主動找到這兒。

一股強烈的危機感襲來，那耿漢陷入到了無盡的懊喪中。

對危機感，耿漢並不陌生。五年前，還在內機局的時候，他的地位權利被李喜兒衝擊的七零八落，那時候，危機感便時時刻刻伴隨著他。之後，接著名單事件的機會，他脫離了內機局，開始運籌帷幄他的一夜暴富的計畫，危機感同樣沒有離開過他。耿漢將危機理解為了危險的機會，因而，每每遇到危險和困難之時，他總是能夠強迫自己冷靜下來，並且能夠思索出化解危險或是困難的辦法。

而這一次，同樣不該是個例外。

那批貨雖然價值不菲，但對安良堂來說，卻猶如糞土，曹濱想要的，無非是他手中的那枚開國玉璽，若不是想依靠那批貨把自己給引出來的話，恐怕曹濱早就一把火將那批貨給燒個一乾二淨了。但是，那批貨對萊恩來說，卻是身家性命，容不得半點閃失。

耿漢在心中做出了一個大膽的假設，如果他毀了那批貨，將會產生怎樣的後果呢？萊恩肯定是無法接受，而曹濱因此失去了引誘他耿漢現身的籌碼也一定不能接受。得到了這樣的答案後，耿漢不由露出了一絲得意的笑容來，既然三方均已經得知了藏貨地點，那麼，他若是鋌而走險，做出了要毀了那批貨的舉動，無論是萊恩還是安良堂曹濱，勢必再無法保持鎮定，一定會沉不住氣率領手下前去挽救。

如此一來，兩強必定相見，定然會有一場惡鬥。

計策生成，主意打定，耿漢反倒是更加輕鬆。俗話說得好，光腳不怕穿鞋的，他耿漢原本就是一無所有，在這場豪賭中他押上的賭注也都是騙來借來的，即便全都輸出去，又有何可惜？只要手中玉璽還在，失去了這批貨，換一個主顧，同樣能夠騙來下一批貨。

一身輕鬆的耿漢隨即寫了個字條，留在了房間中的桌面上，然後簡單收拾了一下，走出了房間，並鎖好了房門。在樓梯口出，耿漢猶豫了片刻，他原本的打算是到聖安廣場那邊知會山德羅那六名手下一聲，情況有變，他們必須更換藏身地點，但猶豫之後，耿漢改變了主意，如果安良堂的曹濱因為找不到他而對那六名馬菲亞動手的話，只會讓山德羅更加堅定除掉安良堂的決心，對自己來說，顯然是利大於弊的一件好事，那又何必多此一舉呢？

背著行李包，耿漢上到了樓頂，再翻越了幾處樓房屋脊，耿漢來到了對面的一幢樓頂，從那兒，可以清楚地看到原來住所的情況，同時，也有著非常方便的退路。

每一個人，或多或少，總會有些好奇心。那耿漢雖然想出了能讓萊恩和安良堂不得已而火併的良策，但眼下的時機並不合適，他需要等到山德羅帶著他的主力軍趕到金山之後才能實施他的計策，否則的話，當出現兩敗俱傷而他卻無力收拾殘局的情況，那可就不怎麼划算了，要知道，無論是萊恩還是曹濱，他們組織的自我療傷能力都應該相當不錯，若不能一網打盡的話，只怕會落了個放虎歸山且後患無窮的結局。

天色已然暗淡下來，吳厚頓仍舊不見身影，很顯然，自己做出的最壞打算恐怕成為了現實。耿漢只是困惑，那吳厚頓出發時還不到十一點鐘，若是落在了安良堂手上，早就應該審訊完畢了，那麼，安良堂的人怎麼遲遲不見影蹤呢？按理說，他們應該知道兵貴神速的道理啊！

從耿漢的藏身地點橫跨過兩條街，便是黛安和大衛他們所下榻的旅店。自從被漢斯發現了行蹤後，大衛便陷入到了無盡的憂慮中。

大衛並不怎麼擔心漢斯，因為他知道，身為一名華人，漢斯在美利堅合眾國沒幾個幫手，雖然個人實力出眾，但畢竟雙拳難敵四手，他和他手下的弟兄，分分鐘便可以滅了漢斯。只是，大衛極為擔心那漢斯會不講規矩地將自己的資訊傳遞給安良堂。

前日晚，大衛赴約未果，回來之後就跟麥克商量要不要更換一個藏身地點，但商討的結果是更換還不如不換。漢斯既然已經找到了他們，那麼勢必會在暗中監視，貿然更換藏身地點，不一定就能躲開漢斯的視線，反倒會在漢斯面前丟盡了臉面。

忐忑了兩天，到了當日的上午，大衛和黛安同時也看到了那則刊登在金山郵報號外上的新聞。

「安良堂的傑克身中五槍當場死亡，當初在火車上斬殺劫匪的飛刀英雄諾力同時身負重傷……上帝啊，這是真的嗎？」黛安按捺不住內心的驚喜，歡呼了起來：「大衛，你知道嗎？就是他們二人，潛入了我們的貨船，並炸沉了它，使得我差一點葬身海底。」

大衛的雙眉擰成了一坨，男人在絕大多數的情況下比起女人來都要沉穩一些，考慮的問題也會更加全面一些。那大衛心中也是驚喜，但臉上卻是沉靜如水，他在苦思一個問題，誰幹的？

黛安聽到了大衛的呢喃自語，不假思索道：「肯定是漢斯下的手，他有這個能力！」

大衛搖了搖頭，道：「他為什麼會這麼做呢？」

黛安有些不快，稍帶情緒道：「安良堂是他實現陰謀的最大障礙，而傑克和諾力則是安良堂的主力，幹掉了這二人，安良堂的實力至少會打個對折，漢斯當然會抓住這樣的機會。」

大衛不由冷笑一聲，他想到了前日晚上的漢斯之約，約而不見，使他不禁改變了對漢斯的認識。「不，黛安，漢斯絕不是這樣簡單的一個人，他應該清楚，以他的實力，不管是對付我們還是對付安良堂，他恐怕都沒有幾分勝算。而刺殺了傑克和諾力，對安良堂實力的影響並不像想像中的那樣大，只要湯姆還在，安良堂就是一棵無法撼動的大樹。」

黛安有些光火，提高了嗓門道：「大衛，最初的時候你可不是這樣跟我說的，你信心滿滿，即便憑你自己的力量，也可以在對抗安良堂的同時幫我結果了那漢斯，可是，你現在卻像一隻膽小的倉鼠一般，躲在這破舊旅店中不敢露面，大衛，你實在是讓我感到失望。」

大衛也來了脾氣，吼道：「你知道什麼?!」吼過之後，大衛稍稍平復了一下自己的情緒，降低了嗓門，道：「我親自去了唐人街，偵查過安良堂，他們給我展現出了組織嚴密且訓練有素的形象。你再想，他們早我們一步發現了藏貨地點，但他們卻什麼都沒做，這說明什麼？這只能說明安良堂的曹濱胸有成竹，在穩坐釣魚台，等著我們一個個上了他的圈套。黛安，我承諾過的事情就一定會做到，但是，我們不能有任何的輕敵思想。在沒搞清楚局勢之前，我們絕不可輕舉妄動。」

黛安顯然沒被說服，振振有詞道：「安良堂眼下兩名核心人物一死一重傷，他們肯定無暇顧及到那批貨物，而漢斯幾乎是孤身一人，對我們根本形成不了威脅，所以，我認為此時應該是我們將貨物運走的最佳時機。」

大衛不由一怔。黛安說的並非沒有道理，安良堂從來不碰煙土生意，他們之所以會摻和到這淌渾水中，想必是為了漢斯手上的那枚玉璽，那批煙土對他們來說，唯一的價值便是能將漢斯引出來。若此時接受了黛安的建議，那安良堂會有過激的反應嗎？大衛不敢確認，但有了想試上一試的衝動。

「大衛，機會稍縱即逝，容不得絲毫猶豫，等到漢斯找來了援手，那麼我們的難度將會更大！」黛安聲情並茂，極力勸說。

大衛猶豫了。

如果這真是個機會的話，那麼，抓住了這個機會，不單意味著可以獲得那兩千噸的煙土，同時也意味著他大衛就此走向人生的輝煌時刻。而一旦錯過，還能否獲得那兩千噸煙土就得另當別論，而且，他想一步登天的願望也很有可能就此湮滅。

那就拚上一把！

大衛在心中終於下定了決心。

這其中，一半的原因在於大衛的賭性，人生在世，無處不是一個賭，只不過賭注有大有小罷了。另一半的原因則是大衛做為男人的本性，黛安在男女之事上的能力徹底征服了大衛，使得他沉迷於此無法自拔，若是被黛安看扁了，那絕對不是大衛所能接受的。

「好吧，黛安，我決定接受你的建議。」大衛下定了決心，反倒輕鬆起來，臉上也有了笑容。「我這就去安排，如果順利的話，我們今天下午便可以開工。」

黛安面露喜色，叮囑道：「大衛，我們要的是速度，不要過多考慮成本，去找那些有能力的專業貨運公司，我們爭取連夜將這批貨運出金山。」

金山的貨運公司可是不少，但能做到一次性運走兩千噸貨物的卻是一家也沒有。大衛連同他的手下弟兄分成陣列，拜訪了十餘家貨運公司，多數公司一聽到這樣的要求便婉言拒絕了，只有兩三家頗具規模的貨運公司給出了合理的建議，他們可以連夜將貨物運到火車站，再由火車貨運將這麼多貨物儘快運出金山。但火車貨運哪有那麼簡單，三天之內的火車車廂早就被別人預訂一空。

然而，天無絕人之路，就在大衛準備放棄的時候，一個似曾相識的年輕人追上了他。「斯科特先生，您好，您是要運輸貨物是嗎？為什麼不考慮貨輪呢？我公司上午剛好有一艘貨輪靠港，今晚便可以卸下貨物，如果您可以考慮的話，我們可以給予你一個非常優惠的價格。」

大衛下意識地拍了下腦門，整個中午，連帶半個下午，腦袋裡考慮全都是公路，從未動過水路的念頭，而船運，雖然慢一些，將那批貨運回紐約的話恐怕要比鐵路多用一倍多的時間，但是，能解決問題的辦法才是好辦法，而大衛的問題便是能否連夜將貨運出金山。很顯然，貨船是可以滿足這項要求的。

那個年輕人見到大衛露出了笑容，連忙向他發出了邀請，道：「我們老闆剛巧就在前面的那家咖啡館裡喝咖啡，斯科特先生，如果你有興趣的話，不如現在就跟我去喝杯咖啡，順便跟我的老闆談一談。」

大衛自是欣然同意。

跟著那小夥來到了前面的那家咖啡館，大衛一進門，登時便愣住了。「萊恩先生，我的老闆，您怎麼會在這兒？」

萊恩指了指面前的座位，道：「大衛，能在金山見到你，我很欣慰，你的忠誠感動了我。坐下吧，大衛，坐下慢慢說，你著急要做的事情，現在並不適合。」

大衛懷著忐忑的心情坐到了萊恩的對面，顫抖著聲音問道：「萊恩先生，您不是生病了嗎？」

萊恩笑了笑，道：「是啊，若不是那場突如其來的疾病，我又怎麼能知道誰才是真心忠誠於我呢？」

大衛暗自吸了口冷氣，道：「實在抱歉，我的老闆，我雖然非常迫切地想把漢斯的腦袋擰下來，可是，到今天為止，我都沒能找得到他的身影。」

萊恩慢悠悠喝了口咖啡，道：「這不怪你，我的孩子，漢斯的能力我是清楚的，如果他不願意露面的話，這世界上便沒有人能夠找到他。事實上，我也沒能找到他，但是，只要那批貨還在，我相信，壞孩子漢斯是一定會露面的。」

大衛輕歎一聲，道：「可眼下，我和黛安一致認為，此刻正是將貨物運回紐約的最好時機。」

萊恩的雙眸中忽地閃現出濃濃的殺機，使得對面的大衛不由一凜。「那些貨放在那兒，丟不了，但漢斯的人，我卻先要得到，你明白嗎？我的孩子！」

大衛唯唯諾諾道：「萊恩先生，你是我的老闆，您的指令我必須無條件執行，可是，黛安那邊，我很難說服她。」

萊恩大笑了兩聲，道：「黛安是我的女兒，這一點，肯定沒錯。但在工作上，她卻是一個新人，根本沒多少經驗。所以，我已經安排人將她送上了駛回紐約的火車。」

就像是被奪走了手中糖果的孩童，大衛心中極盡委屈，但臉上卻不得有絲毫顯露，只能在言語上掙扎一番：「我的老闆，您為什麼要送走黛安呢？把她留下來，不剛好是對她的一次磨煉嗎？」

萊恩笑道：「不，我的孩子，黛安欺瞞了你一件事。貨船沉沒之後，黛安僥倖逃脫，回到了金山，她為了調動安良堂來拖延漢斯的下一步行動，想用印第安毒箭給安良堂提個醒，結果卻誤傷了安良堂諾力的女朋友。我們原本跟安良堂是井水不犯河水，卻因為黛安的這個小小失誤，使得安良堂上下發誓要除掉黛安。讓她參與到我們下一步的行動計畫中確實可以讓她增長經驗，但對她來說，還是太過危險了，甚至會因此而影響到我們。她該做的事情都做完了，是該回去反省的時候了。」

老闆的安排，大衛原本就不敢反駁，而萊恩的這番解釋又是合情合理，大衛更是無話可說。

「你和黛安應該是看到了金山郵報的號外新聞才做出這樣的決定的。」萊恩停頓了一下，又喝了口咖啡，接著說道：「如果那則新聞說的是事實的話，那麼，你和黛安的判斷將是正確且英明的，可是，金山郵報的記者看到的卻是假像，他們是被安良堂的傑克給騙了。」

大衛驚道：「你是說傑克中槍身亡，只是曹濱安排的一場騙局？」

萊恩淡淡一笑，道：「不是湯姆，湯姆已經被我送進了監獄，和外界完全隔離。這場騙局應該是傑克的手筆，只可惜，傑克相比湯姆還是粗獷了一些，在表演上留下了不少的破綻，而我的人剛好就在現場，看穿了那些個破綻。洛瑞，你來告訴大衛，昨天晚上，你在敦麗酒店的大廳中，都看到了些什麼。」

洛瑞便是那個謊稱貨運公司的業務員，並將大衛輕鬆騙到咖啡店中來的年輕人，進店之後，他一直規規矩矩立在萊恩的身後，聽到萊恩讓他說話，臉上不禁流露出自豪的神態。「老闆將湯姆送進了監獄，而經辦人就住在敦麗酒店，我們並沒有刻意掩蓋那兩名經辦人的資訊，目的就是想將安良堂剩下的兩員大將傑克和諾力引來敦麗酒店。老闆相信，以傑克和諾力的能力，是完全可以找得到那兩名經辦人的，但是，他們一定想不到，老闆已經在敦麗酒店布下了天羅地網。」

「昨天傍晚，敦麗酒店的大廳中陸續出現了一些喬裝打扮過的華人面孔，我以為，這應該是安良堂傑克和諾力準備當晚行動的預示，事實上，我的感覺是正確的，七點半鐘的樣子，傑克和諾力果真出現在了敦麗酒店的大廳中，只是，他們尚未走到酒店服務台的時候，從樓梯口中突然竄出一個金髮小子，衝著他們兩個連開了六槍。事發突然，而且，那傑克還是率先中槍，但他卻還能想著用身體護住諾力，這一點，表演的痕跡太重了。」洛瑞說著，嘴角處顯露出一絲輕蔑笑容。

大衛道：「不，洛瑞，這並不能說傑克在表演，如果我和老闆遭遇了槍擊，我也能做得到在中槍之後，仍然會有清醒的意識用自己的身體擋住射向老闆的子彈。」

洛瑞微微一笑，接道：「好吧，大衛，我承認你能做得到，我也不想跟你爭辯傑克他能不能做得到，我想說的是，這是傑克在表演中的一個破綻，至少，他引起了我的懷疑。」

大衛道：「對不起，洛瑞，我並不是想跟你爭辯什麼，我不過是有感而發，我對我的言論感到抱歉。」

洛瑞擺了擺手，道：「謝謝你的坦誠，大衛，我接受你的歉意，請允許我接著陳述昨晚上我發現的那些破綻。」但見大衛安靜下來，洛瑞接道：「那名金髮男子連開六槍後趁亂逃走，那些事先就埋伏在酒店大廳中的安良堂的人全都過來圍在了傑克諾力身邊，卻沒有一個去追擊那金髮男子，這是破綻之二。我必須承認，那傑克裝死的本事實在高，躺在地上胸口處紋絲不動，就像是真的停止了呼吸一般，尤其是他的手下用衣服蓋住了他的頭，那衣服也毫無起伏，但我認為，這卻是他的第三個破綻。」

洛瑞深吸了口氣，緩緩搖了搖頭，接道：「在那種情況下，他的手下為什麼會用一件極薄的衣服蒙住他的頭呢？我認為，這是他們在故意向外人展示傑克裝死的本事。或許，上述三個破綻還不能說明什麼，但第四個破綻卻是最為致命的。他們顯然做了細緻的分工，可惜缺乏練習，慌亂中，他們忘記了處理留在地面上的血污。」

大衛忍不住插話道：「這種情況下，怎麼可能會清理地上的血污呢？」

洛瑞輕蔑一笑，道：「是的，這種情況下沒有人會在撤離前清理掉地上的血污，可是，如果那真是人身上的鮮血，流在了地面上，不用太久就會凝固，而且其顏色也會暗淡下來，從鮮紅色變成黑紫色，對嗎？」

這是常識！大衛不由地點了點頭。

洛瑞緩緩搖頭，笑道：「可是，傑克留下的那一灘鮮血，直到員警來了，仍舊保持了鮮豔的紅色，而且，根本沒有凝固的跡象。」

大衛驚道：「這顯然不是人血！那幫員警看不出來嗎？」

洛瑞嗤笑道：「員警看沒看出來不重要，重要的是被現場的兩名記者看到了整個過程，而且還拍下了照片，那兩名記者為了擺脫員警的糾纏，在員警趕到之前，慌忙離去。因而，我想他們並沒有發現這些個破綻。」

大衛疑道：「傑克如此做為，他又是什麼目的呢？」

洛瑞聳了下肩，道：「我只知道，昨晚在敦麗酒店發生的這起槍擊事件不過是安良堂的傑克導演出來的一場鬧劇，至於他抱有怎樣的目的，我想，我們的老闆比我更有發言權。」

萊恩微微頷首，道：「是的，洛瑞，我當然比你更有發言權，因為，我掌握的資訊更加全面。在這場角逐中，我們可以躲在暗處，漢斯同樣可以藏到了地下，而安良堂卻做不到，他們雖然占了地頭蛇的優勢，可他們卻始終處在明處。而且，他們對漢斯對我們，所能掌握到的資訊極為匱乏，因此，可以說實力最強的安良堂卻始終處於被動狀態中，這一點，我相信你們都能看得出來，是麼？」

大衛不由地點了下頭。

萊恩接道：「尤其是湯姆在毫無防備的情況下被我們送進了監獄，這更使得傑克和諾力意識到了他們的處境和弱點，我故意賣了個破綻給他們，卻成了我的敗筆之處，我想，應該是過程太過順利，使得他們產生了疑心，從而冷靜下來，想出了這麼一招，其用意就是想蒙蔽住我們的視線，造成他安良堂已經無力繼續參與到這場角逐中來的假像。」

大衛恍然道：「我懂了，如果我們和漢斯均相信了這個結果，那麼，三足鼎立之勢就演變成了兩虎相爭，而他安良堂便可以坐等我們跟漢斯的兩敗俱傷。」

萊恩欣慰笑道：「是的，我的孩子，你很聰明，一點就透。傑克的這一招數如果能夠得逞，那麼，他們將從明處轉為暗處，而我們和漢斯，則被迫從暗處轉為明處。單就實力而言，安良堂以一敵二，仍舊有七成以上的勝算，而我們，還有漢斯，一旦浮出了水面，那將註定得到一個失敗的結局。」

大衛由衷讚道：「老闆就是老闆，果然不同凡響，這件事若是按了我和黛安的想法去做，恐怕就正中了安良堂傑克的下懷。」

萊恩歎道：「現在，就要看漢斯的了，希望他也能看穿傑克的陰謀。這件事，原本就是我和漢斯之間的私事，跟安良堂毫不相關，所以，我並不希望安良堂參與其中。是漢斯將安良堂拖了進來，但如今，漢斯也應該能夠意識到，安良堂才是他的最大敵人。」

萊恩向大衛展現了他的老謀深算，使得大衛佩服不已，差那麼一丁點就要頂禮膜拜。但現實情況卻是當天下午，直至當天夜裡，確實是將那批貨運出金山的最佳機會，而且，還是唯一的機會。

當然，其前提是萊恩的手上真的有那麼一艘空了艙的貨船。

漢斯想出了能讓萊恩和安良堂兩強相遇並難免一戰的鋌而走險的策略，那麼當天夜裡就會為此而去準備各項工具，自然無法顧及到那批貨。

而董彪、羅獵捕獲了吳厚頓，知曉了其中各個環節的秘密，並基本上看清楚了眼下的局勢，卻沒有貿然行事，只能說明他們還在等機會，而在這個過程中，自然也會放鬆了對那批貨的注意力。

「那還有什麼好商討的呢？」目送堂口弟兄將吳厚頓押走，董彪將目光轉向了羅獵，詭異笑道：「我現在可是個死人哦！」

羅獵陡然一怔，道：「你的意思是咱們什麼都不要做？」

董彪笑道：「我都說了，我現在是個死人，既不想說話，也不想做事，只想著痛痛快快喝頓酒，然後繼續裝死睡覺。」

羅獵陪笑道：「彪哥，你就晚個十幾二十分鐘再喝酒睡覺裝死，不行嗎？」

董彪道：「除非，你小子願意陪我喝上兩杯。」

羅獵原本以為，董彪訊問出那耿漢的藏身之所，意在要對耿漢動手，故而要跟董彪商討下該如何動手。可董彪如此回覆，只能說明他並無動手之意，羅獵難免有些困惑，急於想知道董彪這肚子裡裝的到底是怎樣的打算。

「不就是想找人陪你喝兩杯嗎？有大師兄在，又有西蒙在，用不著非得是我陪你吧？」羅獵厚著臉皮來到董彪身後，給董彪捶了幾下背，訕笑道：「彪哥，你就別賣關子了，到底是啥打算，你就說出來嘛！」

董彪很是愜意地享受著羅獵的服務，不時變換著身體姿態，一會是左肩，一會又是脖頸，爽夠了之後，才開口道：「濱哥不在，彪哥做主，那我就跟你說句實話吧，耿漢對咱們來說不重要，咱們只是想要他手上的那枚玉璽，如果他願意主動將玉璽交到咱們手上的話，咱們又何苦自找麻煩非得跟他過不去呢？你說，是不是這個道理？」

羅獵下意識地點了點頭，又覺得有些不妥，再看了趙大新一眼。

趙大新道：「你不用看我，我跟他的那一篇恩怨已經掀過去了，從今以後，他死他活，跟我沒多大關係。」

董彪笑道：「就是嘍！至於那批貨，對咱們來說，分文不值，或許咱們都產生過毀掉那批貨的念頭，心想著若是毀掉了那批貨就能少坑害了好多人，可這種想法根本不對。那些個癮君子不會因為貨少了價漲了就斷了煙癮，恰恰相反，煙土的價漲上去了，很多人掏不起這份錢了，只會更加禍害別人。所以啊，彪哥對那批貨的態度無非就是引耿漢現身的一個誘餌，只要有那批貨在，何愁耿漢不落在咱們手上啊！」

羅獵疑道：「但咱們已經知道了耿漢的藏身地點，直接動手，不更是簡單嗎？」

董彪輕歎一聲，道：「那耿漢豈是簡單之人？他一時昏招，使得咱們捕到了吳厚頓，你能保證他在吳厚頓出發之後就沒反過醒來？最關鍵的，動了耿漢，打破了這種平衡，就很可能讓那個黛安產生放棄心理，而她一旦跑回了紐約，為艾莉絲報仇的難度就會陡然增大數倍。彪哥可以不碰耿漢，甚至可以放棄那枚玉璽，但彪哥不能不幫他兄弟先報了艾莉絲的仇！」

羅獵被感動到了，鼻子一酸，幾近哽咽：「彪哥，謝謝你。」

董彪呵呵一笑，擺了擺手，道：「自家弟兄，不必客氣。彪哥能力一般，但認定的事情，必將傾盡全力。」

西蒙神父突然插話道：「傑克，漢斯那邊不可掉以輕心啊，山德羅的實力在甘比諾家族中雖偏弱，但畢竟是甘比諾家族正統，如果有必要，他可以隨時找到援手。」

董彪不屑笑道：「就算他整個甘比諾家族全都來了金山，那又能如何？他有三千手下，我有十萬勞工，敢跟我安良堂血拚？只能落下個有來無回的結果！」

趙大新跟道：「彪哥的話，我信！在金山，可以不給濱哥面子，也可以不給彪哥面子，但沒有誰敢忽略金山近二十萬華人勞工的力量，這才是金山安良堂真正的實力。」

西蒙神父在唐人街生活也有了兩三個月，對安良堂在華人勞工心中的領袖地位相當瞭解，但他仍舊保留了自己的意見，認為那些未經過訓練且手無寸鐵的勞工們根本不是馬菲亞的對手。只是，此等狀況下，他不便再跟董彪發生爭執，只能是聳聳肩，淡淡一笑，將肚子裡的話悶了回去。

董彪再道：「吳厚頓遲滯不歸，那耿漢即便是蠢到了家也會明白其中蹊蹺，定然不會輕舉妄動，只能是趕緊換一個藏身的窩點。現在就看那黛安了，我他媽真擔心她沒看到報紙，還不知道這個消息，假若她知道了，以一個女人的性格特點，一定會沉不住氣的。」

羅獵道：「但問題是她背後還有一個老狐狸，彪哥，我感覺咱們的招數騙不了萊恩那隻老狐狸。」

董彪肅容道：「彪哥設計出這麼一場鬧劇原本就沒打算騙得了任何人！」轉而再跟上一聲不懷好意的笑，那董彪接著說道：「彪哥就是不想看到這種死氣沉沉的局面，才故意弄出點動靜來刺激刺激他們，這不，昨晚上才搞出的事情，今中午就有了收穫。搞不好，等到了明天，還會有新的收穫呢！」

這顯然是董彪在往自己臉上貼金的說法，因為，昨天中午獲知了那兩名聯邦緝毒署探員的資訊後，董彪和羅獵隨即便商討起將他們倆抓回安良堂的辦法，商討過程中，二人幾乎同時意識到如此順利地便得到了那二人的資訊似乎有些蹊蹺，因而不得不產生了懷疑，認為這很可能是對方給自己布下的一個陷阱。羅獵當時建議說能否將計就計，設個局打亂對方的部署，於是便有了這個槍擊事件的發生。

演出完畢後，大夥回到了堂口，宵夜時，羅獵和董彪閒聊，閒聊中董彪有了靈感，這才有了今天的圈套，只是，這個圈套原本不是為吳厚頓安排的，而是為那兩名探員背後的勢力所準備，卻陰差陽錯捕獲到了吳厚頓。

吳厚頓交代的足夠細緻，使得董彪對當前的局勢有了重新認識，以一敵二，憑藉安良堂的實力以及在金山的根基，必然能取得最後的勝利，但若是想將耿漢手中的玉璽以及那個箭傷顧先生毒殺艾莉絲的黛安的性命同時納入囊中的話，似乎有些奢求了。因而，董彪及時作出了調整，在二選一的情況下，選擇了先為艾莉絲和顧先生報了仇再說。

羅獵感激董彪做出的選擇，但在他的心中，並不打算放過耿漢。和董彪的態度有所不同的是，羅獵對那枚玉璽的興趣並不怎麼太大，他只是認為，艾莉絲之死，那黛安雖是直接兇手，可耿漢卻是始作俑者。此二人，罪惡相當，都得以項上人頭才能贖了自己所犯下的罪惡。不過，做事必須有先有後，既然那黛安乃是直接兇手，理應率先納命，故而羅獵認同了董彪的想法。

意見取得了一致，接下來便只能滿足董彪的願望，西蒙神父親自下廚，整出了一桌好菜，趙大新拿出了汪濤甘蓮結婚時用剩下的好酒，跟西蒙神父二人聯手，和董彪對戰起來。羅獵始終認為，正是因為自己喝了酒導致反應能力下降才使得艾莉絲為了救自己而送了性命，因而，在心中發誓從今以後一定是滴酒不沾。所以，在飯桌上，雖然面前也看了一杯，卻始終沒有碰一下。

董彪的酒量相當了得，趙大新聯手西蒙神父，仍舊不是對手，董彪這邊才剛剛有了些許酒意，那趙大新便已經神情呆滯了，而西蒙神父也好不到哪兒去，說起話來，一條舌頭似乎都已僵硬。

「彪哥，別看我，我是不會再碰酒杯的。」羅獵苦笑一聲，將面前酒杯中的酒倒進了董彪的空杯中。

董彪端起杯來，一飲而盡，抹了把嘴角，卻突然動起了感情。「羅獵，你知道濱哥為什麼一直沒有娶老婆嗎？」

羅獵當然不知道，只能默然搖頭。

「濱哥說過，你很像二十年前的他，彪哥一直把他這句話當成個玩笑，因為彪哥實在沒看出來你小子跟二十歲的濱哥有哪一點相似之處，說長得像？你比他帥多了，說性格像？彪哥倒覺得你小子更像我。但是，艾莉絲出事後，彪哥終於看到了一個跟二十年前的濱哥一模一樣的羅獵，你們倆啊，都是重感情的人，二十年前，濱哥的未婚妻死在了濱哥眼前，濱哥跟你一樣，差一點就沒能重新振作起來。」董彪說著，雙眸中閃爍出晶瑩的淚花，一聲長歎後，拎過桌上的酒瓶，對著瓶口，直接灌了幾口。

羅獵拿起董彪的碗，為他盛了碗湯，順便問道：「濱哥的未婚妻是怎麼死的？」

董彪像是喝酒一般，端起羅獵為他盛的湯，一飲而盡，往下碗來，唏噓應道：「我那嫂子是自己撞上了仇人的刀尖，為的只是不拖累濱哥，能讓濱哥放手一搏，可她又怎能想得到，她這一死，累的濱哥二十年沒碰過女人。這二十年間，我多次勸過濱哥，勸他能放下這個負擔，嫂子在九泉之下也不願看到濱哥如此，可每次啊，濱哥都是一笑帶過。」

羅獵疑道：「不對啊？堂口弟兄都說濱哥有好幾個相好呢，我還見到過其中兩個哩！」

董彪大笑道：「他們知道個屁啊！你見到的那兩個，其實都是你彪哥的相好。」

董彪再拎起了酒瓶，對著瓶口又灌了兩口，道：「咱們安良堂要跟洋人們做生意，洋人們需要看到一個正常的濱哥，濱哥身邊沒有女人，一年可以，兩年也可以，但三年五年，八年十年，始終會有些流言碎語，所以啊，彪哥才出此下策。你說，一個對女人不負責任的男人，總比一個不喜歡女人的男人的名聲要好一些，對麼？」

羅獵點了點頭，並笑道：「那彪哥你呢？你為什麼也不結婚呢？」

董彪瞪起了雙眼，道：「你傻呀？彪哥好幾個相好，娶哪個？不娶哪個？美利堅合眾國竟然規定男人只能娶一個老婆，靠！老子為這事都愁了十好幾年了！」

羅獵調侃道：「那你可以帶著她們回大清啊？」

董彪點了根煙，愜意地抽了兩口，忽然斜了羅獵一眼，道：「怎麼說著說著就說岔了呢？彪哥想跟你聊的可不是討幾個老婆的事情，羅獵，彪哥很擔心你會重複了濱哥的苦……彪哥知道艾莉絲在你心中有多重，彪哥也知道一提起艾莉絲來你的心有多痛，可是啊，再重再痛，你也得勇敢地去面對。彪哥不會勸人，可彪哥實在看不下去你現在的這副樣子。」

羅獵拿過董彪的煙，給自己點上了一支，學著董彪的樣子抽了起來。「彪哥，我何嘗不懂這些道理呢？可我每天晚上一閉上雙眼，腦子中便全是艾莉絲，我也不想這樣，但我卻控制不了。彪哥，你不用再勸我了，怎麼勸都沒有用的，或許為艾莉絲報了仇，我便會好一些。」

董彪苦笑道：「二十年前，濱哥也是這般說法，可他手刃了仇人之後，卻依舊快樂不起來，他只能將所有的精力放在了安良堂的事業上。在別人眼中，濱哥有錢有勢，生活得幸福無比，可他心中的苦，除了我阿彪，又有誰能知道？羅獵啊，你可不能步濱哥的後路啊！彪哥希望能看到一個快快樂樂的羅獵，可不想看到又一個濱哥式的羅獵，那樣的話，你這一輩子可就真的毀了哦。」

羅獵一口煙吸到了肺中，卻沒能經得住煙油的刺激，嗆咳了起來。「彪哥，不要再說了，我說過，給艾莉絲報了仇之後，我會好起來的，現在，我什麼都不會想，只想著該如何才能給艾莉絲報了仇。」

董彪捏著煙屁股，猛吸了一口，然後將煙憋住了，摁滅了煙頭，再緩緩地吐出一口帶著薄薄煙霧的氣來，笑道：「好吧，不讓說那就不說！」再拍了拍已經伏在桌面上睡著了的西蒙神父，嚷道：「哥們，不早嘍，還是回家睡覺吧！」

趙大新是在自己的家中，自然有人伺候，羅獵可以放之不顧，但西蒙神父醉醺醺地已然難以自理，羅獵只能將其送回家中。艾莉絲的離去，終於促成了西蒙神父和席琳娜的復合，只是，這復合的代價實在是有些巨大。

將西蒙神父交還給了席琳娜，羅獵陪著董彪走在了唐人街的街上，不經意間，又路過了艾莉絲中箭的那個街口。觸景生情，那羅獵不由得停下了腳步，凝視著路口處的那棵樹木。

便在這時，兩名堂口兄弟迎了上來，其中一名稟報道：「彪哥，火車站那邊的兄弟傳話過來，剛剛到站的一列貨車上下來了一大幫壯漢，看其樣子，很像是西蒙神父所說的馬菲亞。」

羅獵猛然驚醒，搶在董彪之前問道：「有多少人？」

那兄弟答道：「他們分成了好幾股子，看到的大概有四十多人，但不敢確定還有沒有沒看到的。」

董彪樂呵呵應道：「山德羅?!老子真想看看這山德羅到底長了幾個腦袋幾條腿，居然真敢跑到我金山來搶地盤，行吧，既然大家都想玩一把大的，那咱安良堂也沒有理由說帕斯。傳彪哥命令，堂口進入戒備狀態，所有弟兄回堂口待命，另外，你再帶幾個人開車去把咱們倉庫裡的傢伙全都提出來！」

天色已然不早，吳厚頓仍舊未歸，耿漢只能判定他落入了安良堂的手中。至於為何沒看到安良堂的人影，耿漢一時也無法想出個所以然來。雖然很是困惑，但耿漢並沒有打算改變他的鋌而走險的計畫。

就在耿漢準備放棄等待的時候，視線中突然了一個馬菲亞兄弟的身影。耿漢陡然一驚，此時馬菲亞兄弟找上門來，莫非是他們受到了攻擊前來向自己通報？

耿漢不敢立刻迎上去與之見面，生怕其身後還有埋伏，只能悄悄地跟住了。那位找上門來的馬菲亞兄弟敲了耿漢的房門，卻沒得到應答，只能悻悻然回去，在走出這片居民樓房的時候，已然感覺到身後有人跟蹤。那馬菲亞兄弟不動聲色，繼續穩步前行，但右手悄然插入了懷中，在經過前方拐角處的時候，那馬菲亞兄弟突地閃身，貼在了拐角牆壁上，同時拔出了槍來。

「阿方索，是我，漢斯。」耿漢確定了那馬菲亞兄弟的後面並無埋伏，於是上前自報了家門。

阿方索鬆了口氣，收起了槍，頗有些不滿道：「漢斯，你在搞什麼鬼？我們約定好的，如果你覺察到了危險，要在房間陽台上擺出一盆花來，可你並沒有這樣做，反而是在跟蹤我。」

耿漢無奈抱歉道：「我很抱歉，阿方索，我這樣做也是迫不得已，至於原因，卻是一言難盡。好了，現在你可以告訴我你來找我的目的了。」

阿方索聳了下肩，道：「山德羅到了，他想儘早見到你。」

耿漢不由大喜道：「山德羅已經到金山了？我的朋友，這簡直就是一個天大的好消息，快帶我去見他吧，我一分鐘都不願再耽擱了。」

山德羅的提前抵達對耿漢來說確實是一個驚喜，在這場三方角逐中，他始終處於最弱勢的一方，原因就在於他的實力實在太弱，一旦浮出水面，另外兩方的任一方都可以隨時將他踢出局去。但山德羅的到來將徹底改變了這種局面，或許在人數上他還比不過安良堂，但在品質上，耿漢相信，山德羅的硬實力絕對可以抗衡了安良堂，至於萊恩一方，勢必成為最弱的一方。

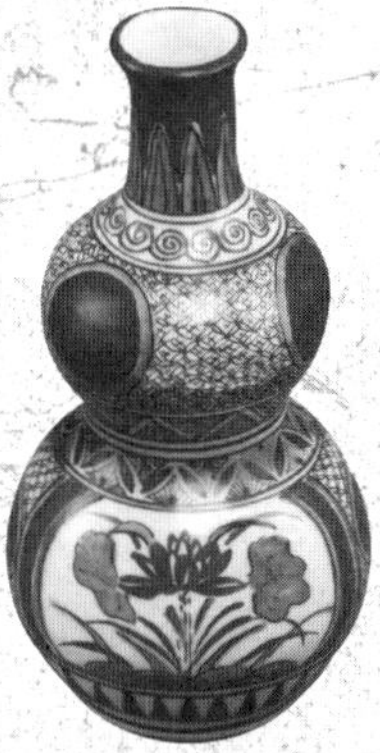

第六章

無法做到的事

二十多年並肩作戰，曹濱熟知他那位兄弟，
甚至超過了董彪對自己的熟知瞭解程度。
不是說董彪不可能遭人暗算，
也不是說董彪的能耐大到了沒有人可以殺死他，
但一個屁不放白挨了五槍的過程，
卻是那董彪無論如何也無法做到的事情。

在聖安廣場附近的那兩幢連體別墅中，耿漢見到了山德羅。

擁抱之後，耿漢略有歉意道：「山德羅，我的朋友，我為你安排的棲身之所實在是太小了，委屈了你和你的手下弟兄。」

山德羅叼上了雪茄，身旁早有兄弟拿出了打火機打著了火，山德羅側著頭點著了雪茄，愜意地噴了口煙，微笑道：「不，這兒很好，漢斯，我們是來戰鬥的，而不是來度假的。」

耿漢頗有些感動，跟著點了支煙，平復了一下自己的心情，道：「我們不會在這兒待太久時間的，我已經計畫好了，我要做出毀了那批貨的舉措，從而逼迫萊恩一方和曹濱一方為了挽救那批貨而發生火併，他們雙方的火併一旦開始，我想，我們的機會就來了。」

山德羅道：「這一招確實有些冒險啊！我的朋友，你要想把他們引出來，那麼，你毀掉那批貨的舉措就必須是真實的，萬一這其中發生了紕漏，比如，萊恩或是曹濱沒有能及時趕到的話，漢斯，你可能會蒙受巨大的損失。」

耿漢道：「謝謝你的提醒，這一點我已經想到了。萊恩是隻老狐狸，他有著無比的耐心，而安良堂的曹濱只是想得到我手中的玉璽，他們也會擁有足夠的耐心，可是，這樣拖下去對我們來說卻是越來越不利，所以，我決定冒這個險，哪怕真的出了紕漏，甚至將那批貨全都毀了，我也絕不後悔。」

山德羅點頭應道：「很好，漢斯，你有這樣的決心和魄力，我感到非常欣慰，我和你一樣，有著速戰速決的想法。你說的很對，拖得久了，對我們來說只會更加不利，放手一搏吧，我的朋友，為了我們共同的利益！」

耿漢道：「事不宜遲，我打算明天就施行我的計畫，山德羅，我需要你的支援，尤其是在人手上。」

山德羅吧嗒了兩口雪茄，彈掉了灰燼，指著身旁的一圈手下兄弟，道：「為了金山這塊迷人的地盤，我帶來了我最精銳的部下，除了我山德羅之外，其餘五十名兄弟，任由你漢斯調遣，當然，我的朋友，你不能把他們全部帶走，你總得給我留下幾個，陪我打打牌說說話，不然，我會感到寂寞的。」

耿漢笑道：「我用不了那麼多的人手，山德羅，你能分配給我十到十五名兄弟就已經足夠了。」

山德羅隨即叫來了阿方索，吩咐道：「阿方索，我的兄弟，現在有一項重要的任務要交給你，帶上你的人，跟漢斯去做一件非常有趣的事情。」

胡安從斯特恩那裡套來了那兩名聯邦緝毒署探員的資訊，並將資訊及時地轉告了董彪，這才安心下來。可是，僅僅安心了一天，便被金山郵報的號外報導給嚇到了。

安良堂的傑克身中五槍當場斃命，那諾力也挨了一槍，卻只是重傷而未喪命，槍擊案發生的場所是敦麗酒店……胡安登時驚出了一身的冷汗。

湯姆曹是一個怎樣的人，胡安比誰都清楚，跟他並肩作戰二十餘年的好兄弟傑克身遭不幸，必然會導致湯姆的瘋狂報復，而且，這個消息瞞他瞞得越久，那麼他報復的瘋狂程度便會越深，甚至，連自己以及斯特恩都會被牽連進去。

顧不上晾乾身上的冷汗，胡安連忙找到了斯特恩。

斯特恩也是剛剛看到了報導，此時，內心中的恐懼情緒正在翻騰，聽到了胡安的一聲呼喚，整個身子不由猛地一顫，待看清了叫他之人原是胡安的時候，斯特恩才稍稍緩了緩神，幽幽歎出了一口氣來，回道：「胡安，你嚇死我了。」

胡安已然看到了斯特恩手中的報紙，於是便開門見山道：「斯特恩先生，恕我直言，可能這一次我們兩個是引火焚身難逃干係了。」

斯特恩道：「是啊，好在湯姆被封閉了與外界的聯繫，他一時半會還得不到消息，我們還有足夠的時間來應對這件事情。」

胡安道：「意外發生在敦麗酒店，斯特恩先生，我想，傑克和諾力一定不是去敦麗酒店訪親問友，這世上絕不會存在如此巧合的事情，它一定和那兩名探員有關。斯特恩先生，我們不能再猶豫了，我們必須在他們雙方之間做出選擇。」

越是被要求不能猶豫，那斯特恩卻越是顯示出猶豫的神態。「胡安，我能理解你的擔憂，可是，這兩頭我們都得罪不起……」

胡安有些著急，道：「斯特恩先生，你必須要清醒過來，湯姆絕不是一個可以忍氣吞聲的人，他一定會展開瘋狂的報復。我們做不到兩頭都不得罪，我們只能選擇其中一方，若是選擇了聯邦探員，那麼就一定要對湯姆以及他的安良堂趕盡殺絕，否則的話，你我性命堪憂啊！若是反過來選擇了湯姆，那麼，我們最好儘快將消息告訴他，並表明我們的態度，或許，那湯姆還會原諒我們。」

斯特恩以雙手拇指抵在了太陽穴上用力地按壓著，歎道：「你說得對，胡安，我想我們此刻最該做的就是去敦麗酒店找到那兩名探員，問他們究竟是怎樣的打算。」

胡安聳了下肩，無奈道：「那好吧，斯特恩先生，我留在這兒等著你的消息。」

斯特恩疑道：「胡安，你不打算和我一塊去嗎？」

胡安苦笑歎道：「斯特恩先生，你說過，他們只會單獨與你相見，這種關鍵時刻，我們要是冒犯了他們，恐怕會有意想不到的麻煩。」

斯特恩無法反駁胡安的理由，只能接受了他的意見。

在這種要命的時刻，斯特恩仍舊不肯放棄那兩名聯邦緝毒署探員的態度令胡安很是不滿，他知道，斯特恩之所以會做出這樣的選擇，無非就是心中還惦記著對方承諾過的報酬餘款。對這筆錢，胡安也是饞涎欲滴，但是，相比斯特恩來說，胡安更加清醒。得罪了那兩名探員，或許會遭到報復，有可能丟了公職，更有可能被送進監獄，甚至有可能被他們幹掉。但是，惹惱了安良堂的曹濱，可就沒那麼多可能了。

斯特恩的選擇雖然令胡安很是惱火，但他畢竟是精於算計，在當著斯特恩的面的時候，他在心中便算計出一套對自己最為有利的打算出來。

待斯特恩那邊一離開，胡安立刻偽造了一份結案手續，帶著這份手續以及一份當日的金山郵報，他開著車去了關押曹濱的監獄。

胡安並沒有著急向監獄方面出示了他偽造的結案手續，而是要求監獄給他提供一間審訊室，他要先跟曹濱單獨見上一面。

「湯姆，實在抱歉，我也是迫不得已才將你請到了這兒。」胡安見到曹濱之後，開門見山，將事件程序向曹濱做了坦白，並把責任完全推到了斯特恩的頭上。「湯姆，我已經向傑克承認了錯誤，並徵得了他的原諒，他要求我打探到那兩名聯邦緝毒署探員的姓名和住址，我也做到了。」

曹濱淡淡一笑，回道：「很好，既然如此，我想傑克他是不會為難你的。」

「可是……」胡安努力地使自己的表情顯得很是悲傷，從公事包中拿出了那份報紙，遞給了曹濱：「湯姆，我真的不知道該說些什麼，傑克，他……唉！」

曹濱看到了報紙上的新聞，起初也是猛然一驚，一股悲憤之情似乎要衝爆了胸腔，但強迫自己冷靜後再看了一遍新聞報導後，曹濱平靜了下來。

二十多年的風風雨雨，二十多年的並肩作戰，使得曹濱無比地瞭解熟知他那位兄弟，甚至超過了董彪對自己的熟知瞭解程度。不是說董彪不可能遭人暗算，也不是說董彪的能耐大到了沒有人可以殺死他，但一個屁不放白挨了五槍的過程，卻是那董彪無論如何也無法做到的事情。還有那羅獵，這小子如此警覺且反應神速，在他走進酒店大廳的時候，就應該是左右手心各自緊扣了一柄飛刀，槍響之時，必是他飛刀射出之時，那金毛小子豈有從容不迫連開六槍的道理？

看穿了這些破綻的曹濱，在心中斷定報紙上刊登的這則新聞要麼是胡謅八扯，要麼就是董彪、羅獵的故意之為，但在沒搞清楚那倆兄弟為何做出此等鬧劇的緣由之前，曹濱還是決定要配合那倆兄弟把戲演下去。

「胡安，你剛才說，那兩名聯邦緝毒署探員就住在敦麗酒店，是嗎？」曹濱的臉色陰沉得嚇人，那聲音更是冰冷地讓人只想發抖。

胡安顫聲道：「是的，湯姆，我想，應該是傑克和諾力為了你的案子前去調查，卻不想落進了他們設下的陷阱。湯姆，請你相信我，我真的不知情，真的沒參與到他們的陰謀中。」

曹濱像是極力壓制著內心的怒火，冷冷地看著胡安，緩緩道：「你能趕來告訴我這些，說明你說的是真心話，但那個斯特恩就不一樣了，我一定不會放過他！」

胡安暗自鬆了口氣，連忙從公事包中取出了那份結案手續，道：「湯姆，我豁出去了，這份結案手續可以證明你是無罪的，只要你在上面簽了字，那麼你就可以走出這座監獄。湯姆，我的時間不多了，我救出你來，就必須以最短的時間離開金山，否則的話，我可能性命不保！」

曹濱沒有著急接過那份結案手續，而是冷笑了兩聲，道：「我不點頭，在金山誰敢威脅你？胡安，你大可不必如此緊張，我出去之後，你隨即將你的家人接到我安良堂中來，我倒想看看，是何方神聖敢追殺到我堂口中來？」

胡安心中不由得一陣驚喜。

斯特恩口中所說的那兩名聯邦緝毒署探員以這種不合規手段將曹濱送進了監獄，已然引起了胡安的懷疑。隨後發生的酒店大廳槍擊案，使得胡安堅定了自己的判斷，對方絕非是聯邦緝毒署的真正探員，最有可能的應該是安良堂的某個仇家裝扮成了聯邦緝毒署探員。

胡安不知道安良堂有哪些仇家，這些仇家的實力究竟有多大，但他清楚，在金山這塊地界上，安良堂的曹濱還從來沒吃過虧！因而，若是必須押上身家性命賭一把的話，他一定會毫不猶豫地押在安良堂這邊。

曹濱的承諾正是胡安的期望，不得已而陷入了這渾水中，胡安才感覺出自己有多麼渺小，無論是哪方的人隨便蹚上一腳，掀起的波瀾在人家對戰的雙方眼中或許算不上什麼，但這點波瀾卻足以淹死了自己。但有了曹濱的承諾，就等於給他以及他的家人穿上了救生衣，除非曹濱敗了，否則的話，自己絕對是安然無恙的結局。

曹濱會敗麼？安良堂能輸嗎？

胡安的腦海中浮現出了一百個不字來。

「謝謝你，湯姆，謝謝你的信任，更要謝謝你對我的幫助。」胡安將手續擺放到了曹濱的面前，並從公事包中拿出了一支鋼筆，遞給了曹濱：「湯姆，恭喜你重獲自由，也恭喜我自己，終於糾正了自己所犯下的錯誤。」

監獄長是一個識時務的傢伙，原本就不想得罪安良堂，因而，對那份偽造的結案手續也沒細查便簽了字準備放人。順利辦完手續，走出監獄大門時，方才是下午三點鐘不到的樣子。

監獄距離市區有些距離，胡安趕過來的時候，路上就花了一個半小時，推算下來，就算胡安湯瑪斯先回家一趟，接上自己的家人，那麼，趕回到安良堂堂口的時間也不過是傍晚的五六點鐘。然而，胡安過來的時候心中始終是忐忑不安，而回去的時候又過於歡喜，居然忘記了檢查一下油箱中的油夠不夠用，結果拋錨在了半道上。

胡安無奈，只能拎著油桶步行前行，走了大約三公里，才見到了一家加油站，買了油回來，再給車子加上，如此一來，便活生生耽擱了兩個多小時。因而，當他開著車帶著曹濱以及自己的老婆孩子趕到安良堂堂口的時候，已是晚上八點多鐘了。

堂口中，近百名兄弟整整齊齊排成了數排，隊伍面前的空地上，堆滿了各色武器，武器堆的後面，董彪正激動地說著什麼。

「濱哥？」堂口看門的弟兄看到了車上端坐在副駕位子上的曹濱，立刻歡呼起來：「濱哥回來了！濱哥回來了！」

眾弟兄聽到了這歡呼聲，均不禁一怔，隨即下意識轉身回望，卻見一輛黑色的汽車緩緩駛來，旁邊跟著那門衛弟兄仍舊在歡呼著：「濱哥回來了！」

安良堂的弟兄們果真是訓練有素，濱哥雖是老大，但下達集結隊伍命令的卻是彪哥，在彪哥沒有發話之前，兄弟們最多也就是回首張望一下，腳下卻絲毫沒有移動。

董彪、羅獵二人也聽到了門衛弟兄的歡呼聲，但隔著百餘弟兄排起的方陣，卻是連曹濱坐著的汽車也看不到，只是這麼稍微一愣的功夫，車子已然駛過了門口的林蔭道，來到了水池邊。曹濱跳下了車，向著弟兄們揮了揮手。

弟兄們這才看清楚了，果真是濱哥回來了，那一瞬間，哪還有人能顧得上堂口的規矩，立刻將濱哥圍了起來。董彪、羅獵二人也急忙迎向了這邊。

「濱哥！真的是你回來了啊！」董彪連推帶搡，從眾弟兄圍成的人牆中劈出了一道縫隙，來到了曹濱的面前，身後，則緊緊跟著個羅獵。

曹濱故作慍色，招呼道：「報紙上刊登的新聞，果然是你們這對老少都不正經的兄弟搞出來的鬧劇！害得我連個牢房都坐不安心！」

曹濱身後緊跟著的胡安聽不懂曹濱的中文，但清楚地看到了活生生的董彪，頓時傻了眼，囁啜道：「傑克，你沒死？那報紙上……」

董彪一個跨步，邁到了胡安的身旁，一把攬過了胡安的肩，換做了英文開心道：「是你小子把濱哥救出來的，對麼？」

胡安搖頭道：「不能說救，傑克，我只是在彌補我的過錯。」

董彪豪放道：「錯不在你，胡安，你能知錯就改，還甘冒風險將濱哥從大牢中救出來，單憑這一點，我傑克就把你胡安當兄弟看了！」

曹濱道：「差不多說兩句就行了啊，趕緊給我和胡安弄點吃的來，這一路走了五個多小時，連口水都沒得喝。哦，對了，給胡安一家安排個最寬敞的客房，打今天開始，他們一家就住在堂口了。」

濱哥的吩咐自然不用董彪親自去做，早有堂口弟兄帶著胡安一家領命而去。

曹濱在董彪、羅獵的陪同下走向樓門口時，看到了那堆武器，不禁皺起了眉頭，問道：「這麼大的陣仗，你們兄弟倆想幹什麼呀？」

董彪回道：「打仗啊，反正不是拿來種地的。」

羅獵跟著解釋道：「耿漢找了馬菲亞做幫手，就在剛才，咱們在火車站盯梢的兄弟傳來了話，那個叫山德羅的馬菲亞，帶來了四十多手下。」

曹濱聽了，卻只是不鹹不淡地應了一聲：「哦，人數還真是不少呢。」

董彪跟道：「他們人多，咱們人也不少，想搶咱們安良堂的地盤？做夢！」

曹濱愣了下，隨即搖了搖頭，道：「還是等我打發了肚子再跟你們慢慢說吧。」

飯菜需要現做，曹濱先去沖了個熱水澡，然後換上了睡衣，踏著雙拖鞋，來到了書房。董彪只是看到了曹濱的這套行頭，心中便明白了個七七八八，不禁問道：「濱哥，你的意思是不跟馬菲亞開戰？」

周嫂送上了茶水，曹濱點上了雪茄，顧不上答覆董彪，先猛抽了幾下雪茄，再喝了兩口茶，這才開口道：「你們兩個就不打算跟我解釋一下昨晚都幹了些什麼嗎？」

董彪和羅獵相視一笑，然後，你一言我一語將這三天的事情向曹濱述說了一遍，尤其是吳厚頓的招供之詞，述說得更為詳細。剛剛說完，後廚的兄弟便送來了飯菜。

「你倆都想明白了？一定要跟馬菲亞開戰麼？」曹濱拿起了筷子端起了碗，很是隨意地問了這麼一句。

董彪應道：「人家都找上門來了，咱們也不能認慫啊！」

曹濱夾了口菜，看了眼羅獵，問道：「你是什麼意思？」

羅獵向董彪討了支香煙，放在鼻子下嗅著，略加沉思後，回道：「馬菲亞不同於內機局，如果能不戰而屈人之兵那是最好，但我覺得，咱們做不到。」

曹濱點了點頭，道：「沒錯！馬菲亞和咱們有一點非常相似，都是窮苦出身，不打不拚，根本得不到立足之地，因而，對他們來說，沒有什麼事可以讓他們屈服。」

董彪道：「那就只能開戰！等他們成了一具具屍體的時候，屈服或是不屈服，都不重要了。」

曹濱瞥了眼董彪，呲哼了一聲，道：「羅獵說，馬菲亞不同於內機局，這話你沒聽懂嗎？」

董彪聳肩撇嘴，道：「我當然聽懂了，可人家已經欺負到了咱們頭上，不反擊又能怎樣？既然是打仗，那就有犧牲，安良堂兄弟，沒有一個是怕死的！」

曹濱不喜不怒，只是白了董彪一眼，也不回話，悶頭吃起飯來。

吃飽喝足，曹濱推開了碗筷，重新拿起了雪茄，美美地抽了一口，道：「阿彪，你知道我看到報紙的那一瞬間，心裡是什麼滋味嗎？」

董彪先是搖了下頭，隨即笑開了，回道：「肯定是被嚇了一跳唄！」

曹濱輕歎一聲，緩緩搖頭，道：「那一瞬間，我似乎回到了二十年前的那個晚上。」

董彪登時沉默下來。一旁的羅獵也意識到曹濱所說的那個晚上，理應是他失去未婚妻的那一天。

「我們已經失去了兩個兄弟，我不想再看到第三個兄弟離我們而去。」方才在述說的時候，董彪說到了那倆兄弟的慘死，曹濱當時並沒有什麼特別的反應，但當他再提及此事的時候，雙眸中分明流露著濃濃的苦澀：「羅獵二師兄和四師姐成婚那天，我把西蒙神父請到了堂口，向他討教了馬菲亞的種種特性，阿彪，羅獵，你們知不知道，跟馬菲亞一旦開戰，死傷的弟兄絕不是個位數，即便滅掉了山德羅，馬菲亞還有四德羅，五德羅，到時候，金山再也談不上和平，唐人街恐怕每一天都會有人橫屍街頭，告訴我，這值得嗎？」

羅獵深吸了口氣，微微閉上了雙眼，腦海中又浮現出了艾莉絲的模樣。「濱哥，不管你怎麼說，那耿漢的性命，我要定了！」羅獵忽地睜開了雙眼，射出了矍鑠的光芒：「就算搭上了我這條性命也在所不惜！」

曹濱將雪茄的火頭在煙灰缸中轉了一圈，蹭去了上面的灰燼，淡淡一笑，道：「耿漢是耿漢，馬菲亞是馬菲亞，咱們不要將他們混為一談，好麼？」

董彪不由地向羅獵投來了混沌的一眼，而羅獵同時回敬了困惑的一瞥，哥倆只能是相視苦笑。「濱哥，那馬菲亞可是耿漢請來的幫手哦，怎麼能將他們分別而論呢？」羅獵沉不住氣，率先提出了質疑。董彪隨即附和道：「就是，咱們倒是可以放過馬菲亞，但能放過耿漢嗎？」

曹濱夾著雪茄，虛空點著董彪、羅獵的額頭，斥道：「你們倆啊！怎麼就不能退一步看問題呢？那耿漢跟馬菲亞之間又有多少關聯呢？你們剛才不都已經說得很清楚了嗎？那馬菲亞之所以答應了耿漢，無非就是看中金山這塊地盤，想把他們的賭場開到這邊來，如果，我們答應了他們，那麼他們還會助紂為虐幫助那耿漢麼？」

董彪驚道：「濱哥，你要將咱們的賭場生意讓給馬菲亞？」

羅獵跟道：「濱哥，萬萬不可啊！這絕對是引狼入室，放馬菲亞進來容易，可再想趕走他們那就難了去了哦！」

曹濱擺了擺手，抽了口雪茄，將口中煙霧歎出後，道：「你倆還記得我剛從紐約回來的那天，跟你說過些什麼嗎？」

不用董彪、羅獵多想，曹濱直接說出了答案：「那天，我跟你們說總堂主要求咱們各個分堂口都要開辦些實業，讓你倆都好好想想，還記得嗎？羅獵，你當時還建議開辦一家玻璃廠，都記不起來了麼？」

羅獵鎖著眉頭回應道：「記得當然是記得，可這事跟馬菲亞能有什麼關係呢？」

曹濱沒有直接回應羅獵，而是感慨道：「二十年來，咱們安良堂從無到有，從弱到強，經歷了無數風雨，面臨過無數危難，好不容易才有了今天的局面，可是，俗話說得好啊，打江山易，守江山難，尤其是咱們安良堂混到了這個份上，已然成了人家的眼中釘肉中刺，若是還留在撈偏門這個行當上，恐怕遲早都會被人家給滅了啊！」

董彪頗有些不服氣道：「濱哥，你是在擔心馬菲亞會滅了咱們麼？」

曹濱先是面生慍色，卻終究是噗嗤一笑，手指董彪道：「你滿腦子都是跟馬菲亞開戰，對麼？馬菲亞的實力確實不弱，但想滅了咱們，恐怕也是白日做夢。我擔心的並不是哪個幫派，我口中所說的人家，指的是美利堅的聯邦政府。」

董彪驚道：「濱哥，你聽到什麼小道消息了？」

曹濱道：「那倒沒有。不過，半年前許公林跟我聊了一些國家層面的問題，其中就提到了幫派，我很是贊同他的見解，一個國家發展到了一定的程度，必定要整肅社會的不安定因素，而幫派，則首當其衝。阿彪，你來告訴我，在金山這塊地界上，哪個幫派最大？哪個幫派最狠？」

董彪撓了撓頭皮，笑道：「當然是咱安良堂。」

曹濱又問道：「要是問另外一個人呢？比如，在街上隨便找一個人來問，他會做出怎樣的答案呢？」

羅獵搶道：「或許會有不同答案，但排在第一的答案肯定是安良堂。」

曹濱輕歎一聲，道：「是啊！假若此時聯邦政府下定決心要打擊幫派，你們認為，金山的哪個幫派會最倒楣？」

董彪不吭聲了，羅獵張了張嘴，卻只發出了一聲歎息。

「所以啊，總堂主高瞻遠矚，提出了安良堂的轉型建議，別的分堂口怎麼想，我曹濱無權干涉，但咱們金山堂口，一定要響應總堂主的號召，儘早盡徹底地擺脫掉偏門生意。」曹濱說著，停頓了一下，端起茶杯卻發現杯中已然沒有了茶水，於是對著董彪敲了敲茶杯蓋。

董彪連忙起身為曹濱續水。

羅獵像是想明白了什麼，恍然道：「濱哥，我懂了，將賭場生意讓給馬菲亞，不光是咱們轉型做正當生意所必須走的路，還可以借著馬菲亞的樹大招風，實現咱們安良堂的安全著陸。」

曹濱露出了讚賞的神色，道：「西蒙神父跟我說過，馬菲亞對外只講利益，不講感情。耿漢能說服山德羅前來金山死磕咱們，無非是他讓山德羅看到了機會，如果咱們主動跟山德羅談判，用賭場生意來交換耿漢以及耿漢手中的玉璽，那山德羅能不答應嗎？他就一定有把握能打贏咱們嗎？他就不珍惜自己手下弟兄的性命嗎？」

這世上絕大多數的事情，換個位置去審視，便可得到不一樣的結果。方才還在信誓旦旦要跟馬菲亞決一死戰的董彪已經悄然改變了主意，不由笑道：「你還別說，幸虧胡安那小子把濱哥您給抓進監獄去了……」

曹濱翻著眼皮打斷了董彪，道：「你什麼意思？」

董彪陪笑道：「我的意思是說監獄裡的環境比較安靜，你才能想到這些策略。」

羅獵捂嘴笑道：「我猜，濱哥現在有一種想把你扔到樓下去的衝動。」

曹濱氣得咬牙道：「一點沒錯！你說你不是個豬腦子嗎？馬菲亞的事情，是你們剛剛才告訴我的，這想法也是我剛剛想到的，扯什麼監獄大牢的事呢？」

董彪強道：「你要真是剛想起來的話，那為什麼二十天前，你就把西蒙神父叫到堂口來打聽馬菲亞的特性了呢？」

曹濱怒瞪雙眼，手指房門，喝道：「再敢廢話，我讓你從外面把門給關上！」

董彪嚇得縮了下脖子，果真不敢再多言語。

羅獵道：「濱哥，這辦法聽上去很是不錯，可有個問題，咱們怎樣才能聯繫上山德羅呢？那個吳厚頓雖然供出了馬菲亞的藏身地，但過了這麼長時間，我想他們應該已經更換了藏身之所。」

曹濱笑道：「別忘了，咱們身邊，可是有個做過馬菲亞的西蒙哦。」

羅獵不屑道：「前天上午他碰見馬菲亞也是巧合，眼下吳厚頓落在了咱們的手上，耿漢還有山德羅一定會倍加小心，你讓西蒙又怎麼能輕鬆找到他們呢？再說，聯繫馬菲亞的時候還得避開耿漢，實在是太難了，濱哥，我對西蒙不抱有信心。」

曹濱道：「你是不知道，任何一個組織，都有它獨特的聯絡方式，馬菲亞對所屬成員始終無比嚴厲，脫離組織者必死無疑，所以，他們並不擔心自己的獨特聯絡方式被洩露了秘密，因此數十年來，始終未曾改變過。所以，只要西蒙願意，他一定能聯絡上山德羅。」

羅獵歎道：「可這樣一來，他的身分也就暴露了，會有危險的！」

曹濱道：「馬菲亞的規矩雖然森嚴，但也不是不能商量，以耿漢一個人的性命就能不費吹灰之力得到金山這塊地盤，對山德羅來說已經是賺大了，這等情況下，要求他放過西蒙，我想，這並不是不可能。再說，你們不是說那西蒙跟山德羅並非是一個家族的嗎？那山德羅一定會睜隻眼閉隻眼，認定了多一事不如少一事的道理。」

董彪忽然站起身來，向門口走去。

曹濱急道：「你幹嘛去啊？」

董彪轉過頭來，道：「我憋不住了，想廢話，所以，我先從外面把門關上。」說著話，那董彪已然出了房間，將門帶上後，又補上了一句：「兵貴神速，既然打定了主意，那咱們今夜裡就聯絡山德羅，我這就去把西蒙給找來。」

西蒙喝醉後的這一覺也睡了有三個來小時，等到董彪叫醒他的時候，酒意已經消退了不少。再聽到董彪說湯姆要找他商量事情的時候，頓時來了精神。「湯姆找我，一定是為了馬菲亞！」西蒙神父顧不得洗上一把臉，拉著董彪便要出門。

席琳娜追了上來，給西蒙神父披了件外套，關切道：「天氣冷了，你也不年輕了，要多注意身體。」

西蒙神父回以一個擁抱。

上了車，秋風吹來，西蒙神父的神志更加清醒了一些，這才想到了曹濱入獄的事情，於是問道：「傑克，湯姆是怎麼離開監獄的？」

董彪開著車，笑道：「老子裝死嚇到了胡安那狗日的，於是就把濱哥乖乖地送回來了。」

西蒙神父道：「上帝保佑，幸虧湯姆回來了。」

董彪哼笑道：「西蒙，我怎麼聽你這話中有話啊？」

西蒙神父淡淡一笑，沒有作答。

車子很快便回到了堂口，董彪將西蒙神父帶進了曹濱的書房。

一進屋，西蒙神父便搶著嚷道：「湯姆，這麼晚你找我來，是不是想讓我幫你聯絡山德羅？」

董彪和羅獵異口同聲驚道：「你怎麼知道？」

西蒙神父仍舊沒有作答，而是看著曹濱。

曹濱點了點頭，道：「是的，西蒙神父，上次我和你的促膝長談就談到了這件事，而今天，山德羅主動找上門來，我想，這是我們的一個機會。」

西蒙神父道：「我支持你，湯姆，我說過，在馬菲亞的眼中，只有利益才是最重要的，所以，我相信山德羅一定會接受你的建議。」

曹濱輕歎一聲，道：「但是，西蒙神父，你必須考慮清楚了，當你向山德羅發出聯絡信號的同時，也意味著你隱藏了多年的身分再次曝光。當然，我會極力保護你的安全，但任何事情沒有絕對，西蒙，你懂我的意思嗎？」

西蒙神父的面色突然凝重起來，道：「那個漢斯雖然不是殺死艾莉絲的直接兇手，但整個事件卻因他而起，艾莉絲被毒殺身亡，他漢斯難逃干係，只要能為艾莉絲報仇，即便搭上我西蒙的性命，那又如何？」

曹濱起身，走到西蒙神父身旁，張開了雙臂，擁抱了西蒙神父，並道：「謝謝你，西蒙，艾莉絲不單是你的女兒，我湯姆同樣將她當做了女兒，我答應你，一定讓你手刃了漢斯，為艾莉絲報仇！」

西蒙神父解開了上衣鈕釦，拎出了脖子上掛著的項墜，卻是一顆普通的左輪手槍的子彈。「湯姆，這是我從西西里帶過來的，我以為它對我來說再也不會用到了，留著它不過是對家鄉的一個念想，卻沒想到，今天居然派上了用場。」

董彪不禁疑道：「你說這顆子彈是你從西西里帶來的？這都多少年了，還能打得響嗎？」

西蒙神父道：「我不知道能不能打得響，但聯絡方式只在這顆子彈的彈頭上，當它被射向天空的時候，會發出一種很刺耳的哨音，白天的話我不敢保證，但夜深人靜的時候，這哨音可以傳遍半個金山市。」

董彪可是玩軍火的行家，聽了西蒙神父的話，立刻伸出手來，道：「交給我吧，最多十分鐘，我就能讓它煥然一新！」

西蒙神父將子彈交給了董彪，同時道：「在發射子彈的地方，你還要點燃三堆火來，這三堆火要成正三角形，中間相隔三步，如果山德羅聽到了子彈的哨音，就一定會主動找到你。」

董彪點頭應下並轉身離去。

西蒙神父再對曹濱道：「我希望能陪著你們一同去見山德羅，如果他因為我的原因而不願意和你達成交易的話，我會當場接受他的處置，哪怕他執意要結果了我的性命。」

曹濱哼笑了一聲，搖了搖頭，道：「不，西蒙，你可能誤會我的意思了，我擔心的是山德羅不能信守承諾，在事後安排人暗殺你。我想，我為山德羅提供的交易條件已經足夠誘人了，如果他仍不滿足，那也只好開戰，我曹濱縱橫江湖二十餘年，還沒向誰低過頭！」

羅獵跟道：「是的，西蒙，你要相信湯姆，他答應了你手刃漢斯為艾莉絲報仇，又怎麼肯將你交給山德羅呢？這種話還是不要再說了，連我都不會答應的。」

西蒙神父點頭應道：「我當然相信湯姆，我也相信你，諾力，我要說的是我很想在抓獲漢斯的這件事上多出一份力，哪怕搭上我西蒙的性命也在所不惜。」

曹濱點了頭應道：「好，西蒙，我答應你，咱們一同去見山德羅。」

耿漢領著阿方索以及阿方索的手下弟兄十餘人去準備他的計畫，山德羅則留在了別墅中跟幾個核心弟兄喝起酒來。洋人的喝酒方式跟華人不同，他們喝酒的時候並不需要下酒菜，一副撲克牌便是他們佐酒的最好方式。耿漢明知道這兩幢別墅的藏身地點應該被吳厚頓交代出去了，但耿漢並未向山德羅說明。或許是他因為興奮而忘記了，也或許是他另有意圖。

山德羅也不在乎這個藏身之所究竟安全不安全。他自信以他的實力，就算是安良堂傾巢攻來，也決然奈他不何。酒剛喝到興致上，耳邊忽然聽到外面傳來一聲尖厲的哨聲。這哨聲對山德羅來說頗為熟悉，但他卻一時愣住在牌桌旁。

手下弟兄提醒道：「山德羅，我的老闆，這可是我們的同伴在召喚我們呢！」

山德羅沒好氣地回應道：「我當然聽得出來，但問題是，誰在召喚我們？難道是阿方索他們遇上了麻煩？」

手下弟兄笑道：「怎麼可能？阿方索他們跟漢斯去了北邊市區，但這哨聲，卻是從南邊傳來。」

山德羅鎖眉凝目，疑道：「不是阿方索，又會是誰呢？難道是我們前來金山的消息被叔父他知道了？」稍一怔，山德羅又搖頭自語道：「不，叔父他不可能知道，你們沒有機會向叔父傳遞資訊。好吧，不管他是誰，我們總是要去一趟，你們還愣著幹什麼呢？還不帶上武器隨我趕過去？」

耿漢沒有為山德羅他們準備車輛，而夜間又叫不到計程車，山德羅只能帶著一幫手下用自己的雙腿測量著路程。好在並沒有多遠，也就是走了二十多分鐘，便看到前方空地上燃起了三堆火來。

「山德羅，你終於來了，我是金山安良堂的堂主，我叫曹濱，你可以叫我湯姆。」三堆火的後面，停著一輛車，車子旁邊，發出了曹濱的聲音。

山德羅的一幫手下反應奇快，立刻掏出懷中手槍，山德羅卻揮手制止了手下。對方顯然是有備而來，說不定於四周已經布下了數名槍手，而看當下情形，對方並不想對自己不利，否則的話，己方這些個人至少要有一半已經被打成了篩子。「湯姆，我是山德羅，我想，你身邊一定有我的同伴，是嗎？」山德羅雖然處在不利的狀況下，卻也未曾慌亂。

西蒙神父應道：「是的，山德羅，我叫西蒙‧馬修斯，十八年前，我屬於盧切斯家族，說起來，你應該見過我的，只是過了二十多年了，不知你還能不能認識我。」

山德羅放縱大笑，道：「西蒙‧馬修斯，我當然記得你，盧切斯家族沒能處決了你，十八年來一直當做了恥辱。怎麼，你現在投靠了安良堂了，是嗎？」

西蒙神父回道：「不，我不屬於任何組織。但我跟安良堂的湯姆是朋友，他想跟你做筆交易，一筆很大的交易，我無法拒絕，所以便用了這種方式將你叫來。」

山德羅又是一陣放縱大笑，笑罷之後，道：「交易？很好，我喜歡交易。但你們若是想用槍口逼迫我答應你們的交易條件的話，那你們可就想錯了。山德羅寧願擁抱槍林彈雨，也絕不會屈服於別人的槍口之下！」

曹濱拍著巴掌從車後現身出來，並道：「我也不喜歡拿著槍跟別人談交易。山德羅，我帶著足夠的誠意邀請你到火堆中間談一談，就我們兩人，不拿任何武器。」曹濱說完，脫去了身上的外套，向山德羅展示了他身上果真沒有攜帶武器，然後率先步入到三堆火堆的中間，站住了。

山德羅不甘示弱，從懷中掏出槍來，拋給了手下，然後緩緩踱到了曹濱的身邊。「說吧，你想怎樣交易？」

曹濱道：「我知道，你答應漢斯的請求而幫助他，只是因為你想得到金山這塊地盤，我也承認，如果漢斯的計畫能夠成功的話，你將成為金山新的霸主。可是，我可以明確的告訴你，我和你一樣，對那批煙土根本不感興趣，因而絕不會跟萊恩先生火併。所以，你必須想明白，跟我安良堂單挑，你到底有幾成勝算呢？千萬不要落下一個金山拿不下，大西洋城保不住的遺憾結果。」

山德羅呵呵笑道：「湯姆，你的談判技巧很出眾，但是，我更願意聽到的是你開出來的交易條件。你可以保存你的實力，我也可以放棄金山，但是，只是將我勸說離開，應該不是你的初衷吧？」

曹濱微微一笑，道：「你說得很對，山德羅，如果我只是想保住我的地盤，並不需要通過西蒙來約見你。我想跟你說的是，我可以將金山的賭場生意全都交給你。」

山德羅被驚到了，不由插話道：「你說什麼？我沒有聽錯吧？」

曹濱淡淡一笑，道：「你沒有聽錯，我不單可以將賭場生意交給你，而且，還可以向你保證，我安良堂從今往後再也不涉足賭場生意。」

山德羅深吸了口氣，遲疑道：「那麼，你的要求又是什麼呢？」

曹濱收起了笑容，正色道：「把漢斯交給我！」

山德羅愣住了，過了好一會才道：「就這一項要求嗎？」

曹濱點了點頭，回道：「是的，山德羅，我的要求只有這一項。」

山德羅猶豫片刻，道：「給我一個理由，讓我相信你的誠意。」

曹濱肅容道：「他傷了我紐約安良堂的堂主，又殺了我接班人的未婚妻，單憑這兩件事，就足以讓我不計一切代價殺了他。另外，他所竊取的大清朝開國玉璽，對我的國家和我的同胞有著無比重大的意義，我必須得到它！」

山德羅長出了口氣，道：「湯姆，你很坦誠，而且，你還是一個勇敢的人，我願意相信你的承諾和你的解釋，可是，出賣朋友的事情，我山德羅做不出來。」

曹濱冷笑兩聲，道：「好吧，山德羅，如果你真把漢斯當做朋友的話，那麼，就當我們今晚沒見過面好了。漢斯被那批貨所拖累，遲早會落在我的手中，只可惜，金山這塊地盤，你山德羅卻再也別想著染指。另外，我還想送你一句話，大丈夫理應跟匹配自己身分地位的人交朋友，而不應該跟只會利用你的人交朋友。」言罷，曹濱聳了下肩，輕歎了一聲，然後轉身就要往車子那邊走去。

「等一下，湯姆，請等一下。」山德羅在背後叫住了曹濱。「你的忠告我很受用，你說得對，交朋友就應該交跟自己匹配的人物，湯姆，我願意跟你這樣的人做朋友。但是，你需要容許我稍稍改動一下你的條件，可以嗎？」

曹濱點點頭，道：「既然是相談，你當然有權力提出你的建議。」

山德羅道：「讓我親手將漢斯交到你手上，我確實做不到，但是我可以將漢斯帶到你面前，至於結果如何，那也只能看你湯姆的手段和能力。這已經是我的底線了，湯姆，如果這樣仍舊不能滿足你的話，那麼我想我們也只能當做從來沒有見過面。」

曹濱沉吟片刻，道：「山德羅，我喜歡和你這樣的人交朋友。朋友之間，不需要過多計較，你能將漢斯帶到我面前，這已經足夠了，所以，我打算接受你的建議。」

山德羅道：「那麼，這項交易是不是可以成交了呢？」

曹濱點了點頭，伸出了右手，並道：「當然！」

山德羅再上前一步，握住了曹濱的手，道：「安良堂的堂主都是一諾千金的人，湯姆，我相信你一定會兌現承諾。明天一早八點鐘，在漢斯的藏貨地點等著我，我將兌現我的諾言。」

曹濱應道：「明早八點鐘，漢斯的藏貨地點見，等我處理完了漢斯，就會立刻兌現我的諾言。」

山德羅露出了笑容，道：「如果不是時間上的問題，我真想邀請你喝上兩杯。」

曹濱笑著回道：「會有機會的，山德羅，我會經常光顧你在金山開辦的賭場，不管輸贏，你總是要陪我喝兩杯不是？」

山德羅放聲大笑，並主動張開雙臂擁抱了曹濱。「湯姆，能和你做朋友，是山德羅這一生以來最開心的事情。」

曹濱也爆發出爽朗的笑聲，並道：「我也一樣，山德羅，很長時間，我從來沒有像今晚這樣高興過。哦，山德羅，我還有一個不情之請，西蒙・馬修斯，他是我的朋友，希望你能夠高抬貴手，放他一條生路。」

山德羅聳了聳肩，道：「西蒙・馬修斯並不是甘比諾家族的人，我無權處置他！湯姆，請你告訴他，忘掉之前的事情吧，如果他也喜歡在賭場玩上幾把的話，山德羅・甘比諾的所有兄弟都會對他敞開懷抱表示歡迎。」

一場交易化解了一場戰鬥，而這場交易對雙方來說都是相當滿意，曹濱甩掉了猶如雞肋一般的賭場生意，並將槍打出頭鳥的風險轉嫁給了山德羅，而山德羅得到了他夢寐以求的金山賭場生意，並可以以此契機逐步擴展自己在金山的勢力範圍。皆大歡喜的局面下，沒有哪一方會考慮到做為這場交易籌碼的耿漢的委屈。

可憐那耿漢被蒙在鼓裡，不單忙碌了近乎一整夜，直到黎明時分才趕回來合了一會兒眼，還要在一大早就得起床去實施他的計畫。

七點差一刻，耿漢見到了山德羅，毫不知情的耿漢仍舊沉浸於自己的計畫當中：

「早啊，山德羅，今天對我們至關重要，我需要你的全力配合，如果順利的話，今天晚些時候，你便可以接手金山的賭場生意了。」

山德羅開心回道：「是的，漢斯，今天確實很重要，我相信你一定能夠取得成功，我期盼著接下金山賭場生意的那一刻。」

耿漢不明就裡，還在為山德羅的積極態度而感到欣慰。「山德羅，今天我需要更多的人手來幫助我實施計畫，我想，你一定會支持我的，對麼？」耿漢掏出了煙來，他並沒有一大早就要抽煙的習慣，但一夜幾乎沒睡，他必須依靠尼古丁的刺激來保持精力。

山德羅嚴肅道：「我當然會支持你，而且是全力支持，漢斯，今天我將親自帶隊，輔助你完成你的計畫。」

耿漢激動道：「那太好了！山德羅，等我們得到了我們想要的目標，我一定陪你好好喝上幾杯。」

耿漢租了三輛卡車，一輛拉著他實施計畫所需要的各種工具材料，另外兩輛載著山德羅的四十多手下兄弟，浩浩蕩蕩殺向了那座廢棄礦場。

煙土可燃，因而怕火，毀掉那些煙土最簡單的辦法就是點把火給燒了。可是，那批煙土存放於幾乎密不透風的廢棄巷道中，要麼燒不起來，要麼燒起來的話就難以撲滅。因而，耿漢採取的是另外一種辦法，引水灌注，並加入石灰。

這種辦法的優點在於可控性比較強，想終止行動的話，只需要切斷水源即可，但缺點就是太過複雜繁瑣，單是一個引來水源就夠一大幫人忙上一兩個小時的了。

山德羅始終沒有過問耿漢的計畫，一開始是不想過問，而眼下，則是不需要過問。再過半個小時的車程，他們便可以抵達目的地，而當他們到達的時候，相信曹濱的人已經等在了那邊。他只需要再看上十幾二十分鐘的熱鬧，那曹濱便可以處理完耿漢，而那時，便是他山德羅接手金山賭場生意的時刻。

八點差五分，三輛卡車依次停在了礦場巷道前空地上，耿漢跳下車來，招呼山德羅的手下弟兄道：「兄弟們，辛苦了啊，都聽我的安排，等忙完了，我請各位吃大餐！」可是，耿漢的招呼並沒有得到積極的回應。

耿漢來不及納悶，便聽到身後不遠處傳來了董彪的聲音：「哦，漢斯先生，你好啊，自打船上一別，也有小一個月沒見面了，你明顯瘦了，精神狀態也差了許多，真是辛苦你了。」

董彪聲音響起的時候，耿漢陡然一驚，他沒有急於轉身觀看董彪的位置，而是先以餘光打量了一下自己的兩側環境，看過之後，耿漢不由心中一涼，很顯然，這四周已經被安良堂所包圍，至少有幾十名槍手在各自的埋伏位置上等著他。

「山德羅，你竟然出賣我！」一時尋求不到逃走機會的耿漢將怒火發洩到了山德羅的頭上。

山德羅跳下車來，拍了拍身上的灰塵，道：「漢斯，你不能這樣污蔑我，我只是配合你來完成你的計畫，除此之外，我又做了些什麼呢？」

耿漢咬了咬牙，道：「那好，那就讓你的兄弟拿起武器，和安良堂拚死一戰！」

山德羅搖了搖頭，回道：「不，漢斯，我不能下達這樣的命令，我們之間達成的約定是等安良堂和萊恩兩敗俱傷後我幫你來收拾殘局，我並沒有承諾你要跟安良堂決一死戰。漢斯，請原諒，我不會讓我的兄弟白白送死的。」山德羅說著，頗為無奈地搖了搖頭，招招手，帶著他的四十餘名弟兄退到了一旁。

耿漢只得轉過身來，面對董彪。

董彪扛著他那杆毛瑟九八步槍，若無其事地立於二十米開外，這個距離，任由耿漢有多大的能耐，也決然傷不到他，而他，卻能在一秒鐘之內，連著向耿漢招呼了至少三發步槍子彈。

董彪身旁，羅獵陰沉著臉一言不發，死死地盯住了耿漢，他的左右掌心中扣緊了兩柄飛刀，只待那耿漢稍有異動，便會毫不猶豫地撲上去，將飛刀射入仇人的胸膛。

耿漢明知道自己已然身陷囹圄，卻仍是不慌不亂，緩緩摘下了背上的背包。

董彪立刻端起槍來，喝道：「再動一下我就開槍！」

耿漢瞥了一眼董彪，眼神中不盡鄙夷之色，他拉開了背包拉鍊，拎起背包底角，將背包中物品全都倒在了地上。「董二當家的，我知道你們最想得到的是什麼，相比我的性命，你們可能更想得到的是那枚玉璽。可是，你也看到了，我身上就這麼一個背包，包中卻沒有那枚玉璽。開槍吧，董二當家的，槍聲一響，咱們一了百了，豈不痛快？」

董彪怒道：「你他媽當我不敢開槍？」

話音未落，槍聲已然響起，只是，那一槍並未對準了耿漢，而是擊在了耿漢腳前一拃遠的地上。

耿漢紋絲不動，臉上的不屑神情更加濃烈：「董二當家，我知道你們安良堂財大氣粗，浪費幾顆子彈無足輕重，可我想說的是，你就不覺得丟人嗎？端著杆步槍嚇唬我這個手無寸鐵之人，能算是哪門子的英雄好漢？」

董彪笑道：「喲喲呵，這話說的還真有那麼點意思呢，那你說吧，怎麼樣才是英雄好漢的作為？」

耿漢深吸了口氣，道：「放下你手中的槍，和我單挑對決，贏了我，我自然將玉璽雙手奉上，並任由你處置。」

董彪聳了下肩，似笑非笑，道：「那老子要是輸給你了呢？」

耿漢淡定回道：「放我走！」

董彪大笑道：「這他媽哪是什麼英雄好漢的作為呢？這他媽分明是癡呆蠢貨的白日做夢！姓耿的，老子告訴你吧，老子從來沒把自己當成什麼英雄好漢，老子最喜歡幹的事情就是持強凌弱仗勢欺人，你他媽想單挑是不？可老子偏要給你玩一齣群毆大戲。兄弟們，有誰想教訓這狗日的？站出來，打個招呼！」

羅獵率先向前邁出了一步，八個方向，各有數名安良堂弟兄現出身來。

「怎麼樣？姓耿的，你他媽是英雄，你他媽是好漢，你他媽給老子來一個鐵臂掃群奸如何？只要老子揍你揍得開心，當一回奸人也沒啥大不了。」董彪笑呵呵調侃著耿漢，那杆步槍卻始終未能放下，依舊瞄準了耿漢的方向。

耿漢自知已是難逃一死的結局，索性豪氣大發，抱著殺一個夠本殺兩個還能賺一個的心理，向前邁出了兩步，拿了個起手式，沉聲喝道：「來吧！我耿漢寧願站著死，也不願跪著生！」

安良堂的弟兄們卻是紋絲不動立於原地，像是在街上看賣藝人表演一樣看著耿漢。

那耿漢一個起手式擺了足足有一分多鐘，卻不見對手上來，只得悻悻然收起了姿勢。「董二當家，到底是打還是不打？」

董彪始終是一副似笑非笑的樣子，瞅著耿漢，慢悠悠回道：「打啊！怎麼能不打呢？這不正在打嗎？你沒覺得我安良堂弟兄的目光都像是兩把快刀一般在你身上切來割去嗎？」

羅獵對耿漢的恨超過了任一人，起初只想著痛痛快快地手刃了仇人，但隨後便被董彪改變了心思，覺得像這樣戲弄一下仇人也是相當不錯的感覺，於是便跟在董彪後面調侃道：「姓耿的，你見過貓捉老鼠嗎？你說，有哪隻貓兒在捉到了耗子後會一口咬死呢？不玩夠，不玩到肚子餓，牠是絕對不會咬死耗子的。現在你就是那隻耗子，耐點心吧，陪我們好好玩玩，等我們玩夠了，你就可以安安心心地死去嘍！」

耿漢暴怒道：「士可殺而不可辱，姓董的，姓羅的，有種就下場來跟你耿爺比劃比劃，看你耿爺是怎樣把你們的腦袋擰下來當夜壺的！」

董彪呵呵笑道：「這不正在比劃嗎？你要是覺得不刺激，那就給你來點刺激的好了！」那董彪陰險一笑，槍口一壓，便扣動了扳機。

「砰——」

耿漢登時抱住了右腳翻滾在地上。

江湖上的好漢確實不少，挨了一刀卻面不改色的大有人在，但吃了顆槍子還能鎮定自若的卻基本沒有。這槍子若是打在了軀幹上沒傷到骨頭的話，或許還有那麼寥寥幾個真正好漢能做到咬著牙硬撐下來，但這腳掌上卻全是骨頭，一顆手槍的子彈都能將一隻腳掌打廢，更別說那比手槍威力大了數倍的步槍子彈了。

饒是那耿漢自認為自己有多英雄有多好漢，仍舊是吃不住疼痛而痛苦翻滾哀嚎。

「窩靠！好端端的槍怎麼說走火就走火呢？」董彪豎起槍來，左看看右看看，露出了一臉的壞笑，並扔給了羅獵一把左輪：「小子，把你飛刀先收起來，這種人，不配享受你的飛刀，還是賞他兩顆花生米吧！」

羅獵收起了飛刀，握著左輪，再向前邁出了一步，肅容道：「耿漢，咱們新賬舊賬攢了不少了，今天是不是到了該徹底清算的時候了？剛才彪哥的那一槍，是為紐約顧先生出口惡氣，接下來的這一槍，是我代師父懲罰你！」

「砰——」

左輪的槍聲顯然比不上步槍，但也足以令耿漢騰出一隻手來捂住另一側的肩膀。

羅獵再向前一步，冷冷道：「我大師兄為人善良，忠厚老實，你卻要脅他做了你的內機局線人，害得我大師兄差點就結果了自己的性命，這罪行，值不值得再挨一槍？」

「砰——」

也不知道是故意還是手抖，這一槍只是打中了耿漢的大腿，卻沒傷到他的骨頭。

耿漢身中三槍，卻沒疼得昏過去，咬緊了牙關，惡狠狠應對道：「來呀！殺了我呀！殺了我就再也沒有人知道玉璽的下落了！」

羅獵冷笑道：「不殺你，你又會告訴我們玉璽的下落嗎？」

董彪叼著香煙扛著步槍踱了過來，笑道：「姓耿的，想求饒的話，就明說，別拐彎抹角的，會折損你英雄好漢的形象的！」

耿漢目眥欲裂，咬牙吼道：「姓董的，我耿漢就算做了鬼也不會放過你的！」

董彪委屈道：「你這人也忒他媽不講道理了吧？老子才打了你一槍，那小子卻幹了你兩槍，你不恨他，卻反過來恨我，天理何在？還講不講公道了？」

羅獵道：「差不多了，彪哥，他已經沒有反抗能力了，帶回堂口吧，西蒙還等著呢！」

董彪招了招手，叫過來了兩名堂口弟兄，架起了耿漢。「你倆跟羅大少先回去，彪哥留在這兒等著萊恩先生。」

羅獵遲疑道：「彪哥，我也要留下來！」

董彪輕歎一聲，道：「兄弟啊，飯要一口口吃，路要一步步走，這殺人報仇，也得一個個來！那耿漢挨了三槍，挺不了多久的，你啊，還是趕緊回去吧，跟西蒙兩個，一人捅他幾刀，先給艾莉絲送上一個祭品再說。」

羅獵不依，道：「耿漢該死，但他畢竟不是直接殺害艾莉絲的仇人，讓西蒙捅他幾刀就夠了，我要留下來等著那個黛安。」

董彪無奈道：「留就留唄，反正彪哥也管不了你了。」

羅獵不願回去，董彪只得再多叫了兩名兄弟，將耿漢扔到了車上，駛回了堂口。處理完耿漢，董彪將步槍丟給了羅獵，然後迎向了躲在一旁的山德羅他們。

「哦，我的馬菲亞朋友們，你們等著急了吧？我叫傑克，是湯姆的兄弟。」離老遠，董彪便張開了雙臂，一是向山德羅他們表示了他的熱情，同時也是向對方表示他沒有武器。「湯姆他還有些麻煩事要處理，他委託我向你說聲抱歉。」

山德羅明顯一怔，急道：「湯姆是什麼意思？」

董彪上前擁抱了直挺挺的山德羅，笑道：「我的朋友，你不必懷疑湯姆的誠意，他雖然沒來，但他讓我為你帶來了這些玩意。」說著，將手緩緩地伸進了懷中。

山德羅陡然緊張起來，但仍舊是一副淡然神態，不過，他的兄弟已然按耐不住，拔出搶來，對向了董彪。

董彪面帶微笑，從懷中掏出了一疊紙張，在山德羅面前晃了晃，道：「金山一共有八家賭場，安良堂擁有其中的五家，另三家也占了一些股份，湯姆已經在轉讓文件上簽過了字，山德羅，我現在正式恭喜你，從現在開始，你將擁有安良堂之前所有的賭場生意。」董彪說完，將手中那疊紙張遞給了山德羅。

山德羅接過那疊紙張，展開後仔細看了，臉上的笑容也越發明顯。「你們這是幹什麼？為什麼要拿著槍對準我的朋友？」山德羅一邊訓斥著自己的手下，一邊張開雙臂，重新擁抱了董彪：「傑克，我昨晚跟湯姆見面的時候，你手中的那杆步槍應該一直對準了我，是嗎？」

董彪直言不諱笑道：「請原諒，山德羅，在你和湯姆的交易沒達成之前，你可是我們安良堂的頭號勁敵，我要為湯姆的安全負責，我不得不這樣對你。」

山德羅放縱大笑，道：「能被你們作為頭號勁敵，我感到非常驕傲，傑克，謝謝你的坦誠，我喜歡你的直白。不過，我有一事不明，昨晚交易的時候，湯姆說他想得到漢斯的目的有一項是為了玉璽，可是，今天我看到你的處理方式，似乎對那玉璽並不感興趣，傑克，你能告訴我這是為什麼嗎？」

董彪回道：「如果我的解釋不能使你解除困惑的話，我想，你一定會對這場交易產生疑慮，是嗎？山德羅。」

山德羅點了點頭，道：「我是一個喜歡坦誠對待朋友的人。」

董彪笑道：「這件事解釋起來有些複雜，山德羅，你相信命運的說法嗎？」

山德羅道：「雖然我並不相信，但我知道，有很多人是相信命運的。」

董彪道：「個人有個人的命運，國家有國家的命運，在我的祖國，將國家的命運稱作了龍脈國運，而耿漢手中的那枚玉璽，據說就承載了大清朝的龍脈國運。可是，湯姆和我的朋友們卻立志要推翻大清朝的統治，所以，就不能讓這枚玉璽重新回到大清朝的手中。換句話說，只要那枚玉璽依舊留在美利堅共和國，對湯姆和我來說，就等於達到了目的。山德羅，不知道我的解釋能否讓你解除困惑呢？」

山德羅點了點頭，道：「我聽懂了，謝謝你，傑克，不過，我並不能理解你們的這種行為，傑克，你告訴我，做這種虧本的生意，你和湯姆就不心痛嗎？」

董彪的神色暗淡了許多，聲音也低沉了下來：「山德羅，實話實說，你手中拿著的這些個賭場生意，每天可以為我安良堂帶來近兩千美元的收益，把它轉讓給你，要說不心痛，你會相信嗎？」

山德羅聳了下肩，道：「所以，我才向你提出了疑問。」

董彪淡淡一笑，道：「不過，話又說回來了，錢是永遠賺不完的，沒有了賭場生意，我們安良堂還可以做點別的生意補回來，但我們要是沒有了家國情懷，豈不是形同行屍走肉麼？所以，這交易划得來！」

山德羅道：「我懂了，就像我們馬菲亞一樣，只要是為了西西里，我們甘願獻出自己的生命。傑克，謝謝你不厭其煩幫我解除了困惑，我很喜歡跟你聊天，但今天不行，我想，萊恩先生就要趕來了，你會忙著接待他，所以，我們就先告辭了。」

董彪道：「是的，山德羅，如果萊恩先生看到了你們仍然在場的話，他很可能會拒絕和我交流的。」

第七章

幫派之間的火併

在美利堅合眾國，幫派之間的火併猶如家常便飯，
絕大多數情況下，火併雙方不管輸贏都不會訴諸法律，
偶爾有人落在了警方手上，也會咬死口說自己是正當防衛，
就算開脫不了罪行，也可以找人來頂罪。
而頂罪的人對任何一個幫派來說都是常規配備，
哪怕明知道是死罪，也絕不會存在找不到人的情況發生。

對萊恩來說，那批貨便是他的生命，甚至，比他的生命還要重要。因而，在抵達金山之後，萊恩做的第一件事便是找到那批貨。

之前向金山調集貨物的時候，萊恩就知道漢斯將貨儲存在了一座廢舊礦場中，因而，尋找起來並不像安良堂那樣艱難。找到了貨物之後，萊恩才稍稍定心，開始思籌對策。他並沒有將漢斯放在眼中，雖然漢斯在過去的五年時間中多次向他證明了自己的非凡能力，但是，漢斯的心思過於集中，以至於在這五年中始終處在窮困潦倒的境況中，若非是他萊恩的資助，恐怕那漢斯連飯都吃不飽。

沒有財力，必然就沒有勢力，一個人的能耐再怎麼大，最多也就是搞搞暗殺之類的小活，像這種涉及兩千噸貨物的大事，沒有足夠的勢力和實力，那麼就沒有任何的話語權。

萊恩忌憚的只是安良堂。

漢斯在行動之前沒少跟萊恩灌輸過安良堂的潛在威脅，因而，他對金山安良堂的情況頗為熟悉。曹濱無疑是安良堂的大腦，而董彪則是安良堂的雙拳，若是能除掉此二人，那麼，安良堂也就成了個空架子。將曹濱送進監獄的計策大獲成功，但在除掉董彪的環節上出現了意外，鬼知道那天董彪這人是怎麼想的，居然演了一齣中槍身亡的鬧劇，徹底打亂了萊恩的部署。

萊恩只能重新調整計畫，在局勢不明之前先將安良堂放置一邊，借這個時間轉而來搜尋漢斯的下落。也正因如此，萊恩才決定收回黛安和大衛這一隊人馬，加強自身的實力，爭取用最短的時間將漢斯逼出來。

其中，必不可少的便是對藏貨地點的監視。

董彪帶著安良堂的弟兄在那座廢舊礦場布下埋伏的時候，萊恩的人已經看到了，並迅速分派出人手向萊恩做了彙報。對董彪的重新出現，萊恩倒沒有多少意外，只是，對董彪的意圖，他卻是困惑不解。之後沒過多久，手下人再傳來資訊，說漢斯出現，帶了四十餘壯漢乘坐三輛卡車奔著藏貨地點去了。

萊恩登時驚喜，他以為，安良堂與漢斯之間的一場火併即將開始。

於是，萊恩火速集結了自己的隊伍，分成了三支力量，向那座廢舊礦場靠攏過去，打算埋伏在週邊，等那雙方火併之後，自己一方再現身打掃戰場。

路途中，便聽到了槍聲，可是，那槍聲一共也就響了三下，之後，便再也沒了動靜。

待萊恩接近那座廢舊礦場的時候，三輛卡車迎面駛來，卡車上載著的顯然是漢斯帶去的人，只是，提前一步躲到了路旁的萊恩似乎在車上並沒有見到漢斯。稍一猶豫，那三輛卡車呼嘯而過，在追還是不追的問題上萊恩又是一個猶豫，那三輛卡車便已然消失在了漫天塵土中了。

這個結果大大出乎了萊恩的預料，他想到過兩敗俱傷的結果，也想到了其中一方失敗的結果，唯獨想不到雙方只開了三槍便各自撤離的結果。

就在萊恩困惑萬分拿不準下一步何去何從之時，礦場方向冒出了滾滾濃煙。

萊恩心中陡然一凜，難不成留下來的安良堂要燒了那批貨不成？

情急之下，萊恩來不及過多考慮，急忙率領手下衝向了那座廢舊礦場。

距離那礦場大門尚有二十餘米之時，突然響起幾聲槍響，其中有兩槍還打在了衝在最前面的大衛的腳下，揚起了一小片塵土。

「都給我停下來，誰敢再往前一步，別怪我手中的步槍不長眼睛！」礦場空地的另一端，現出了董彪和羅獵的身影。

這便顯示出了地頭蛇的優勢，距離二十米以上，手槍便不再是長槍的對手，而距離超過了三十米，董彪手中的一杆長槍可以完勝萊恩的數十把手槍。萊恩也不是不能配備長槍，但長槍的攜帶及運輸實在是有些麻煩，而在當地購買的話，又擔心會暴露了身分。

「閣下就是安良堂的傑克，對嗎？」萊恩喝止了手下，站到了隊伍的最前端，朗聲道：「我與你安良堂從未有過恩怨，而你守著的那批貨原本就屬於我萊恩，傑克，我想安良堂成名已久，總該守些江湖規矩吧！」

董彪直接罵道：「放屁！你個臭不要臉的老東西還能說出從無恩怨的話來？我問你，我們老大湯姆，是誰把他送進的監獄？」

萊恩聳了聳肩，回道：「這件事我並不知情，傑克，如果你非要往我身上潑髒水的話，請你拿出證據來。」

董彪吐了口痰，道：「我呸！這老貨，還真他媽無賴。」罵人的話，還是母語用的順溜，再加上董彪有著跟羅獵說話的意思，因而用了中文罵完了萊恩，再對羅獵道：「接下來你上，就一個底線，拿他女兒來交換，不然，立刻毀了這批貨。」

幹槍仗，董彪是把好手，幹嘴仗，那董彪更是個高手，然而，董彪卻把這個機會讓給了羅獵，這倒不是為了鍛煉羅獵的嘴仗的能力，而是他需要寧心靜氣端槍瞄準，不能給萊恩留下強攻的機會。

羅獵挺身而出，喝道：「萊恩先生，既然，你說了我身後的這批貨原本就屬於你，那麼，你是不是應該承認漢斯就是你的人呢？」

萊恩道：「他曾經是我的人，聽清楚了，我說的是曾經，但現在他背叛了我，便已經不再是我的人了。不過，他偷竊我的貨物總該要還給我，那貨物就在你們的身後。我不想袒護漢斯什麼，事實上，我也想殺了他，所以，你們想如何處置漢斯，無需跟我打招呼，我想要的只是這批貨，我不想跟你們發生任何矛盾。」

羅獵以漢斯為由，挖了一個小坑等著萊恩，但萊恩的回答卻是滴水不漏，使得羅獵只能換招：「萊恩先生，請你聽清楚了，我們也不想和你發生任何不愉快的事情，至於我身後這批貨，我們也承認它屬於你萊恩先生，但是，我們之間有件事必須要解決，你的女兒，黛安，用印第安毒箭傷了我紐約安良堂的顧先生，害得他差點丟了性命，雖然救了回來，但今後的健康卻無法得到保證，萊恩先生，這筆賬，你我之間該如何計算呢？還有，同樣是你的女兒，同樣是使用印第安毒箭，殺害了我的未婚妻艾莉絲・馬修斯，這筆賬，又該怎麼算？」

萊恩愣了一下，隨即便露出了笑容，回道：「你叫諾力是吧？諾力，在你們的國家，父母與孩子可能一輩子都屬於一家人，孩子的行為，父母始終要為他們擔當責任。但這兒是美利堅合眾國，你應該知道，美利堅的父母只會撫養他們的孩子到十八周歲，為他們擔當責任十八年，再往後，孩子就會獨立，父母便不再會為他們繼續擔負責任。黛安的行為是在漢斯的授意下進行的，如果觸犯到了你們，你們完全可以去找她討要說法，甚或將她送上斷頭台。而不應該向我來詢問這個問題，更不應該讓我來替她擔負責任。你明白嗎？諾力。」

羅獵禁不住倒吸了口冷氣，這萊恩的回答可謂是有理有據有節，若想將之駁倒，還真不是一件簡單的事情。

關鍵時刻，董彪再次出馬，一聲暴喝後，道：「少廢話！萊恩，我就跟你挑明了吧，想拿回這批貨，可以，不過要拿黛安來交換，時間只有兩個小時，兩個小時後，見不到黛安，那你就等著跟你的這批貨說再見吧！」

萊恩舉著雙手做出了冷靜的手勢，道：「傑克，你的要求對我來說將是一個艱難的決定，還好，你給了我兩個小時的時間，我會認真考慮你的要求，傑克，希望你能信守承諾，在兩個小時之內，不要對我的這批貨做任何動作。」

說完，萊恩帶著一眾手下，退到了後面約二十來米的有樹木做掩體的地方。

大衛急切道：「萊恩先生，你不能將黛安交給他們，那樣的話，黛安會被他們處死的！」

萊恩笑道：「當然，即便我有這個想法，我也做不到，黛安已經上了開往紐約的火車，只有上帝才能在兩個小時內將她送回來。大衛，我看得出來，你對黛安動了真情，這很好，大衛，黛安有了你的保護，她會安全很多。」

大衛道：「既然如此，那我們為什麼還要等待？我們的另外兩路人馬已經到位，只要你一聲令下，安良堂是絕對頂不住我們強大的火力的。」

萊恩冷哼一聲，回道：「現在他們的防範意識很強烈，但隨著時間的推移，他們也會疲憊下來，到時候，我們獲勝的把握不是更大些麼？」

萊恩不愧是隻老狐狸，安良堂的弟兄們果真被他算計到了。莫說那些藏在暗處的弟兄，就連守在巷道口上的董彪、羅獵二人，似乎都有些鬆懈。

董彪將他的毛瑟九八步槍立在了一旁，在巷道口撿了塊凸起的土堆坐了下來，從懷中摸出了香煙，點著了一支，雙眼似乎也有些迷離，像是想瞌睡卻又靠香煙死撐住不睡的樣子。那羅獵更是過分，連打了數個哈欠後，乾脆坐在地上靠著巷道口的牆壁上閉上了雙眼，看模樣，真像是睡著了一般。

董彪一支香煙抽完，也跟著打了個哈欠，伸了個懶腰，終於不願再死撐不睡，向後仰倒了身子，合上了雙眼。

這一切，全都看在了遠處的萊恩眼中。

機不可失，時不再來！

萊恩立刻令大衛向兩翼的部下發出了攻擊的信號。

三隊人馬以三個方向同時向安良堂的陣地發起了海濤一般的攻擊浪潮。

於此同時，像是正在瞌睡的董彪、羅獵二人陡然清醒過來，卻沒有做出任何抵抗的姿態，一槍不發，刺溜一下便躲進了巷道之中。

更蹊蹺的是，所謂的陣地似乎根本不存在，萊恩指揮著三路人馬都已經會師到了巷道口前的空地處，仍沒有聽到一聲槍響。

「萊恩先生，我們似乎中了安良堂的圈套。」大衛生出了不好的預感，忍不住向萊恩說出了他的擔憂：「我感覺，我們好像是被安良堂的人從外面給包圍了！」

萊恩有著相同的不良預感，但顧及臉面，一時不肯承認。「不，大衛，我更認為這是安良堂的傑克和諾力在跟我們故弄玄虛，他們兩個躲進了巷道，即便安良堂的人從外面圍困住了我們，但投鼠忌器，他們也不敢對我們貿然攻擊。現在最重要的是攻進巷道中去，活捉了傑克和諾力二人。」

洋人也懂得擒賊先擒王的道理。萊恩尚不知曹濱已然出獄，還道是那董彪便是安良堂目前的賊王，因而，做出這樣的決策來，在某種程度上講，應該是英明的。

只是，那巷道並不容易攻進去。

一是客觀條件，外面明亮，而裡面黑暗，董彪、羅獵二人躲在裡面看得清巷道口處往裡面進攻的人，自然是槍響人倒，一顆子彈放倒一個敵手。但進攻的人卻看不清楚裡面的情況，只能憑藉著裡面槍聲出處，胡亂估計著方位，拚上幾條人命，往裡面放上一通亂槍。

二，便是準備工作的充分性問題。安良堂天不亮便趕來做了準備，在巷道中作業了堅固的工事，躲在工事中放冷槍，既愜意無比，又安全萬分。而且，那工事中事先準備的槍械彈藥可是不少，就算是五發子彈幹掉一個，那萊恩的手下也消耗不完三分之一的彈藥。

「爽不？」打掉了外面的第一輪攻擊，董彪放下了手中步槍，換了兩把左輪。距離太近，步槍的威力已然無法顯現，而且，步槍換子彈明顯不如左輪快，因而，一杆步槍絕對不如兩把左輪來得更加痛快。

羅獵乾脆俐落地回道：「不爽！你幹掉了倆，我才打中了一個，爽個毛啊？」

董彪陪笑道：「彪哥錯了，待會等他們再進攻的時候，彪哥悠著點，讓你爽個夠！」

羅獵歎道：「只怕濱哥不會再給我們爽一把的機會了。」

果然，羅獵的話音剛落，巷道外便傳來了密集的槍聲。

董彪的臉上登時佈滿了惱色，氣鼓鼓衝著羅獵罵道：「你小子，簡直就是個烏鴉嘴！」

攻擊巷道失利，白白地傷了三名弟兄，萊恩還在惱火中，那密集的槍聲已然響起，眼睜睜看著身旁的弟兄嘩啦啦倒了一片，那萊恩在惱火之餘更是驚恐，能在遠距離之外向己方發起攻擊，還能造成己方傷亡，那麼攻擊方所使用的武器必然是制式步槍，而安良堂絕不可能擁有那麼多條制式步槍，即便是金山警察局，也拿不出如此猛烈的火力，唯一的可能，便是聯邦軍隊參加了這場對他們的圍剿。

老江湖就是老江湖，在遭受如此重創的情況下，依舊能保持冷靜並做出了精準的判斷。

從週邊向萊恩發起攻擊的果真是聯邦軍隊。

在昨晚和山德羅交易的時候，曹濱知道了漢斯的計畫。漢斯既然敢於鋌而走險，那麼一定有把握將萊恩引出來，這對安良堂來說絕對是一個極佳的機會，中華人講的是父債子還，反過來，子債父還也一樣講得通，黛安犯下如此罪孽，她老子萊恩也理應一起得到懲罰，因而，曹濱也好，董彪也罷，均生出了全殲萊恩的想法。至於，羅獵，那更不消多說。

但是，一心想將安良堂洗白的曹濱卻不想用自己的兄弟同萊恩廝殺。於是，他連夜去找了金山警察局的卡爾・斯托克頓警司。

卡爾這傢伙很有意思，因為布蘭科一案，曹濱沒有遂了他的意願，因而對曹濱懷恨在心。當警察局接到胡安發來的協助公函的時候，這夥計腦子一熱，便帶隊隨著胡安來到了安良堂的堂口，耀武揚威一通之後，心中的恨意消減了不少，隨即，對曹濱是否會報復的擔憂又佔據了主要位置。因而，在將曹濱送往監獄的路上，這夥計便變了臉色，開始主動討好起曹濱來。

夜深之時，曹濱按下了卡爾家的門鈴，自然令卡爾緊張至極。曹濱一通解釋後，那卡爾仍舊是將信將疑，不肯為曹濱打開房門。

逼得曹濱只能是隔著一道房門跟卡爾說了實情：「卡爾，你的做為雖然很令我生氣，但絕對不至於讓我報復你，事實上，我也意識到，在布蘭科一案上，我的做法也有些欠妥，你用這種方式向我表達了你心中的不滿，我想，這應該是朋友之間正常的摩擦，說開了，也就應該結束了。我今晚來找你，正是想彌補我在布蘭科一案上對你的歉疚，卡爾，你可能還不知情，指使胡安將我陷害入獄的人叫萊恩，他可是美利堅合眾國最大的一個鴉片商，你也知道，聯邦政府正要清理這些鴉片商人，如果你能破獲了萊恩團夥，那麼，在布蘭科一案上的遺憾，一定能雙倍賺回。」

曹濱說得真切，那卡爾沒理由不相信。

卡爾打開了房門，曹濱並沒有進屋，只是站在門口，並和卡爾保持了一定的距離，繼續解釋道：「如果你對萊恩感興趣的話，明天一早，我會趕來警察局，並引領你們圍困住萊恩團夥，而且，還能保證你們得到一個人贓俱獲的結果。但是，我必須向你提出警告，萊恩的團夥十分龐大且火力凶猛，單憑你的部下，很難與之敵對。卡爾，我建議你求助於聯邦軍隊。」

需要動用軍隊的案子一定是大案甚至是特大案，感覺到了立功機會的卡爾登時興奮起來，對曹濱回應道：「謝謝你，湯姆，謝謝你不計前嫌為我提供了這樣的機會。不過，我很擔心時間太緊，來不及走完申請軍隊協助的手續，當然，我會盡我所能去爭取時間，我擔心的是萬一，萬一來不及，我們該怎麼辦？」

曹濱笑了笑，道：「如果來不及得到聯邦軍隊的協助，那麼，我只能派上我安良堂的弟兄。卡爾，我會不惜一切代價來彌補你在布蘭科一案上的損失，但我同時希望，你能為我安良堂作證，安良堂和萊恩之間的戰鬥，絕不是幫派之間的火併，卡爾，告訴我，你一定會為我作證的，是嗎？」

卡爾滿心歡喜，自然是連聲承諾。

運氣相當之好，聯邦政府於去年底才剛剛下定了緝毒掃毒的決心，此時正處於重視程度的快速上升期。聯邦軍隊對鴉片早已是深惡痛絕，因而對聯邦政府的這項決議是舉雙手贊成，並在多個場合下表明了軍隊態度，盡全力支持聯邦政府的緝毒掃毒決議。因而，警察局的局長聽完了卡爾的彙報後，只用了一個電話，便得到了當地駐軍出動一個步兵連的承諾。

一個步兵連也就是兩百來人，去掉連部文員和伙食班，也就是一百六七十條槍，單就數量對比，萊恩雖在下風，卻也不至於不堪一擊，但若就火力以及戰鬥力來講，萊恩就算再多出一倍的手下，也難逃潰敗的結局。這還是在聯邦軍隊沒動用機槍的狀態下。

混亂中，巷道中的羅獵想衝出去撈點便宜，卻被董彪一把拉住了：「我的少爺啊！你還是省省吧，那子彈可不長眼，濱哥帶來的聯邦軍隊又不認識你是誰，還是老老實實待在這兒吧！」

其實，也用不著董彪阻攔，因為，巷道外那槍聲也就密集了一小會，待羅獵安靜下來之時，外面的槍聲也跟著稀落了下來。

與其說這是一場戰鬥，倒不如說這只是一場屠殺。

在聯邦軍隊強大的火力面前，萊恩的三路人馬總數多達六十餘人的隊伍簡直就是不堪一擊，僅僅三兩分鐘，便倒下了近三十人。剩下的三十餘人，則在慌亂間隨便尋了個掩體，將自己藏了起來，莫說反擊，就連露下頭來都不敢，只因為稍有動靜，便會遭致聯邦軍隊的火力覆蓋。

關鍵時刻，大衛展現出了他的保鏢本性，保護著萊恩躲在了一個廢舊設備後的狹窄空間。敗局已定，那萊恩也失去了一貫的從容鎮定。

「萊恩先生，我們投降吧，抵抗下去只有死路一條。」此時的大衛心中充滿了後悔，若不是他一時衝動，這會兒，他一定是在紐約的家中享受著陽光和泳池。「萊恩先生，好在我們並沒有去碰那些貨物，而漢斯也沒有了機會出庭指證我們，聯邦法院獲得不了足夠的證據證明我們是那批貨的主人，最多只能判決我們是幫派火併。」

在美利堅合眾國，幫派之間的火併猶如家常便飯時常發生，絕大多數情況下，火併雙方不管輸贏都不會訴諸法律，更不會為警方提供證據，偶爾有人落在了警方的手上，也會咬死口說自己是正當防衛，就算實在開脫不了罪行，也可以找人來頂罪。而頂罪的人對任何一個幫派來說都是常規配備，哪怕明知道是死罪，也絕不會存在找不到人的情況發生。

萊恩審時度勢，認為大衛所言絕非是危言聳聽，圍剿他們的顯然不是安良堂，而是正規的聯邦軍隊，跟他們作戰，原本就沒有取勝的可能。而自己這邊，因為太過自信能殲滅了守衛在此的安良堂勢力，居然忽視了環境因素，被引誘到了這塊戰無法戰，逃無法逃的絕境中來。

「好吧，大衛，你說得對，投降或許是最佳的選擇。」萊恩雖心有不甘，卻也是無可奈何。

大衛隨即脫下了外套，再脫掉了自己的白色上衣，抓在手中，揮舞了起來。大衛的動作起到了帶領作用，藏在各處的夥伴們紛紛效仿，一時間，那一片地塊上，四處飄揚著白色襯衫。

五十米開外，聯邦軍隊的陣線後，卡爾的臉上登時佈滿了愁雲。

按照軍隊禁止殺戮俘虜的規矩，當敵方挑起白毛巾表示要投降的時候，是嚴禁再開槍傷人的。但若是就此結束了戰鬥，那麼，接下來勢必進入漫長的法律訴訟環節，在法庭沒有做出最終裁決之前，卡爾絕對享受不到這案子給他帶來的紅利，更讓人頭疼的是，若是法院最後裁決萊恩販賣鴉片的罪名不成立的話，那麼對卡爾來說，不單沒有紅利可以享受，甚至還會因此遭受損失。

因此，卡爾所期望見到的是一具萊恩的屍體，而絕非是一個能喘氣說話的人！

帶兵的上尉下令停止了射擊，並將下一步行動的決定權交給了卡爾。卡爾一臉愁雲，下意識地看了眼身旁的曹濱，卻見到了曹濱一臉淡然的模樣。卡爾忍不住衝著曹濱嘀咕道：「湯姆，你不覺得有些麻煩嗎？」

曹濱淡淡一笑，做了個噤聲的手勢，隨後回道：「再等等！」

槍聲徹底停歇下來，一片安靜中，大衛舉著白襯衣率先起身從掩體後走了出來。眼看著大衛安安全全的樣子，萊恩的一幫手下紛紛效仿，拋掉了手中的槍械，舉起了白襯衣，跟在大衛身後，從掩體後現出身形。

卡爾雙眼似乎要冒出火來，著急喝道：「湯姆，你倒是說句話呀！」

曹濱依舊是面如沉水，淡然道：「再等一下。」

巷道中，董彪聽到槍聲停歇了下來，立刻放下了手中左輪，重新拿起了他的毛瑟步槍，給羅獵打了聲招呼：「小子，跟在彪哥身後，掩護彪哥。」

羅獵心領神會，點了點頭。

兄弟二人從工事中翻身出來，貓著腰摸到了巷道口處，借著尚未被發現的機會，端起槍，衝著聯邦軍隊的方向，一連開了三槍！

「砰砰砰——」

董彪這三槍非常連貫，三槍開完的總用時也不過一秒鐘，便是這一秒鐘內響起的槍聲，使得聯邦軍隊的士兵們不等長官的命令，直接扣動了手中步槍的扳機。

混亂中，董彪一個側滾，閃到了巷道一側，身後負責掩護的羅獵趁機向巷道外「砰砰砰」連開了三槍，也管不上打中沒打中，緊跟著也是一個側翻，將身子貼在了巷道的另一側。

聯邦軍隊的士兵們的這一次排射和上一次有所不同，上一次排射的時候，士兵們還有些緊張，畢竟是第一次衝著活人開槍，一多半的士兵都出現了手抖甚至是整個身子在抖的現象，但有了經驗之後，再次扣動扳機的時候就沉穩多了，反應出來的結果便是射擊的精準度大大提升，一輪排射過後，視野內全都是橫七豎八躺著的真假屍體。

卡爾驚喜之餘，連忙下令手下警隊並親自帶隊上前打掃戰場，聰明如他，已然覺察到那莫名其妙的三聲槍響必然跟湯姆有關，人家幫了大忙，自己當有回報，只有率先控制了現場，才能幫助湯姆掩蓋了其中的貓膩。

那上尉連長也覺察到了個中蹊蹺，只是尚未來得及反應，曹濱的一疊美元已經塞了過來：「上尉辛苦了，沒別的意思，只是代表警察局向各位表示感謝，兄弟們辛苦一趟，總該喝杯咖啡抽支煙修整一番。」

上尉連長不過是在執行上峰的命令，命令執行完畢，拿著那疊美元收兵歸隊才是明智之舉，否則，認真追究起那三槍出處的話，拿不到那筆外財不說，自己的部下也難免會落下麻煩。多一事肯定不如少一事，於是，那上尉笑眯眯地收下了曹濱塞過來的那疊美元，還熱情地擁抱了曹濱。

安頓好了聯邦軍隊，曹濱大踏步向前，並提醒卡爾道：「卡爾，重點是萊恩，他是一個年近花甲的老東西，非常容易辨認！」

卡爾帶著他的部下，將現場六十餘真死假死的屍體全都翻了個遍並補了槍，可就是沒發現一個上了歲數的人，待曹濱趕到現場的時候，卡爾只能對曹濱無奈地搖了搖頭。

「讓他給跑了？」曹濱顯然不敢相信這個結果。

卡爾聳了下肩，攤開了雙手，回道：「可惜了，湯姆，我太著急了，居然一個活口也沒留下，不知道是那個老東西溜走了還是根本沒參與。」

曹濱一時沒搭理卡爾，而是衝著巷道內喊道：「傑克，諾力，出來了！」

卡爾會心一笑，和曹濱並排站在一起，迎來了董彪、羅獵二人。

「什麼？萊恩跑了？」董彪一聽到這個消息，頓時急眼，拎著步槍，便往高出竄。可是，這一片小山包眾多，地面崎嶇不平，又哪裡還能看得到萊恩的身影。

羅獵更是惋惜痛恨，可茫茫四野，再想去追一個亡命之人，猶如大海撈針。

曹濱拍了拍羅獵的肩，想勸慰兩句，可嘴巴張開了，又不知道說些什麼為好，只能是一聲輕歎。

羅獵咬著牙根道：「跑了和尚跑不了廟，就算追到天涯海角，我也要取了他們父女兩個性命！」

董彪悻悻然從高處歸來，歎息道：「功虧一簣啊！等那老東西回到了紐約，再想捉到他，可就真難了！」

羅獵陡然一凜，雙眸閃出異樣的光芒，愣過之後，大喝一聲：「火車站！到火車站堵他！」話音未落，腳下已經邁開了步伐。

董彪急道：「濱哥，這邊我就不管了哈！」言罷，撒丫子便向羅獵追了過去。

曹濱喝道：「阿彪，你的槍！」

已經奔出去十多步的董彪甩下了一句話：「你幫我拿回去！」

曹濱苦笑搖頭，轉過身來，對卡爾頓道：「咱們接著幹活吧，我帶你們去查獲那批鴉片。」

從風井口下去查探顯然不適合員警，安良堂在夜間已然準備了足夠的爆破材料以及挖掘工具，員警中也有經過爆破訓練的，至於挖掘，更不用多說，只需賣力即可。

經過數個小時的奮戰，卡爾帶領著部下，終於打通了巷道。

火把光芒的照射下，依稀可見那巷道中所堆放的大木箱，一個摞著一個，一排連著一排。

「這……裝的都是鴉片麼？」卡爾的聲音控制不住地顫抖起來。

曹濱應道：「是的，一個木箱大約重兩百多磅，這裡面至少有一千個這樣的木箱……」曹濱說著，突然卡頓了一下，雙眉立刻擰成了一坨。

方老三說，這些木箱一個重約兩百來斤，那麼計算下來，十個木箱才能湊夠一噸的重量，而多達兩千噸的貨物，理應有上萬個木箱才對，可是，這巷道中所見，以及方老三所述，均是一千左右。

也就是說，這廢舊礦場中藏有的鴉片，僅僅是耿漢盜取的鴉片總量的十分之一。瞬間的醒悟，使得曹濱懊惱不已。在華人心中，讀書識字做文章才代表了有學問，加減乘除之算術再怎麼精通也不過就能混個帳房先生的差事，成不了多大的氣候。便是在這種落後思想的作祟下，曹濱也好，董彪也罷，包括羅獵在內，在算術方面，都難說能夠及格，因而才會犯下如此低級的錯誤。

「兩百噸？湯姆，你是說這些鴉片的總量多達兩百噸？」卡爾的驚呼將曹濱從懊惱中拖了出來，很顯然，人家卡爾的算術明顯要優於曹濱。

「是的，卡爾，一次性查獲兩百噸的鴉片，我想，這應該是美利堅合眾國自發佈禁毒令以來查獲到的最大一宗販毒案件了。」曹濱口頭上應付著卡爾，但心中卻在思考著這數量上的偏差究竟意味著什麼。

卡爾興奮道：「這已經不能單單用最大一宗販毒案件來形容了，湯姆，這宗案件所涉及到的鴉片總量將會是全國其他破獲的案件的總和，天哪，我真不知道這案件曝光後將會引發怎樣的轟動。」

曹濱道：「卡爾，我能理解你的興奮心情，但我想說的是，你的興奮有些早了。」

卡爾猛然一怔，道：「湯姆，你這話是什麼意思？」

曹濱輕歎一聲，道：「萊恩藏匿的貨物多達兩千噸，而這兒只有兩百噸，卡爾，金山還有一千八百噸的鴉片等著你查獲。」

卡爾登時傻呆。

員警辦案，其動力一方面來自於職業使命，另一方面則來自於立功晉升。對普通警員來說，或是對剛穿上員警制服的小年輕來說，其辦案動力可能更多地來自於使命感，但對於混到了警司職務的卡爾來說，使命感或許還會存在，但肯定處於嚴重缺損的狀態。查獲了一宗總數量高達兩百噸鴉片的答案，足夠讓卡爾攢夠了立功晉級的資本，因而，對剩下的那一千八百噸鴉片，卡爾只會感覺到無比的壓力，卻毫無動力。

「湯姆，你是在跟我開玩笑的，是嗎？」呆傻中，卡爾明知道曹濱所言多半為真，但還是寄予了極大的希望，當作是曹濱跟他玩笑。

曹濱稍一頓，道：「我查獲的消息是萊恩的手下私吞了他的貨物，總數高達兩千噸。當然，我並沒有親眼看到這些貨，但我相信，我的消息來源是真實的。卡爾，我知道這個消息對你來說並不是一件值得開心的事情，所以，我才會對你說，你興奮的有些早了。」

卡爾道：「湯姆，如果你真的把我當成朋友的話，我希望，你能將這個資訊深埋在你的肚子裡，如果被別人知道了，我的生活將會徹底被打亂，這一千八百噸的貨物將成為壓在我頭上的一座大山，讓我吃不下睡不著。湯姆，我求你了。」

曹濱很能理解卡爾的苦處，查獲了這起案件，立功晉級自然是沒的說，但是，假若上峰知道另有九倍的鴉片被藏在金山的某個角落中的話，那麼，這任務自然會落在卡爾的身上，將這一千八百噸的鴉片找出來了，自然不用多說，那卡爾繼續立功，繼續晉級，但若是找不到，恐怕其結果只會讓人難堪。

「卡爾，我非常理解你的難處，換做了我，也會有和你一樣的顧慮，但……」曹濱說到了轉折處，停了下來，靜靜地看著卡爾，嘴角揚起了一絲不易覺察到的笑容。

聽到了曹濱口中的但是，卡爾登時緊張起來，呆呆地回看著曹濱，等待著曹濱最後的宣判。

「但是，卡爾，你也要理解我的難處。萊恩是我安良堂的仇人，我不能放任他輕鬆離開金山，二十年來，得罪我湯姆，得罪安良堂的人，不管他是誰，必須得到應有的懲罰，這一規矩，從不能被打破。」曹濱的神色越發嚴肅，渾身上下透露出一股子不可冒犯的尊嚴。「而剩下的那一千八百噸鴉片，將會是讓萊恩留在金山並逼迫他現身的唯一希望。所以，我不能幫你隱瞞這個事實。」

卡爾黯然搖頭，道：「湯姆，湯姆！你讓我說你什麼好呢？早知道是這樣，昨晚我就不該聽你說話。」

曹濱淡然一笑，道：「我說過，我能理解你的難處，我還說過，你是我的朋友，卡爾，我們認識也有十多年了，你聽說過我湯姆為難過朋友嗎？」

卡爾登時來了精神，急切道：「湯姆，你是不是想到什麼好辦法了？」

曹濱微微一笑，道：「我對上帝還不夠虔誠，所以上帝不會那麼眷顧我，不過，我相信好辦法總該會想出來的，我缺少的只是時間，相信我，卡爾，我會把剩下的鴉片全都找出來，也一定會將萊恩給捉到，但你必須配合我，暫時不要公佈案情，給我些時間，讓我好好想一想。」

卡爾為難道：「湯姆，我當然願意給你留出充沛的時間，可是，案情到了這個地步，我就算使出渾身解數，最多也只能拖延到明天早晨。」

曹濱點了點頭，表示了理解，並道：「這些時間對我來說已經足夠了，如果今晚上我仍舊想不出辦法來的話，估計再給我多少時間也是徒勞。卡爾，這是我們共同的利益，希望你能竭盡全力。我先回去了，你繼續堅守吧，晚上八點鐘之前，我會派人來通知你下一步該怎麼做。」

曹濱說完，轉身就要離去，可走出了幾十步，又折回身來，對卡爾道：「安排輛警車送我回去呀！」

當曹濱意識到這兒存放的煙土只是總數的十分之一時，整個思維便已經混亂了。耿漢的鋌而走險倒是好解釋，畢竟這兒只是儲存了十分之一的貨物，即便真的損毀，也不至於太過惋惜。但是，萊恩為什麼會因為這十分之一的貨物而被耿漢騙來呢？

身為老闆，萊恩不可能一點也不掌握耿漢的事情，因而，曹濱推斷，萊恩應該早安良堂一步發現藏貨地點，而他在查探貨物的時候，理應發覺這並非是貨物的全部，那麼，按照正常邏輯，那萊恩應該集中精力去找尋剩下的十分之九才對，怎麼會糾纏於這十分之一呢？

這個問題看似不怎麼重要，但實則決定了萊恩的去向，假如那十分之九根本不存在，所謂的兩千噸煙土只是耿漢炮製出的謊話的話，那麼，萊恩現在要做的一定是想盡一切辦法逃離金山。反之，若那十分之九真實存在的話，萊恩一定會留在金山。

滿腦子已成漿糊的曹濱坐在車上越琢磨越是糊塗，只能寄希望於對耿漢的審問。

可是，當他緊趕慢趕回到了安良堂的時候，那耿漢已經成為了一具屍體。

一向沉穩的曹濱也忍不住發起了火來：「你們都是吃乾飯的嗎？怎麼能讓他死了呢？」

堂口弟兄面面相覷，其中一個領頭的兄弟囁嚅回道：「濱哥，對不起啊，弟兄們沒想到，他居然會咬舌自盡。」

曹濱登時愣住。

自殺的方式有很多，投河，跳崖，刎頸，刺心……等等這些方式都不算太難做到，唯有這咬舌，卻絕非一般人能夠實現。

唯一的希望就此破滅，曹濱只能將自己關進了書房。

第八章

臨死前的恐懼

單純的殺人並不能給殺人者帶來愉悅感，
只有被殺者在臨死前的恐懼和求饒，
才會令殺人者得到心理上的滿足和享受，
耿漢是帶著被出賣的憤恨踹開的山德羅的房門，
自然不會讓他輕易死去，
他要盡情享受山德羅在臨死前的那種恐懼給他帶來的愉悅。

羅獵、董彪二人急火攻心，居然以雙腿狂奔了十好幾里路，直到董彪累得氣喘吁吁再也無法堅持的時候，這二人才想到火車站依舊尚遠，用腿丈量，絕不是個辦法。於是，二人商量，一個在路邊攔車，繼續奔向火車站堵攔萊恩，另一個改變方向，先回堂口一趟，帶上兄弟開上車，將火車站圍個水泄不通。羅獵報仇心切，堅持要先一步抵達火車站，那董彪無奈，只好折回堂口。

待董彪叫上了弟兄，開出了車來，二樓曹濱的書房窗戶悄然打開了。「歇歇吧，萊恩不會傻啦吧唧自投羅網的。」

曹濱道：「把羅獵叫回來，萊恩暫時不會離開金山的，守在火車站只是徒勞。」

董彪驚疑道：「濱哥，你在說什麼呀？所有的貨全都落在了員警手中，萊恩也只是孤身逃走，他怎麼還會留在金山呢？或許，他不會選擇乘坐火車逃離，但我覺得他一定會……」

曹濱打斷了董彪的疑問，道：「阿彪，我們犯下了一個低級錯誤。」

董彪仰著臉看著曹濱，神色更加疑惑，不由搶道：「低級錯誤？什麼錯誤？」

曹濱道：「當初你跟羅獵上了那艘貨船，看到了多少貨物？再想想你在巷道中看到的又有多少？」

董彪眨眨眼皮，回道：「都不少！羅獵不是說了嘛，他估計至少也得有上千噸甚至兩千噸的貨，後來吳厚頓的招供也證明是兩千噸的貨。濱哥，這有什麼問題嗎？」

曹濱輕歎道：「那我問你，在巷道中你所看到的木箱有多少？」

董彪回道：「至少也得有個一千多！」

曹濱再道：「一個木箱大概是多重？」

董彪想了想，道：「我沒去試，也試不動，不過，那個方老三說過，一個木箱少說也得有兩百斤重。」

曹濱苦笑道：「那你算算，這些貨能夠兩千噸嗎？」

董彪掰著手指盤算了一會，卻仰臉反問道：「濱哥，一噸是多少斤啊？」

曹濱哀歎了一聲，道：「我還是直說了吧，無論是從方老三的描述還是從你在巷道中的所見，都表明我們尋找到的貨物遠遠不夠兩千噸，我計算了，那巷道中藏匿的貨物，最多也就是兩百噸，是我們所知的貨物總量的十分之一。也就是說，另有十分之九，多達一千八百噸的貨物仍舊沒被發現，萊恩查探過巷道中的貨物，他肯定知道個中蹊蹺，所以我推斷，萊恩為了剩下的那一千八百噸貨物是絕不會離開金山的。」

董彪被驚到了，站在樓下仰著臉，半張著嘴，一動也不動。

曹濱再歎一聲，接道：「這件事遠沒到結束收尾的時候，這其中有不少疑點我怎麼也想不明白，我匆匆趕回來，只為了能從耿漢的口中得到答案，卻怎想，他居然咬舌自盡了！」

董彪終於有了些許反應，只是這反應使他看上去更加木訥：「耿漢咬舌自盡了？

他怎麼能下得去嘴呢？」

曹濱又道：「聽濱哥的，安排幾個兄弟把羅獵替換回來，咱們仨得花些時間將這件事重新捋一捋，不然的話，始終待在雲裡霧裡，只會著了那萊恩的道。」

董彪傻呆著點了點頭。

羅獵匆忙趕到了火車站，來不及喘上兩口氣便四處巡查，當然是一無所獲。羅獵雖然心切，但並未因此而失去理智，他很清楚，若是此刻沒能在火車站堵住萊恩的話，那只能說明這個老東西並不打算借助火車出逃，而自己這邊失去了先機，再想堵住萊恩的話，恐怕已是奢求。因而，當堂口弟兄趕來替換他時，羅獵沒有表示出多少意見，順從地和堂口弟兄做了交接，開著車返回了堂口。

見到了曹濱，隨即便知曉了這個低級失誤，一連串的疑問也緊跟著出現在了羅獵的腦海中。和曹濱一樣，他的思維也陷入了混亂當中，根本理不清個頭緒出來。「濱哥，只有一個辦法，提審耿漢，只要能撬開了他的嘴，這些疑問也就迎刃而解了。」

不等曹濱開口，董彪先一步嚷道：「這狗日地咬舌自盡了！」

羅獵也是驚了一下，稍稍一愣後，不由歎道：「這人曾經掌控內機局，好歹也能算是個梟雄，怎麼能用這種齷齪的方式結果自己的性命呢？」

曹濱猛然一怔，呢喃道：「是啊，我怎麼會忽略了這一點呢？難道說，這耿漢另有隱情？」曹濱摸出雪茄，叼在了嘴上，忽又拿了下來，看了眼董彪，吩咐道：「阿彪，派個兄弟去把大新接過來。」

董彪道：「你懷疑是大新說了假話？」

曹濱瞪起了雙眼，喝道：「我是懷疑那耿漢身上有蹊蹺！」

董彪撇了下嘴，趕緊去了。

曹濱再對羅獵道：「走，咱們去看看那耿漢的屍身，說不定能發現些什麼。」

堂口的弟兄對那耿漢沒多少敬重，將其屍身隨便扔在了一個雜物間，胡亂找了塊破布蒙在了屍身上，再在房門上掛了把鎖便算完事。恢復了冷靜的曹濱並沒有在乎這些細節，當堂口弟兄揭開了耿漢屍身上的破布時，曹濱只一眼便瞧出了端倪：「他不是死於咬舌。」

羅獵很是驚疑，不由問道：「濱哥，你是怎麼看出來的？」

那堂口弟兄跟道：「濱哥，我們分明看到他吐出了一截舌頭！」

曹濱道：「若是你們沒看到他吐出一截舌頭便斷定他是咬舌自盡的話，那你們也是蠢到家了！但是，咬斷舌頭也要分主動和被動，主動咬斷了自己的舌頭，一是疼痛難耐，二是口中會有大量鮮血湧出，此人難免會發生嗆咳，因而，一多半咬舌自盡的人不是因流乾了血才死掉，而是在嗆咳中被血塊堵住了喉嚨憋死了自己。這種死法，非常痛苦，往往是死不瞑目且留有極為痛苦或是後悔的神色。」

羅獵不由查看了耿漢的雙眼，雖然也是死不瞑目，但耿漢留下來的神色卻十分詭異，看不出他在臨死前有多少痛苦，反倒感覺他那神色間似乎還有些興奮滿足。

曹濱接道：「看他的模樣，在咬舌之前，很可能是中了毒，這種毒迷失了他的神志，使他在恍惚之間咬斷了自己的舌頭，又因那毒性有著麻醉的作用，讓他感覺不到斷舌的疼痛，因而，在他臨死的時候，並沒有痛苦的神情。」

那堂口弟兄道：「沒錯，濱哥，這耿漢在吐出那截斷舌前，突然瘋癲了起來。」

曹濱點頭應道：「這就對了，瘋癲便是毒性發作的表現。」

羅獵忍不住問道：「濱哥，什麼毒會那麼詭異？」

曹濱搖了搖頭，歎道：「我不知道……這二十多年來，我和你彪哥基本上沒接觸過大清江湖，所知道的一些事情也都是道聽塗說，若是你師父還活著，他肯定能告訴你真實的答案，我雖從老鬼兄那兒得知了不少大清江湖的故事，但畢竟還是少了。」

羅獵疑道：「中的什麼毒可以暫放一邊，關鍵問題是，是誰給他下的毒呢？」

那堂口弟兄接道：「應該是他自己，車到堂口的時候，我們幾個拖他下車，他就勢低頭咬掉了胸前的一顆鈕釦，我想，那毒一定是藏在了鈕釦當中。」

曹濱道：「這都不重要，重要的是……」曹濱話未說完，已然聽到了外面董彪的叫喊聲。

羅獵先應了一聲，然後出門，將董彪和趙大新帶了進來。

很顯然，在路上的時候，董彪便已經將情況告知了趙大新，因而，趙大新一進得屋來，便來到了耿漢的屍身前，仔細端詳了片刻，不禁搖頭歎道：「像，實在是太像了，但他卻不是耿漢！」

董彪、羅獵難免一驚，而曹濱卻淡然點頭。

「真的耿漢長了一雙招風耳，而這人的耳朵，一點也不招風。」趙大新一邊解釋，一邊伸出手來，在那屍身的臉頰根處搓了幾下，同時道：「他應該戴了一張人皮面具，去端盆水來，用水浸濕了，才好揭下這張人皮面具。」

那堂口弟兄聞言，立刻轉身出去，不一會，便端了一盆清水回來。趙大新將水全都倒在了那屍身的臉上，然後再去揉搓，果然找到了人皮面具和真人皮膚的黏合部。揭下了人皮面具，再看過去，那屍身的長相跟耿漢本人的差別便彰顯無疑。

「果然是個替身！」曹濱不由發出了一聲長歎。

董彪搓手頓足，萬般惋惜道：「可惜了咱們一天兩千塊利潤的賭場生意，竟然只換來了這麼個結果，這狗日姓耿的，可是把咱們給坑慘嘍！」

羅獵道：「話也不能這麼說，咱們畢竟借助此事讓那山德羅順理成章地接下了這塊燙手山芋，有他那麼一塊招牌替咱們遮風擋雨，咱們也算不上虧。」

董彪道：「你可拉倒吧，若是沒有姓耿的這件事，咱們將賭場賣掉，一樣能引來擋箭牌不說，還能賣出個好價錢。」

曹濱沉下了臉來，喝道：「阿彪你吵吵個什麼！吵吵來吵吵去，能起到個什麼作用？虧了也好，賺了也罷，那都是眼前小利，重要麼？當前咱們最重要的事情是什麼，心裡沒點數嗎？」

董彪頓時蔫了下來，悻悻道：「我也就隨口那麼一說。」挨訓的雖然是董彪，但同樣也捎帶了羅獵。羅獵心中自然有數，偷看了董彪一眼後，趕緊閉上了嘴巴。

沉寂了片刻，忽聽到曹濱幽幽歎了口氣，自語道：「如果我是那耿漢，接下來，我該做些什麼呢？」

曹濱的自語提醒了羅獵和董彪二人，他倆也不禁跟著曹濱的思路問了自己，假若自己便是那耿漢，接下來將會做出怎樣的事情來？

報仇?!

羅獵和董彪得出了相同的答案。

耿漢視為同夥的山德羅出賣了耿漢，擱在誰身上，也不可能咽得下這口氣，而耿漢既然能夠掌管內機局，那麼一身本事勢必了得，尋覓到機會殺了山德羅對他來說並非是一件難事。

曹濱對這個答案卻不肯苟同。「我要是耿漢的話，就絕不會去碰山德羅。殺了山德羅對耿漢來講或許是易如反掌，可如此一來，就等於給自己多豎了一個強敵，這對他只有弊而無利，他理應不該給自己找麻煩。」

羅獵想了想，覺得曹濱所言還是很有道理。關鍵時刻，那耿漢用了替身，這只能說明耿漢對山德羅早已經起了疑心，或者，從一開始就沒有信任過山德羅。這種情況下，耿漢仍舊沒有改變計畫，就表明那耿漢應該是有意而為。既然是有意而為，那麼被出賣後的恨意就不該那麼強烈，甚至不會產生恨意。

董彪依舊堅持己見，道：「我覺得那耿漢還是要找山德羅報仇的，除此之外，他還能做些什麼呢？沒有了幫手，那萊恩也沒了實力讓他利用，我要是耿漢的話，實在是想不出別的什麼翻盤希望，只能是殺了山德羅並盡可能地嫁禍給咱們，若是能挑起馬菲亞和咱們之間的戰鬥，他或許還有機會。」

羅獵道：「我怎麼覺得那耿漢並不像是在單打獨鬥呢？一直以來，咱們認定了耿漢只有吳厚頓一個搭檔，可是，這個替死鬼又該怎麼解釋？他肯定不是耿漢臨時找來的。」

立在一旁的趙大新突然邁到了那具屍身前，三兩下撕扯開屍身的上衣，並發出了一聲驚呼：「果然是內機局的人！」

曹濱陡然一凜，道：「何以見得？」

趙大新手指那屍身的左側胸膛，道：「梅花烙！這梅花形狀的烙印，便是內機局鷹犬的身分標識。」趙大新說著，緩緩地解開了自己的衣扣，袒露出右側胸膛，接道：「週邊線人於右側胸膛烙下梅花印記，直屬人員於左側胸膛烙下梅花印記，我右側胸膛上的這塊疤痕，便是因為我剜去了那個梅花烙印留下來的。」

曹濱長出了口氣，道：「這就對了，那耿漢果真不是在單打獨鬥。」

董彪道：「怎麼講？難道那吳厚頓沒說實話麼？」

羅獵道：「恐怕吳厚頓並不知情。」

曹濱點了點頭，道：「羅獵說得沒錯，這可能是只屬於耿漢的秘密，就連咱們，也被他騙過去了。」

董彪急道：「我怎麼越聽越糊塗呢？那耿漢還能跟誰聯手？」

曹濱道：「他不是在跟誰聯手，而是他掌握了一支極為隱蔽的隊伍。阿彪，還記得半年多前咱們跟內機局的那一戰麼？」

董彪點頭應道：「當然記得！」

曹濱道：「咱們設計將李喜兒引去了洛杉磯那邊，但在金山，他卻留下了一支隊伍，目的是炸掉我和許公林乘坐的車廂。這支隊伍在得手後便再也沒有了消息，警察局在咱們消滅李喜兒之前就發出了全國通緝令，那些人沒有管道是很難離開美利堅的。而且，他們也不敢拋頭露面出來工作，若是沒有人資助他們的話，他們是絕難生存下來的。」

羅獵跟道：「一定是耿漢收留了他們！」

曹濱道：「也只有這個解釋才能講得通。」

董彪恍然道：「那麼說，昨晚上咱們約見山德羅談交易，那耿漢是完全有條件監視到山德羅的異常行為的，因而才於今日找了替身來替換了他。」

趙大新插話道：「入了內機局的人，都做好了隨時送命的準備，因而，那耿漢在其中找一個替死鬼並不難。」

羅獵忽然笑開了，道：「那耿漢還真是詭計多端啊！不過，他卻沒想到濱哥居然會借助警察局還有聯邦軍隊來對付萊恩，說到底，咱們還是贏了他半招。」

董彪道：「還真是那麼回事呢！假若咱們真的依靠自己跟萊恩血拚起來，那耿漢再從後面捅咱們一刀的話，那咱們還真是要吃大虧了。」

曹濱忽地一怔，然後低聲喝道：「不好！」

羅獵、董彪二人同時看向了曹濱，異口同聲問道：「怎麼了，濱哥？」

曹濱微微搖頭，道：「你們剛才的話提醒了我，那耿漢找了替身來演了這齣戲，那麼他很有可能就埋伏在那附近，萊恩逃走之時，咱們沒能覺察到，但埋伏在附近的耿漢卻很有可能發現了他。萊恩若是落到了耿漢的手上，那咱們就很難再揭開剩下的那一千八百噸貨物的去向之謎了。」

董彪大咧咧道：「怕他個逑？只要那批貨還在金山，咱們就不怕那耿漢不露出尾巴來。」

曹濱長歎一聲，道：「你說的倒是簡單，我也知道這個道理，可卡爾那邊，還在等著我的回話呢，這案子到底該怎麼了結才會對咱們更加有利呢？是實話實說，就承認只發現了兩百噸鴉片，還是裝個糊塗，不報數量，做出完全結案的態勢呢？」

羅獵道：「我想還是實話實說吧，無論是萊恩還是耿漢，他們對巷道中藏了多少貨一定是心知肚明，蒙是蒙不過去的，搞不好還會弄巧成拙。對咱們來說，以不變應萬變才是最好的辦法，就像彪哥說的那樣，咱們怕他個逑啊？只要剩下的貨還在金山，就不怕他們不會露面。」

曹濱也是一時被各種疑問攪亂了思維，現在稍微清晰了一些，也就想明白了卡爾那邊怎麼結案事實上對結果並不重要，於是便吩咐董彪道：「那好吧，阿彪，你辛苦一趟，去告訴卡爾一聲，怎麼對他有利就怎麼結案好了，至於還有一千八百噸鴉片沒被找到的事情，我們這邊會幫他瞞下來的。」

董彪笑道：「這種事還需要我親自跑一趟嗎？隨便找個弟兄去一趟不就得了？」

曹濱輕歎道：「可你的步槍我忘記帶回來了。」

董彪只是一愣，然後一言不發，掉頭就走。

萊恩的三十餘手下跟在大衛之後，紛紛揮舉著白襯衣從各自掩體中現出身來，而此時，將己方困在這片絕境中的聯邦軍隊也停止了射擊，萊恩靈光一閃，認為這是上帝賜予他的逃走良機，於是，他先是匍匐側行，當新一輪槍聲響起的時候，拔腿狂奔，終於逃離了險境。

雖然上了年紀，但萊恩一直以來勤於鍛煉，在短時間內的體力上並不輸年輕人多少。一口氣奔出了一里多路，並確定身後並無追兵追來，萊恩才停下了腳步，靠著一棵大樹坐了下來。

這是一場預料之外的慘敗，萊恩怎麼也想不到那安良堂竟然不顧忌幫派規矩而求助於員警及軍隊，這種行為顯然是可恥的，一旦傳播開，必將被所有幫派所鄙夷唾棄。但眼下，萊恩卻只能打落門牙往肚裡咽，若是連自己都交代在這塊貧瘠土地上了，那安良堂的可恥行為也就成了秘密，再無他人知曉。

喘過一陣粗氣後，滿懷悲憤心情的萊恩只能繼續艱難前行，他所有的人手在這一戰中消耗殆盡，留在金山只有生命危險，再無翻盤機會，因此，他必須儘快回到紐約，重整旗鼓後再次殺回，或許還有獲得最終勝利的可能。

可就在這時，身後突然有了異樣的動靜，慌亂間，萊恩猛然轉身，槍口所指，卻是空無一物。稍微一愣，餘光中忽覺寒光一閃，握槍的手腕頓覺一陣劇痛，一柄三英寸長的薄刃飛刀赫然扎在了自己手腕的正中。

「萊恩先生，你還好嗎？」一側樹幹之後，閃出了耿漢的身影，「你說你這不是犯傻嗎？待在紐約安度你的晚年不好麼？幹嘛非得那麼較真要跟我比拚到底呢？」耿漢手中掂著又一柄飛刀，踱到了萊恩的面前，臉上的笑容盡顯猙獰之色。

萊恩用另一隻手端著受傷的手腕，咬著牙，忍受著劇痛，惡狠狠回應道：「漢斯，你這個魔鬼！上帝是不會原諒你的！」

耿漢放聲大笑，道：「上帝？萊恩先生，別忘了，像你這種做大煙生意的人，原本就不會得到上帝的原諒，當然，我漢斯也不會奢求他的原諒。」

萊恩怒斥道：「你是個卑鄙小人，漢斯，你是不會得到好下場的，那批貨，沒有我的幫助，你根本不可能運出金山！」

耿漢搖了搖頭，歎道：「萊恩先生，你始終是這樣傲慢，如果當初你答應我五五分成的條件，那麼，你我會走到如此境地嗎？可惜啊，就是因為你的傲慢，惹惱了我，才逼得我想出了這個計畫來報復你。萊恩先生，只有你才能猜得到我設下的瞞天過海之計，只要除掉了你，那麼，再也沒有人能想得到那個巷道的深處，還藏了剩下的一千八百噸貨物。至於能不能運出金山，那就不煩你操心了，只要沒有人能找得到它，那麼，它終究屬於我漢斯的。」

耿漢微笑說完，手腕一抖，手中飛刀激射而出，整個刀刃沒入了萊恩的脖頸中。

萊恩凸瞪著雙眼，雙手下意識抬起想捂住脖頸處的傷口，卻只抬到了胸前，整個人便直挺挺仰倒在地。

耿漢打了聲呼哨，樹林中頓時閃出數人來。

「挖個坑，把他埋了吧，坑要挖深點，別讓野狗嗅到了氣味再把他的屍體給刨出來。老人家這一輩子也不容易，是個值得尊敬的人物！」耿漢吩咐完了手下，然後閃到了一旁，點上了一支香煙。

他跟萊恩最後的對話確實是肺腑之言，最初的時候，耿漢並沒有打算要黑了萊恩的貨物，甚至，他一開始也沒打算向萊恩提出五五分成的過分要求。是萊恩的那種身為大英帝國子民天生的傲慢以及對華人不自覺的鄙視，徹底惹惱了耿漢，這才使得他向萊恩提出了五五分賬的過分要求，在遭到萊恩無情拒絕後，耿漢才產生了黑下萊恩貨物的想法。

如今，萊恩已然成了歷史，他也出了心中的那口惡氣，可是，耿漢卻始終無法興奮起來。

在他的計畫中，今天本應該是個好日子，安良堂的人會跟萊恩的人大打出手，待其兩敗俱傷之時，山德羅會幫助他將安良堂以及萊恩一道給收拾了。如此，他幾乎不用付出任何代價便可以獨享那批多達兩千噸的煙土。

可是，耿漢怎麼也想不到，關鍵時刻山德羅居然會出賣他。

只是這一個意外倒也好辦，耿漢並不想在這種時刻招惹山德羅，不能利用也就算了，若是再多一個山德羅這樣的敵人，對耿漢來說只有百弊而無一利。但耿漢萬萬沒想到的是那曹濱居然引來了員警和聯邦軍隊。

高倍望遠鏡中，耿漢清晰看到，萊恩的人在強大的聯邦軍隊的火力打擊下毫無還手之力，那一刻，他雖不至於心灰意冷，卻也是失望至極。

也幸虧他留了後手，將那座廢舊礦場分做了三個部分，在最深處的一段巷道以及兩側分支巷道中藏匿了絕大部分的貨物，只留了十分之一的貨物在那中間一段巷道中。這一招是很難瞞得過萊恩的，但對安良堂那些個毫無此方面經驗的人來說，卻是極難想得到。

這對耿漢來說算是個安慰，只要貨物還在，那麼希望也就存在，雖然眼下一時想不出該如何將這批貨物安全提出並裝上遠洋貨輪，但耿漢堅信，隨著時間的推移，安良堂的注意力勢必會鬆懈，到時候，或許辦法便會自動浮出。

連著抽了三支煙，手下已然將萊恩埋葬了，耿漢回首看了眼那廢舊礦場的方向，留下一聲歎息，帶著十多名老部下悄然返回到了市區中。

「老大，兄弟們悶了半年多了，今天好不容易有個機會出來一趟，不會是一點活不幹就要再回去悶著吧？」問話的是劉進，單從稱呼上便可以得知，這劉進跟耿漢的關係要比李喜兒密切了許多。

事實也是如此，在李喜兒尚未架空耿漢之前，內機局的弟兄們跟耿漢均是兄弟相稱，但李喜兒依靠乾爹支持迅速上位後，這內機局的氛圍也就發生了翻天覆地的變化。做事勤快的，手裡有活的，不一定能撈到好，但那些善於拍馬溜須阿諛奉承的，卻每每能得到重用。劉進看不慣，五年前耿漢脫離內機局的時候，他就想跟著耿漢一道留在美利堅，單被耿漢勸住了。半年前，內機局李喜兒舉全部之力來到美利堅，原本以為能立下奇功，翻轉老佛爺對內機局嚴重不滿的不利局面，卻不想，被耿漢和劉進的內外聯手巧妙配合一步步送進了金山安良堂布下的陷阱，落了一個全軍覆滅。

「心急怎麼吃得了熱豆腐呢？大劉，你們才悶了半年就受不了了？我為了今天的計畫，可是忍氣吞聲了五年整啊！」回想起自己這五年，耿漢也是不由地唏噓起來。「大劉啊，包括其他兄弟，你們也都聽好了，凡成大事者，須看得遠，忍得住，狠得下，三者缺一不可。咱們今天雖損失了一成的貨物，但換來了咱們在戰略上的主動權。如今，咱們最大的障礙萊恩已經作古，擋著咱們發財的只剩下了安良堂，而安良堂的曹濱看似精明，實則一般，他決然不可能想到咱們的藏貨地點仍舊在原處。因而，咱們只需要再忍耐數月，待風聲緩和下來之時，便是你我兄弟發財之日！」

耿漢的話不單只是說教，更是一種鼓動，弟兄們聽了他的話，稍顯頹廢的精神狀態立刻有了明顯的改觀。

劉進道：「老大，向輝兄弟挨了三槍，又落到了安良堂的手中，他一定會服毒自盡。老大，這筆賬不能只算在安良堂的頭上，他山德羅也該有份！」

劉進的話激起了耿漢對山德羅的仇恨。

昨晚上，他帶著山德羅的手下阿方索一幫人忙裡忙外地準備著今天的計畫，同時安排了劉進負責盯梢山德羅，他的多疑居然得到了回報，劉進雖然沒聽到山德羅和曹濱究竟談了些什麼，但二人相見的事實卻被劉進看了個正著。耿漢想不出山德羅能有什麼出賣他的理由，也想不出山德羅能有什麼理由不出賣他，因而，為了穩妥起見，他還是選了名兄弟做了他的替身，這兄弟便是劉進剛才口中所稱的向輝。

今一早，山德羅的行為證明了他的背叛。當時，藏在遠處的耿漢在望遠鏡中看到了這一切，自然是恨得牙根緊咬。當時，若是他手中的短槍能有個三百米以上的射程的話，他會毫不猶豫地衝著山德羅打光槍中的子彈。

在這之後的種種變故使得耿漢來不及記恨山德羅，但眼下終於得閒，又被劉進這麼一提，耿漢心中的恨意再次燃燒起來。「你說得對，大劉，向輝兄弟的仇，他山德羅理當承擔一半，不殺了他，我誓不為人！」

劉進繼續獻策道：「老大，咱們殺了山德羅，可以嫁禍給安良堂，若是能引發馬菲亞和安良堂之間的戰火，那麼，對咱們來說，可是百利而無一弊啊！」

「問題是怎麼做才能嫁禍到安良堂身上呢？」耿漢一邊呢喃，一邊摸出了香煙。

劉進的思路也是僅僅到此，對於怎麼做的問題並沒有多少考慮，因而只能是安靜地陪著耿漢在思索。

耿漢點上了煙，一口接著一口地瞅著，兩道劍眉幾乎觸及到了一起。「此事著急不得，必須從長計議，現在最關鍵的是要搞清楚那曹濱究竟給了山德羅什麼好處，才使得他毅然決然地背叛了我。」

劉進道：「這好辦，咱們派兩個兄弟盯住他們就是了。」

耿漢緩緩搖頭，道：「沒那麼簡單！我估計，向輝兄弟身為我替身的事情當下應該被曹濱發覺了，他一旦醒悟過來，很快就能想到你們幾個的存在，更能夠想得到咱們會對山德羅下手，那麼，對山德羅的監視，很可能就會成了咱們的自投羅網之舉。對那曹濱，我雖是蔑視，但也不得不承認，他是我所遇見的所有對手中最有腦子的一個，咱們啊，決不能掉以輕心。」

劉進道：「兄弟以為，曹濱能給予山德羅的好處無非就兩種，一種是短期的好處，比如給山德羅一大筆錢，第二種便是長期的好處，比如承諾山德羅一起經營金山的賭場生意。若是第一種的話……」

耿漢打斷了劉進，道：「不可能是第一種，山德羅的個性我瞭解，他想要的是地盤，不是眼前的利益，一大筆錢？就算安良堂掏空了家底，也不一定能打發了山德羅的胃口。除非是……」耿漢猛然一驚，接著搖頭道：「曹濱將金山的賭場生意讓給了山德羅？這怎麼可能呢？」

劉進跟道：「是啊，金山的賭場生意那麼紅火，安良堂在其中可是獨佔了八成以上的利潤，這麼大一塊肥肉，那曹濱怎麼捨得讓給山德羅呢？拋開利益不說，單說這臉面，如此一來，那安良堂的臉面豈不是丟盡了麼？」

耿漢苦笑道：「單說利益，倒也不是不可能，安良堂對我手中玉璽的覬覦之心尤為強烈，為了能得到它，即便掏空了家底也是在所不辭。不過，正如你所言，若將金山賭場生意拱手相讓的話，那安良堂以及他曹濱的臉面勢必丟盡，人們不會深究緣由，只會認為是安良堂怕了馬菲亞，如此一來，那安良堂勢必會失去了他在金山的立足之本。這代價，實在是太大，我實在是不敢相信它存在的可能性。」

劉進哀歎道：「這兩樣若都不是，那又會是什麼呢？」

耿漢突然失去了耐性，摁滅了手中煙頭，令道：「不管那曹濱是用了什麼利益引誘了山德羅，山德羅都應該為他的背叛行為付出代價！弟兄們，立刻休息，待養足了精神，咱們今夜便去取那山德羅的性命！」

中秋時節的金山夜晚，月高星繁，風清氣爽。

對山德羅・甘比諾來說，這絕對是一個值得慶賀的日子。以近乎為零的代價取得了整個金山賭場業的控制權，如此豐功偉業，在甘比諾家族中絕對是獨佔鰲頭，即便放眼整個馬菲亞組織，也無人能出其右。

山德羅更為欣慰的是這樁生意一點後遺症都沒有，曹濱雖然沒有親自跟他交易，但委託董彪交給他的手續卻是非常完整，正如那董彪所言，他只需要在那份轉讓協議上簽下他的名字，那麼安良堂在金山所有的賭場產業便完全歸屬了他，而做為交易籌碼的耿漢，那曹濱會留下活口嗎？

即便留下了活口，那也沒什麼大不了。山德羅親眼所見，那耿漢的右腳以及左肩各中了一槍，即便僥倖活了下來，那也勢必落下殘疾。一個廢了一條腿和一個臂膀的殘疾人，又能掀起多大的風浪呢？又有什麼值得顧慮的呢？

興奮中的山德羅一身輕鬆，帶著手下兄弟先是借著流覽金山風景的機會熟悉了一下這座城市，天色擦黑時又帶著兄弟們找了家餐廳胡吃海喝了一頓，吃飽喝足，再去了一家夜總會爽到了深夜，最後叫上了兩個漂亮妞，左擁右抱，在兄弟們的陪伴下回到了棲身的別墅。

山德羅在房間裡鬧騰的動靜實在是不小，惹得那一幫手下個個是血脈賁張，但沒有老闆的允許，又不敢拋下老闆去偷歡，於是只能儘量遠離那惹人上火的動靜，聚集在了另一幢別墅中打牌賭錢繼續喝酒。折騰到了深夜，山德羅終於偃旗息鼓，摟著兩個漂亮妞進入了夢鄉，而那一幫手下兄弟也是累了睏了，放下了手中的酒瓶和撲克牌，就地找了地方歪倒睡覺。

站崗放哨？那根本不需要！

耿漢對那兩幢別墅的結構相當熟悉，在帶領弟兄們出發之前，便已經畫下了圖給弟兄做了詳盡的講解，來到了現場後，不需耿漢再要如何吩咐，立刻閃出二人來，貓腰摸向了那兩幢別墅，在門上尋了個縫隙，插進了一根細細的管子，管子的另外一頭，則點燃了迷香。

十分鐘後，那二人向耿漢這邊揮了下手，立刻再有二人上前，拿出鋼絲鐵錐等工具，悄無聲息地打開了門鎖。

耿漢和劉進二人，各帶一隊兄弟，摸進了別墅之中。

那幫子馬菲亞放縱了一整天，單是喝下的酒水就足夠他們迷糊的了，再加上迷香的作用，待內機局兄弟的短刃貼在了脖子上，都沒見到有一個能驚醒過來的。

窗外透來的月光映射在劉進的面龐上，陰影顯得劉進的面容更加猙獰。

殺！

劉進默不作聲，只做出了一個抹脖子的動作。

另一幢別墅中，耿漢剛一進了房門，便是左右開弓，四柄飛刀依次激射而出。甚至連眨下眼的功夫都不到，那臥在沙發上的兩個，以及靠在椅子上的兩個，脖頸處均沒入了一柄飛刀。

耿漢無聲冷笑，挨個驗過屍體並拔出了飛刀，然後向身後弟兄做了個手勢，一行六人，向樓上摸去。

挨個搜完了每一個房間，確定再無山德羅的手下，耿漢帶著手下兄弟，一腳踹開了山德羅睡覺的臥房。巨大的聲響終於驚醒了山德羅，猛然睜開雙眼，卻看到門外湧進來數條人影。

「啪嗒」一聲，耿漢打開了房間燈光，首先看到的卻是兩個從床上驚慌爬起的赤裸女人，耿漢雙手揮出，兩道寒光閃過，那兩女人中刀翻倒，抽搐數下便已然斷氣。

山德羅反應極快，在燈光打開之前，手已伸到了枕下，入睡之前，在枕頭下藏把手槍是他的習慣，無論何時何地，這個習慣他始終堅持著。可是，不等他將手槍拿出，脖頸處已然架上了兩柄冰冷的短刃。

「山德羅，我很遺憾，我從沒想過我會這樣對待你，可是你卻非得逼著我這樣對你。」耿漢手中把玩著一柄飛刀，臉上的神色略帶著幾分笑意，只是口吻極為冰冷。

山德羅度過了最初的驚慌，鎮定了下來，不顧脖子上的兩把短刃，翻身坐在了床上，笑道：「漢斯，你真的敢殺了我麼？你是瞭解馬菲亞的，你殺了我，便是和整個馬菲亞為敵，任憑你漢斯走到天涯海角，馬菲亞也一定會殺了你為我報仇。」

耿漢淡淡一笑，微微搖頭，道：「山德羅，你錯了，我相信你已經將今天所發生的事情彙報給了你的叔父，也就說，在你們馬菲亞的意識中，我漢斯已經是個死人了，而死人是不會再有殺人行為的。山德羅，說實話，我很期盼看到你叔父因為找不到真正的兇手而著急上火，我更期盼你叔父因為判斷錯誤而跟安良堂大打出手。山德羅，我敢打賭，你的死，一定會非常有趣。」

山德羅臉上的笑容登時消失，重新佈滿了驚慌神色，急切道：「不，漢斯，你不該這樣做，殺了我，對你並沒有多少好處，我叔父是不會誤判的，他相信安良堂的人品，不會懷疑到安良堂的頭上。漢斯，你聽我說，留我一條性命，我一定會幫助你得到你想得到的貨物。」

耿漢輕歎一聲，道：「實在對不起，山德羅，你覺得我還會再信任你嗎？那批貨已經被員警查封了，我沒有了希望，只剩下了對你的仇恨。山德羅，當你決定要出賣我的時候，就從沒想過會有今天的結局嗎？」

山德羅慌亂解釋道：「漢斯，我知道我錯了，我以為，他們想要的只是你手中的玉璽，哦，不，我知道，無論怎麼解釋，你都不會相信我的，不過，漢斯，請你考慮一下，殺了我，或許可以出了你心中的惡氣，但對於實現你的願望，並沒有幫助。你的貨雖然被查封了，但你仍舊有發財的機會，我們可以共同享用金山這塊地盤，我可以扶持你成為西海岸最有實力的煙土商，就算是萊恩，他也無法在威脅到你，漢斯，求你了，好好考慮一下吧！」

耿漢踱到了那兩女人的屍身前，收回了飛刀，同時笑道：「山德羅，你可能還不知道，萊恩先生再也無法威脅到我的安全了，他此刻已經去了上帝那邊，他的肉身，被我埋在了那座廢舊礦場的附近。另外，我想告訴你的是，我並不想成為西海岸最大的煙土商，因為我根本不打算在美利堅合眾國長期生活下去，所以，你描繪的藍圖根本打動不了我。」

單純的殺人並不能給殺人者帶來愉悅感，只有被殺者在臨死前的恐懼和求饒，才會令殺人者得到心理上的滿足，耿漢是帶著被出賣的憤恨踹開山德羅的房門，自然不會讓他輕易死去，他需要盡情享受山德羅在臨死前的那種恐懼給他帶來的愉悅。

山德羅果然顯露出了足夠的恐懼神色，驚恐道：「漢斯，求求你，不要殺我，我答應你，只要是你提出的條件，我都答應你。」

耿漢終於得到了滿足，露出了開心的笑容。

便在這時，那山德羅猛地一縮身子，甩開了脖子上的兩把短刃，同時一個側滾，滾動中摸出了枕下的手槍，手槍的保險早已打開，山德羅的滾動餘勢未消，手中的手槍已然響起。只是，和槍聲同時出現的還有一道奔向山德羅咽喉處的寒光，以及凌空刺過來的兩柄短刃。

劉進料理了那幢別墅中的所有馬菲亞，此時已經等在了山德羅臥房外的走廊中，聞得房內有變，劉進立刻衝進了臥房。那山德羅已經成了一個血人，除了一張白兮兮的臉沒有傷痕外，其他地方就沒有一處完好。而耿漢則捂住了左側肩膀，手指縫中滲漏出些許血跡。

「老大，你受傷了？」劉進慌忙脫下上衣，撕掉了一條袖子，要為耿漢包紮。

耿漢拒絕了，並道：「用不著，也就是擦破了點皮！」

劉進不敢違拗，只好重新穿上少了一條袖子的上衣，並彙報道：「那邊一共三十六人，全都用刀送他們見了閻王。」

耿漢不禁皺起了眉頭，道：「這邊只有四人，加一塊是四十人，而山德羅一共帶來了四十二名手下，怎麼會少了兩人呢？少了的這兩人又去了哪裡了呢？」

卡爾調集了所有能調集來的人手，忙活了整整一天一夜，才把巷道中的鴉片全都搬運出來並清點完畢。

整整兩百噸之多！

這個結果震驚了金山警察局。於是，全警察局的人都趕來了這座廢舊礦場，意欲在這場罕世大案中能夠分到一杯羹。

做為案件破獲者，卡爾享受到了他大半輩子都沒享受到的虛榮感，然而，這種爽到了極致的感覺到了天明時分卻戛然而止。留在局裡的值班人員趕過來通知說，在聖安廣場附近的兩幢別墅中發生了一起兇殺案，受害者多達四十餘人。沉浸於榮耀當中的卡爾自然不肯去碰這種出力不討好的兇殺案件，可是，整個警察局的人卻將目光全都投向了卡爾。

局長大人以愛惜羽毛體恤下屬的口吻對卡爾道：「卡爾，我知道你很辛苦，但你在同事間已經樹立了神探的形象，所以，這場兇殺案必須由你來主持偵破，希望你能夠不負眾望，儘早破案。」

這分明是因為妒忌心而導致的打壓手段。你卡爾辦了這麼大一個案子，不是很厲害嗎？那好，剛好有這麼一件兇殺案，你就接著厲害吧！真就讓你偵破了，那大家沒話好說，怎麼獎勵你表彰你，大夥都沒意見，但是，這兇殺案要是偵破不了，呵呵，那只能證明你破獲兩百噸鴉片的大案不過是瞎貓碰上個死耗子，運氣而已。這樣的話，大夥的心理才能平衡。

卡爾無奈，只能帶著他的部下，忍受著疲憊睏意以及饑餓，驅車十餘英里，趕到了位於聖安廣場附近的兇殺現場。

當地警署的警隊已經將現場隔離開來，圍觀的群眾雖然很多，但尚能保持正常的秩序。卡爾的警車車隊穿過了人群，進入到了警戒線之內，剛下了車，便嗅到了一股濃烈的血腥氣味。

卡爾不禁皺起了眉頭，同樣是血腥氣味，上午在那廢舊礦場中嗅到的是一種心曠神怡的感覺，而此時嗅到的感覺，卻是有些噁心。

好在身後的部下及時遞上了口罩。

卡爾仔細查驗了兩幢別墅中的屍體，東邊一幢別墅中的死者，全都是一刀斃命，屍身上找不到第二處傷痕，而西邊別墅中的死者更為詭異，一樓客廳中死了的四個人，只有喉嚨處一道窄窄的傷口，二樓的主臥房中，兩具女屍亦是如此，但另一具男屍卻是血肉模糊。

「狗屎，這種案子，讓老子怎麼破？」卡爾既沒有詢問這兩幢別墅的歸屬，也沒詢問這些死者的身分，只是鬱悶於警察局同事的妒忌而憤恨不平。

好在有一年輕助手看出了些許端倪，提醒道：「卡爾，你注意到沒有，這些脖子上挨了一刀的死者，像是死在了飛刀之下！」

卡爾陡然一怔。

飛刀？

他立刻想到了被譽為飛刀英雄的安良堂那個叫諾力的年輕小夥子。

莫非，這案子是安良堂做下的？

「你能否辛苦一趟，去唐人街，將安良堂的湯姆請到這兒來。」卡爾不敢相信這是安良堂所為，又打消不了這種疑慮，於是便想了個折中的辦法，將湯姆請來，看他如何解釋。那助手就要轉身去執行命令，卡爾忽然叫住了他，道：「湯姆可是個大人物，只是你一個人去請他，不夠尊重，我想，我應該親自走一趟才對。」

卡爾開著警車趕到安良堂堂口的時候，曹濱才剛剛起床，尚未來及用早餐，而董彪、羅獵二人，根本就不見人影。聽到堂口弟兄的稟報，不知道出了什麼問題的曹濱主動下了樓，在水池旁見到了卡爾。

「湯姆，實在抱歉，這麼早就要打攪你，可是，我也是沒辦法。」卡爾很是心急，沒來及一句客套寒暄，便直奔了主題：「聖安廣場在夜間發生了一起兇殺案，死者多達四十三人，其中有四男兩女死在了飛刀之下。是的，我可以確認，他們脖子上的傷口千真萬確是飛刀所造成的，今年三月份的時候，我查驗過伊賽脖子上的傷口，半個月後，我又查驗過布蘭科脖子上的傷口，我有足夠的這方面經驗。」

卡爾將自己對羅獵的懷疑表述的十分婉轉，饒是如此，他仍舊擔心會惹起曹濱的過激反應，於是，一邊說著的時候，一邊觀察著曹濱的表情，心中打算，只要曹濱稍有不悅，便立刻改口解釋。

曹濱耐心地聽完了卡爾的陳述，微笑道：「卡爾，我相信你的職業技能，既然你辨別出來那些傷口乃是飛刀所致，那麼我想，兇手一定是個善於使用飛刀的人。不過你可不能懷疑諾力，因為我安良堂從不偷偷摸摸殺人，更不會殺了人還不認帳。」

卡爾心忖，鬼才會相信你的話！天知道這二十年間你安良堂究竟殺了多少人？只不過沒有足夠的證據指證你安良堂而已。

單看曹濱的神色，除了淡定坦然外看不出有一絲其他情緒，卡爾不得不暫時打消了對安良堂的懷疑，改口道：「當然，湯姆，我當然相信你們，我的意思是說，諾力是一個飛刀高手，我能不能請他去查看一下現場並幫我分析一下案情呢？」

曹濱道：「昨天事情很多，也很混亂，諾力他睡得很晚，此刻可能還沒起床，這樣吧，我陪你去看看。」

因為聽到卡爾說案發現場就在聖安廣場附近，曹濱隨即想到了山德羅一幫人，從數量上講，也剛好能夠符合，因而，那曹濱才有了興趣，寧願放著早餐不吃，也要答應了卡爾。

曹濱對山德羅的那幫手下並不熟悉，但他和山德羅卻是見過面的，而且，山德羅渾身上下均是血肉模糊，可一張臉卻是完整無缺。所以，當卡爾將曹濱引到了二樓主臥房後，曹濱已然確認，死的這些人，正是山德羅以及他的一眾手下。

「卡爾，跟我到樓下來。」曹濱在前，卡爾隨後，二人來到了樓下客廳。「卡爾，讓你的人將他們翻過來，露出後背。」

卡爾帶著疑問執行了曹濱的指令。

「卡爾，告訴我，你都看到了什麼？」曹濱露出了淡淡的微笑。

卡爾驚道：「他們背上紋了一模一樣的骷髏圖案！難道他們是一個幫派組織？」

曹濱點了點頭，道：「卡爾，你看到的骷髏紋身，是馬菲亞的標誌。馬菲亞活躍在東海岸一帶，他們的勢力範圍從未涉及過金山，你對他們不熟悉也是正常。」

卡爾道：「既然如此，他們又為何來到了金山？又為何被人殺死在這兒？上帝啊，我的感覺非常不好，恐怕金山就此要進入到一個血雨腥風的時期了。」

曹濱道：「如果你真想知道答案的話，我可以告訴你，死在二樓臥室中的那個男子叫山德羅・甘比諾，是馬菲亞甘比諾家族的大老闆的親侄子，他帶著人來到金山的目的只有一個，想接手金山的賭場生意。」

卡爾猛然一怔，急忙拉著曹濱走到了一旁的僻靜處，心急火燎道：「他威脅到了安良堂的生意，所以，湯姆，你便出手殺了他們，是麼？」

曹濱淡淡一笑，回道：「假若如你所說，山德羅他們如此不堪，那他又哪來的自信敢來金山和我安良堂爭搶地盤？那馬菲亞組織又如何能夠獨霸東海岸呢？你再仔細研究一下案發現場，這些屍體很明確地告訴了你，他們在死亡之前，沒有絲毫反抗，甚至，連要死的意識都沒產生便去見了上帝，這說明什麼？」

卡爾凝思道：「這說明他們疏於防範？」

曹濱點頭應道：「是的，卡爾，你很聰明，一點就透。正是因為疏於防範，才會被兇手以迷香迷倒，才會造成死之前連掙扎一下的機會都沒有的狀況。」

卡爾疑道：「我雖然沒遇到過馬菲亞，但也聽說過他們的傳說，按理說，他們不會這麼愚笨呀？」

曹濱道：「你說得對，他們原本不應該如此愚笨。可是，當我把他們想要的賭場生意轉讓給了他們，而且，他們拿來做籌碼的漢斯也難逃一死的時候，他們放鬆了警戒心，也就不難理解了。」

卡爾更加迷惑了，呢喃道：「你怎麼會將賭場生意轉讓給他們呢？他們拿來做籌碼的漢斯又是一個什麼人呢？湯姆，你把我說糊塗了。」

曹濱笑了笑，道：「卡爾，先回答我一個問題，想不想把這案子給破了呢？」

卡爾篤定點頭，道：「當然，我可不想被那幫人當笑話看。」

依照規矩，幫派之間的爭鬥是不可以求助於警方的，不然，只會遭到其他幫派的一致唾棄。但曹濱早就有了脫離幫派的念頭，前一晚上，他跟山德羅達成了交易，也就標誌著安良堂脫離幫派的進程已經啟動。故而，曹濱才會無所顧忌地將卡爾拖了進來，並成功請到了聯邦軍隊前來助拳。萊恩沒能想到這一點，因此吃了大虧，全軍覆滅不說，還將自己的性命搭了進去。

耿漢清楚地看到了這一切，卻也沒想明白其背後的真實原因，只道是那曹濱貪圖一時便宜才做下這等不守規矩之事。畢竟那萊恩來自於紐約，跟金山江湖幫派之間的瓜葛牽連並不大，而且事發地點又遠離市區，只要完整滅掉萊恩，這種齷齪之舉也就成了秘密。即便被傳播出來，那安良堂也有充足的理由予以辯解。

這種思想引導下，耿漢以為那曹濱跟警方不過是一錘子買賣，各自得到了各自想要的利益，也就要一拍兩散恢復到之前的狀態。進而，耿漢判斷，他做下的這場兇殺案，警方肯定得不到曹濱的協助，而且，他故意展露了隱藏多年的飛刀絕技，一定能將警方的懷疑方向引到安良堂羅獵的身上。當然，耿漢並不指望警方能給安良堂帶來多大的麻煩，他只希望警方能夠保持這樣的懷疑，直到馬菲亞派來大隊人馬為山德羅報仇。

耿漢心中盤算的小九九很是精巧，警方因飛刀而將疑點集中在了羅獵身上，卻又找不到足夠的證據，只能將案件壓在檔案櫃中，待馬菲亞得知山德羅遇害的消息而派出大隊人馬前來為山德羅報仇的時候，勢必會建立私下關係向警局瞭解案情，屆時，警方的人一定會把自己的主觀意識傳遞給馬菲亞。到那時，安良堂才算是迎來了自己的真正麻煩。

如果那耿漢能夠再多一些耐心大一點格局，在斬殺山德羅之前多問上幾句他跟曹濱之間的交易內容，而不是一味地追求自己的愉悅感，那麼，耿漢就會在殺掉山德羅之後多花些時間來找尋曹濱轉讓賭場生意的那些手續，若如此，耿漢不單會搞清楚曹濱心中所想，更會因為拿走了那些手續，而使得安良堂陷入到一種說不清道不明的尷尬境地。

只可惜，耿漢並沒有那麼做。或許是山德羅的背景給了耿漢莫大的壓力，也或許是因為山德羅的那一槍驚嚇到了他，總之，在殺了山德羅之後，耿漢並沒有徹底搜查這兩幢別墅，便帶著自己的人撤離了現場。

鐵了心要洗白自身脫離幫派並轉型正當生意的曹濱將事件的來龍去脈簡單卻又清晰地告訴了卡爾，最後道：「兇手無疑是那漢斯，如果你能夠再仔細搜查一下這兩幢別墅，尤其是山德羅的臥房，我想，你很有可能找到我將賭場生意轉讓給山德羅的那些個手續文件。」

必須偵破案情否則就會被警察局同事聯手打壓的卡爾信從了曹濱，隨即向部下下達了將現場再徹底搜查一遍的命令，之後，又對曹濱道：「湯姆，若是能找到那些手續文件，一定可以證明你的清白，但這對偵破此案並無多大的幫助，而我，卻迫不及待地需要緝拿到那個漢斯。湯姆，作為朋友，我希望能得到你不遺餘力的幫助。」

曹濱微笑道：「卡爾，你錯了，更想抓到漢斯的人是我，所以，你方才的那句話理應由我來說才對。」

卡爾急切道：「不，湯姆，我沒有錯，我當然知道你也很想抓到漢斯。可是我瞭解你，你是一個有耐心的人，在這件事上你只會看中結果而不會看中過程，換句話說，是一個月抓到漢斯還是三個月抓到漢斯，你可能並不在乎。但我不行，湯姆，如果不能夠在一個月內將漢斯繩之以法的話，那兩百噸的鴉片，我可就白費力氣了。」

曹濱不由搖頭，道：「我能理解到你的心情，可是我必須坦誠相告，想在短時間內抓到漢斯只有一個辦法，戒嚴整個金山市，然後挨家挨戶地搜查，或許可以將漢斯逼出來。」

卡爾苦笑道：「湯姆，你明知道這辦法根本行不通，這個案件根本夠不上申請全城戒嚴的標準，即便能夠申請下來，我也沒有足夠的人手挨家挨戶搜查啊！」

曹濱輕歎一聲，道：「所以啊，你不能著急。那兩百噸的鴉片，白辛苦就白辛苦了吧，只要你能堅持得住，你終將能夠獲得本當屬於的功勞，但要是操之過急的話，恐怕只會落下個雞飛蛋打的結果。卡爾，請相信我，我一定能抓到漢斯，並挖出他藏匿的剩下的那一千八百噸的鴉片。」

卡爾跟著歎道：「我當然相信你！湯姆，你是知道的，我們在處理這種幫派爭鬥的案件上非常無力，事實上，我也只能依靠你。」

正說著，卡爾的部下找到了那些手續文件，頗有些興奮道：「死者很聰明，他將這些文件藏在了床墊下，要不是我們富有經驗，還真不容易能找得到。」

曹濱點了點頭，道：「很好，卡爾，能找到這些文件，不單可以證明我安良堂的清白，同時還表明那漢斯並不瞭解真相。所以，你接下來需要做到的是，順著漢斯的思路想法，對我安良堂繼續保持懷疑，並展開一系列的調查。」

卡爾怔了下，隨即便明白了曹濱的用意。

第九章

復仇之心

被復仇之心沖昏頭腦的黛安意識到了自己的愚蠢。
最初覺察到身後有人跟蹤她時，黛安心中還有一絲竊喜，
以為是自己的絕妙招數引來了漢斯一夥的注意，
可隨即警覺到事情並非像自己想像的那樣。
那一刻，黛安終於想到了安良堂三個字。
相比漢斯，安良堂的人才是最想要了她性命的人。

就在此二人心照不宣之時，圍觀群眾中，閃過了一個靚麗的女人身影，那女人正是黛安。

前天下午，大衛以及他手下的弟兄全部出動，黛安一個人留在了藏身的旅店中，她不知道自己提出的建議究竟是對還是錯，更不知道大衛接受了她的建議後會有怎樣的結果，但她並沒有一絲後悔的情緒。以她的性格，實在是忍受不住這種毫無作為的藏匿，她認為自己必須有所行動，只有步步緊逼，才能逼迫漢斯浮出水面，才能儘快解決問題。

留在旅店中的黛安也沒閑著，她在心中反覆推演著計畫中的明日行動，力求少出錯甚至不出錯並且能成功地將漢斯逼迫出來。便在這時，萊恩的兩名貼身保鏢敲響了黛安的房門。

黛安當然識得這二人，對此二人帶來的父親的資訊和指令既沒有多少驚喜的感覺，也沒有生出多少突兀的感受，有的只是厭煩和憎恨。這也難怪，每一個自以為是的年輕人總是有那麼一點看不起自己的父母，而黛安更為甚之，她理解不了萊恩做事時的謀略，只認為萊恩年紀大了，優柔寡斷且剛愎固執，不然也不會被漢斯欺騙並落下了如此結果。只是這些，也不過引發了黛安對她父親的厭煩之情，而之所以會產生憎恨，則是因為萊恩在這件事上連她都騙了。

當黛安接到父親讓她返回紐約的命令時，她第一反應便是抗拒。漢斯之騙局，雖然不是她黛安做出的決策，但畢竟是在她的直接參與下走到了今天的這一步，假若她不能親自將貨物追回並懲處了漢斯的話，那麼，她在父親萊恩創建的這個鴉片商業王國中只能以公主的身分見人，再也無法實現當上一方霸主的目標。另一方面，在潛意識中，大衛向她描述的前景確實打動了黛安。假若她能夠獨立追回貨物並懲處了漢斯的話，那麼，她就有資格取代父親的地位，坐上這個鴉片商業王國的王座。

黛安並沒有流露出一絲一毫的抗拒神色，順從地跟隨著那二人登上了駛往紐約的火車。萊恩派來的這二位保鏢確實被黛安的表現給蒙蔽了，上了火車之後，對黛安的戒備心逐漸降低，以至於黛安終於尋覓到了機會，甩掉了那二人，重新回到了金山。

黛安雖然欠缺經驗，但並不欠缺智商，她知道，父親萊恩能找到她，那麼就說明大衛已然被萊恩所掌握，以她的能力，完全沒可能將大衛從父親手中搶回來，而她又不願意歸附到父親的羽翼之下，因而，回到金山之後，她便獨自一人去了那座廢舊礦場。

只是，黛安抵達的時候，戰鬥早已停歇，卡爾正指揮著警力向外搬運那些貨物，而礦場巷道外的空地一側，整整齊齊地排放著六十餘具屍身。黛安不敢靠近，無法辨認這些屍體，但從其中一具屍體所穿的褲子和鞋子上，黛安辨認出來，那正是和她有過數次肌膚之親的大衛。

那一刻，黛安猶如五雷轟頂，思維登時嵌頓，整個人都處於麻木狀態中。

這種麻木狀態至少維持了半個多小時，之後，黛安才慢慢清醒過來。

黛安不敢確定父親萊恩在不在這片屍體當中，但她很清楚，即便父親僥倖逃脫了被殺戮的命運，那也是元氣大傷，恐怕再也無法組織起足夠的力量來對抗漢斯。如此絕境下，黛安非但沒有絕望，反倒生出了一股子不甘失敗的擰勁來。那批貨已經落到了員警的手中，再想奪回來已然成了妄想，黛安生出的擰勁只是想殺了漢斯，為父親，為大衛，同時也是為了自己而報仇雪恨。

鐵下心來的黛安開始盯梢安良堂，她瞭解漢斯，那是一個卑鄙小人，同時也是心狠手辣的男人，安良堂毀了他的發財夢想，那麼漢斯一定會報復安良堂。

盯梢的結果便是讓她看到了這場兇殺案的現場。說是現場，也不過就是在週邊看看熱鬧，至於那兩幢別墅中究竟發生了什麼，黛安卻是無法親眼看到，也只能是聽一聽周圍人們的議論，並從中辨析出對自己有用的資訊來。但是，看熱鬧的人們說什麼的都有，使得黛安越聽越是糊塗。

就在黛安準備要撤出的時候，員警們開始往外抬屍體了，當黛安看到那四具死在飛刀之下的屍體時，心率驟然狂飆起來。

五年前，剛涉人事的黛安第一次見到漢斯的時候，便喜歡上了這個個頭不高但十分幹練且長著一張比起西方洋人要清秀了不知多少倍的臉龐的東方男子。那之後，只要有機會，黛安總是要纏著漢斯，讓他傳授自己幾招來自於東方的技擊技巧。漢斯一身所學頗多，應付黛安綽綽有餘，原本並沒有打算向黛安展示他的飛刀絕技，但黛安醉翁之意不在酒，白天黑夜地纏著漢斯，終於被她撞到了漢斯在溫習飛刀技藝。

因而，當黛安看到了那四具屍體脖頸處的飛刀傷痕時，只一眼，便斷定兇手必是漢斯無疑。

黛安無法知曉被殺死的這些究竟是何人，而漢斯又為何要對他們痛下殺手，但黛安卻判斷出那些屍體上的致命傷絕非是漢斯一人所為。

女人多習慣依賴自己的直覺，而黛安的直覺告訴她自己，漢斯的幫手一定是來自於他的國家。既然是華人，那就非常容易辨認，而漢斯以及他的幫手，這些個華人肯定不會藏匿於華人聚集的唐人街。

這一刻，黛安改變了主意，決定不再被動去盯梢安良堂，而是轉變成主動找尋漢斯及其幫手的蛛絲馬跡。

這顯然是一個極為糟糕的決定，對黛安來說，她的能力突出點乃是格鬥技擊方面，在跟蹤反跟蹤上只能說是勉強及格，至於在一個陌生的城市找尋一幫刻意隱藏的人，黛安的能力連及格都談不上。更何況，那耿漢以及他的內機局部下，在隱藏潛伏方面均受過最嚴格的磨煉，莫說是黛安，就算是安良堂傾巢出動，也絕難捕獲到他一絲一毫的信息。

但上了擰勁的黛安根本意識不到自己的愚蠢，離開了案發現場後便開始了她自以為聰明有效的查詢行動，以案發現場為原點，向四周擴大範圍，挨家挨戶地打探沿街商鋪，有沒有見到過舉止稍顯怪異的華人。

黛安開始行動的時候，曹濱依舊留在案發現場接受警方的盤查。卡爾領悟到了曹濱的意圖，做起戲來，頗為認真。為了更加逼真，現場盤查之後，卡爾還將曹濱請去了警局，正兒八經地走完了錄口供的各項程序，直到午飯後，才將曹濱送回了安良堂。

一上午沒見到濱哥，等到吃完了午飯才見到濱哥坐著警車回到了堂口，那董彪、羅獵二人自然有一肚子的疑問要關切濱哥。曹濱也沒瞞著，一五一十將發生在聖安廣場的這件兇殺案給那哥倆陳述了一遍。

董彪的眼神登時亮了，不等曹濱把話說完，便搶著說道：「我就說嘛！那耿漢肯定會去找山德羅報仇，耿漢會使飛刀，這一點咱們知道但馬菲亞的人可能不知道，而咱們羅少爺使的一手好飛刀卻是天下盡知，所以，耿漢便想著藉這一招將屎盆子扣在咱們頭上，從而引起馬菲亞與咱們之間的仇殺，他才好坐等漁翁之利。」

待董彪說完了，曹濱才斜去了一個眼神，道：「彪哥就是彪哥，厲害啊！我們沒想到的，彪哥都想到了，我們沒判斷對的，彪哥都判斷對了，既然彪哥那麼厲害，那就接著幫我們分析下去，那耿漢下一步會怎麼做呢？」

董彪傻眼了，先愣了下，然後下意識撓了撓後腦勺，不好意思地笑道：「那什麼，你們先說著，我去給你們倒杯茶去。」

待董彪起身後，曹濱向羅獵問道：「你怎麼看這事呢？」

羅獵聳了下肩，道：「我以為，那耿漢已經達到了他的目的。濱哥，在案發現場雖然找到了你簽過字的轉讓手續，但山德羅卻沒在這份手續上簽過字，所以很容易被馬菲亞的人認為這是咱們殺人後的遮掩手段。再說，耿漢做過內機局的大首領，想問題做事都不會那麼莽撞，殺完人之後，他一定會仔細搜查那兩幢別墅，說不定，他已經看到了這份手續，之所以不拿走，純粹就是在裝傻，以便將水攪合的更渾。」

曹濱並不認同羅獵的推測，畢竟羅獵沒有勘驗過現場，只是依照對耿漢的瞭解做出的揣測，而他，卻是真切細緻地勘驗了現場，認為那耿漢殺過人後並沒有仔細搜查。但這種認識判斷也只能說是極有可能，而非絕對。因而，曹濱並沒有駁斥羅獵的觀點，只是點了點頭，應道：「你說的不無道理，不管怎樣，倘若為山德羅報仇的馬菲亞趕來了金山，對咱們來說，都是個不小的麻煩，所以，我想的是要在儘快的時間內將耿漢逼出來，抓到了他，或許所有的麻煩也都迎刃而解了。」

董彪端了兩杯茶回到了房間，接著曹濱的話題說道：「想把耿漢逼出來，唯一的辦法就是找到剩下的那一千八百噸煙土，除此之外我真的想不出其他什麼辦法來。」

這話算是說到點子上去了，羅獵的眉頭頓時緊鎖，而曹濱端起了茶杯停滯在了半空，而且，還忘記了揭去茶杯蓋。

董彪接道：「今一早，我把堂口的弟兄們全都派出去了，兩個方向，一是金山所有的廢舊礦場，二是幾個港口碼頭的貨場倉庫，雖然我也知道希望不大，但還是忍不住要試一試。」

曹濱終於回過神來，揭去了茶杯蓋，將水面上的茶葉吹到了一邊，呷了一小口茶水，然後道：「阿彪說得沒錯，歸根結底，那一千八百噸的煙土才是最關鍵所在，只要找到了它，就一定能將耿漢逼出來。但我並不同意你的方法，如果能夠那麼輕鬆地找到剩下的那批貨的話，那耿漢也就不是耿漢了。」

羅獵跟道：「昨天濱哥問過咱們一個問題，假若咱們就是那耿漢，接下來會怎麼做，我把這個問題做了下調整，再問自己，如果我是耿漢的話，會將這批貨藏在哪裡呢？從昨晚到現在，我只想到了三個字，燈下黑。」

董彪不禁一怔，驚疑道：「你的意思是說，他有可能將貨藏在了唐人街附近？」

羅獵搖了搖頭，回道：「那倒不會，他還沒這個能力在咱們眼皮子下面搞事，不過你要是讓我再說個一二三來，我也說不出，只是這三個字反覆跳出在我的眼前。」

曹濱苦笑道：「你這個直覺還是對的，只是，咱們安良堂的這盞燈實在是太亮堂了，以至於整個金山都可能是燈下黑。」

董彪再次跟那二人唱起了反調，道：「咱們安良堂沒那麼亮，耿漢也無需用什燈下黑的計策，所謂蛇有蛇道鼠有鼠洞，人家用了那麼長的時間設計出來了一整套的計畫，咱們既不熟悉人家的套路，更沒有這方面的經驗，所以根本不可能在短時間內摸清楚那耿漢的思路。濱哥，依我看，咱們就別再費那個腦筋了，就按我的笨方法來，將金山掘地三尺，我就不信找不出那批貨來。」

曹濱的目光突然跳動了一下，像是想到了什麼，怔了下之後，卻沒說話，只是端起了茶杯，繼續沉思。而羅獵顯然不贊同董彪的建議，剛想開口，卻被一陣敲門聲給打斷了。

得到了曹濱的應允回應，敲門的堂口弟兄推開了房門，站在門口便稟報道：「濱哥，彪哥，有兄弟在聖安廣場北側一帶發現了一個洋女人正在四處打探華人的消息，看情況像是在找耿漢他們。」

董彪、羅獵二人同時一怔，異口同聲驚道：「黛安？」

被復仇之心沖昏了頭腦的黛安終於意識到了自己的愚蠢。

最初覺察到身後有人跟蹤她的時候，黛安心中還有一絲竊喜，以為是自己的絕妙招數引來了漢斯一夥的注意，可隨即便警覺到事情並非像自己想像的那樣，那些可疑身影不單出現在了她的身後，前方及兩側似乎都有人在盯著她。

那一刻，黛安終於想到了安良堂三個字。

相比漢斯，安良堂的人才是最想要了她性命的人。

意識到愚蠢並覺察到危險的黛安並沒有慌亂，她轉身到了一家商鋪前，裝作拿錢的樣子將手伸進了隨身的坤包中，握住了坤包中藏著的一把手槍。然後再若無其事地前後張望了兩眼，選定了脫身的路線。

「砰——砰——」

黛安快速出槍，連著兩槍撂倒了兩名路人，然後趁亂向前飛奔，只需要奔出十餘米，右側便有一條小巷，小巷中的房屋牆壁要矮得多，以黛安的身手，竄上屋頂並遁跡於小巷之後並非難事。

可是，黛安的動作還是慢了一步。

剛竄進小巷，一對鐵拳便迎面砸來，黛安不敢硬接，只得猛然擰身，順勢一個側滾，堪堪躲過那對鐵拳，但等在小巷中的顯然是個高手，不等黛安身形穩定，一個後鞭腿已然遞到。黛安無力躲閃，只得以雙手呈合抱之勢硬生擋下這一腳，可對方力大，黛安吃消不起，被那一腳突破了防守，踢中了胸口。

好在合抱的雙手消去了那一腳的多半力道，黛安的胸口挨了這麼一腳，雖也是氣血翻騰，但卻能借勢後翻，退出了小巷。

等在巷口處的正是董彪，兩拳一腳逼退了黛安後，董彪並沒有急著追出去，而是撿起了黛安被一腳踢飛的那支手槍。

黛安借助那一腳之勢，連著兩個後翻，退出了小巷，剛欲轉變方向，卻見一道寒光迎面激射而來，黛安不及躲閃，被射來的飛刀命中了肩頭。也是她反應極快，在連續遭到重創之時，尚能保持了清醒的頭腦，她知道，對方有備而來，早為她布下了天羅地網，再想突出重圍已然是無望之念，於是便迅速退到了街邊，順手攬住了一個剛從店鋪中逃出來的洋人小姑娘的脖子。

黛安在攬住那洋人小姑娘脖子的同時，咬緊了牙關將肩頭處的飛刀拔了出來，抵在了那洋人小姑娘的脖頸處。並歇斯底里地嚎叫道：「來啊！來殺了我呀！看是你們的刀快還是我的刀快！」

董彪、羅獵二人一左一右，相隔五米之遠，站到了黛安的面前。

「比就比嘍！看看是我手中的槍快，還是你手上的刀快？」董彪舉著撿來的那把手槍，對準了躲在洋人小姑娘身後的黛安。

羅獵淡淡一笑，道：「用不著比，她肩頭的傷口若是不能及時包紮的話，遲早會流盡身上的血液，到時候只怕她連手中的飛刀都拿不住。」

黛安冷笑道：「那就試試好了，看誰能撐到最後。」

羅獵說得沒錯，那柄飛刀雖然沒傷到黛安的動脈，但刀傷頗深，血流如注，若不包紮的話，是絕對不可能自行止住血流的。但黛安卻沒得選，只能死撐下去，只要能撐到員警趕來，那麼安良堂的人總不至於當著員警的面殺了她，落在了員警的手中，也就等於討到了一條性命。

黛安的這點小九九豈能瞞得過像董彪這樣的老江湖？隨即便明白了黛安意圖的董彪冷哼一聲，舉著槍便向前逼了過去，人質的安全與否對董彪來說實在算不上多大點事情，若是僥倖沒死，算她家的祖宗攢了陰德，若是被黛安給捅死了，員警包括法庭也怪罪不了他多少責任。然而，董彪這邊剛移了一步，便被羅獵給攔住了。「彪哥，別衝動，別傷了那個小姑娘。」

董彪看了眼羅獵，再看了眼那個簌簌發抖的洋人小姑娘，頓時明白了羅獵的心思，定然是這個洋人小姑娘讓羅獵想起了艾莉絲來，若是因為報仇心切而再誤傷了一個小姑娘的性命的話，艾莉絲在天堂之上必然會很傷心。

遠處已然響起了警笛聲，黛安的臉上露出了些許得意之色，而面前的董彪、羅獵二人顯然仍是束手無策。

便在這時，一輛黑色汽車疾駛而來。

「吱——」一聲刺耳的急剎車聲後，那輛車猛然停住，開車之人尚未消退了身上的剎車慣性，便已揚起了一條長鞭。

只聽到「啪」的一聲脆響，眾人也就是眼前一花，那黛安握住飛刀的手臂已然被長鞭擊中，這一鞭的力道之大，使得黛安的整條手臂完全耷慫下來，那柄飛刀亦是叮噹落地。

「濱哥？」羅獵不禁驚呼了一聲。

曹濱手中的長鞭再在空中繞了個圈，順暢收回到了車上，一聲低喝，道：「上車！」

董彪早已經兩個大步邁出，一把鎖住了黛安的喉，在羅獵的協助下，連拖帶拽，將黛安扔到了車上，曹濱不等董彪、羅獵二人坐穩了座位，腳下油門已經踩到了底，汽車發出了劇烈的轟鳴聲，帶著一屁股的黑煙竄向了街道的另一頭。

甩開了警車，曹濱減慢了車速，單手掏出了一根雪茄叼在了嘴上，再撒開了方向盤，頂著風以雙手捂成了燈籠，劃著了一根火柴點燃了雪茄。抽了兩口後，曹濱隨手將雪茄遞給了董彪。

董彪接下雪茄，一邊就著雪茄上的火點了支香煙，一邊讚歎道：「濱哥，就你這一手頂風劃火柴的絕活，我阿彪看樣子是一輩子都練不出來了！」

曹濱沒好氣地白了董彪一眼，接過董彪還回來的雪茄，叼在了嘴上，稍顯含混道：「你什麼時候學會心慈手軟了？那女人要是落在了員警手上得有多麻煩？」

董彪抽著煙陪著笑，道：「我，我這不是正準備動手，你就來了麼。」

後排座上，羅獵忍不住為董彪辯解道：「濱哥，你別怪彪哥，是我攔住他的。」

曹濱一聲輕歎，道：「那小姑娘跟艾莉絲有那麼幾分神似，你不忍心傷害她也是情有可原，但你彪哥本不該如此啊！」

董彪嘿嘿了兩聲，岔開了話題，道：「濱哥，你是不放心我們才趕過來的嗎？」

曹濱再一次給了董彪一個白眼，沒再搭話，臉上的神色卻跟著緩和了下來。

車子駛進了堂口，樓道口已經豎好了艾莉絲的靈位，西蒙神父和席琳娜也被請到了堂口。羅獵跳下車，抓著半昏不醒的黛安的頭髮，將之拖到了艾莉絲的靈位前。

「你就是黛安•萊恩？就是你，用印第安毒箭射傷了我紐約安良堂顧先生，射殺了我的未婚妻艾莉絲，是嗎？」羅獵手中把玩著一柄飛刀，臉上的神色陰沉地像是即將迎來暴風雨的天空。

黛安發出了輕蔑的笑聲，道：「沒錯，我就是黛安，就是我射傷了紐約安良堂的顧先生，也是我殺死了你的小女朋友，來吧，為他們報仇吧……」

席琳娜早已經泣不成聲，一聲哀嚎打斷了黛安：「你這個蛇蠍女人，你還我女兒的命來！」

一旁的西蒙神父怒不可遏，終於按捺不住，衝上來便是一頓拳腳，並怒吼道：「死到臨頭還敢嘴硬？」

黛安艱難地抬起了被長鞭傷到的右臂，擦去了嘴角上的血漬，冷笑一聲，回應道：「橫豎都是一死，我又何必恐懼求饒？」

羅獵拿起了艾莉絲靈位前擺放的那支印第安毒箭，交到了西蒙神父的手上，道：

「西蒙，無需跟她廢話，還是儘早讓她品嘗一下這毒箭的滋味吧！」

接過了羅獵遞過來的毒箭，西蒙神父突然失聲痛哭，女兒的音容相貌不由浮現在他的眼前，失散十五年，終得相見相認，卻只是短短數月，便白髮人送黑髮人，從此而陰陽相隔，永世不得再見。

「去死吧！」

西蒙神父爆發出一聲吶喊，將那杆毒箭猛然插向了黛安的心臟。

羅獵亦是淚水漣漣，此刻，他已經顧不上埋怨西蒙神父那麼輕易地就殺死了黛安，雙手捧起了艾莉絲的靈位，口中不住呢喃。

水池邊，董彪丟掉了手中煙頭，用腳尖碾滅了，輕歎了一聲，步到羅獵的身旁，輕輕地拍了拍羅獵的後背，勸慰道：「振作點，小子，艾莉絲的仇才報了一半，咱們還得打起精神對付耿漢。」

羅獵深吸了口氣，將艾莉絲的靈位放回原處，然後站起身來，抹了把雙眼，對著董彪笑了笑，道：「我知道，彪哥，我不會倒下的，不殺了耿漢，我絕不會倒下！」

董彪點了點頭，道：「還有個好消息要告訴你，濱哥已經想到那耿漢將剩下的貨物藏到了什麼地方了，你就等著吧，不出三天，咱們一定能活捉了耿漢那廝！」

當羅獵說出燈下黑的直覺的時候，曹濱並沒有什麼特殊的意識，但緊接著董彪無意中說出要將金山掘地三尺的時候，曹濱的腦海中突然閃出了一道亮光。這亮光便是燈下黑和掘地三尺兩個詞彙相互交融所發生的化學反應，使得曹濱對那座廢舊礦場再次產生了疑問。

收拾黛安這個女人並不需要曹濱出手，若不是董彪生怕羅獵有個閃失，連他都可以歇在家中只管著等待結果。巧的是，曹濱要去的礦場管理局剛好就在聖安廣場附近，因而當他辦完事後，順便開車蹓躂了一圈，也就剛巧幫了董彪、羅獵一個小忙。

自從六十年前發現金礦以來，金山大大小小開了少說也得有上千座礦場，時至今日，仍在開採中的礦場也不下五百座。這些礦場招募的採礦工人中八成以上都是華人勞工，總數高達七萬餘人。這麼多華人勞工在採礦作業中難免會有些磕磕碰碰，甚至會遇上礦難，在醫藥費或是撫恤費的賠付問題上，華人勞工們習慣於求助安良堂出面為他們做主。

因而，安良堂跟這些尚在開採中的礦場主們以及政府設立的管理機構礦場管理局的管理人員都很相熟。

曹濱去了礦場管理局，很容易就調來了耿漢用來藏貨的那座廢舊礦場的資料，其中，便有那座礦場的地下開採施工備案圖紙。在礦場管理局朋友的指點下，曹濱很快便看懂了那份圖紙，心中同時顫了幾下，他新產生的疑問果然沒錯，那圖紙上標注的主巷道以及兩側的分巷道，遠比已經看到的要深得多、多得多。

這只能說明耿漢對那座廢舊礦場的巷道做了封堵，而封堵住的另一邊，很可能就藏匿了那剩下的一千八百噸煙土。

幫助董彪、羅獵擒獲了黛安並將他們帶回了堂口之後，曹濱開車再次出門，巷道掘進作業並非安良堂的強項，想把耿漢封堵住的巷道打通，曹濱還需要幫手。礦主們都很熟，曹濱想找到幫手並不難，唯一要花費些時間的只有談價格。

天色將將擦黑，曹濱辦完了要辦的事情，返回了堂口，把正準備去吃晚飯的董彪、羅獵二人叫到了書房中。

見到曹濱，羅獵迫不及待地問道：「濱哥，你想到那些貨物被藏到了哪裡了是嗎？我問彪哥，他死活不肯告訴我答案，濱哥，你快告訴我，你想到的地方究竟是哪兒呀！」

曹濱看了眼董彪，責備道：「你怎麼不跟羅獵說清楚呢？你看你把他給急成什麼樣子了！」

董彪不好意思地撓了撓頭，笑道：「我倒是想跟他說呢，可我根本沒聽清你的話，只聽到了你說你想到了耿漢的藏貨地點，卻沒聽清楚你說的是哪個地點。」

曹濱哼笑道：「我說的只有那麼明白了，耿漢的藏貨地點只有一個，就是咱們找到的那座廢舊礦場，只不過，他將那礦場的巷道隔成三部分，而咱們被他蒙蔽，只發現了前兩部分，而最深處的一部分，才是他藏貨的主要地方。我去了礦場管理局，調出了那座廢舊礦場的圖紙，驗證了我的懷疑，現在，咱們只需要將最裡面的那一部分給挖通了，那耿漢自然會坐不住跳將出來。」

羅獵驚喜道：「濱哥，你是怎麼想到的呢？」

曹濱笑道：「還是拜你們兄弟倆的提醒啊！」

董彪點了支煙，剛抽了一口，聽到了曹濱的回答，不禁疑道：「我倆提醒的你？濱哥，你不是在開玩笑吧，我倆什麼時候提醒過你了？」

曹濱道：「你們二人一個說了燈下黑，另一個說了要掘地三尺，我也是不知道怎麼回事，便想到了那座廢舊礦場，此地點，不剛好符合你倆說的這兩個關鍵字嗎？」

董彪開心道：「不管怎麼說，能找到剩下的那批貨，都是值得慶賀的好事，濱哥，今晚上咱們兄弟三個說什麼也得喝上兩杯高興高興。」

曹濱不願折了董彪的面子，只好應下，道：「你想喝那我就陪你喝點好了，你去找周嫂讓她安排幾個下酒菜，順便去我臥房，將公林送我的那瓶汾酒拿來吧。」

待董彪歡天喜地地去了，曹濱向羅獵關切道：「最近還總是睡不著覺嗎？」

羅獵點了點頭，道：「只要一閉上眼我就會想起艾莉絲來，這心頭便立馬像是被一團棉花堵住了一般。就算勉強睡著了，也是隨時會被驚醒，一旦驚醒過來，便再也沒辦法睡著。」

曹濱道：「我能理解到你心中的苦，二十年前，我有過和你一樣的經歷，阿彪那張快嘴，想必已經跟你說起過吧？」

羅獵露出了一絲笑容，點頭應道：「他是為了勸慰我才以你做例子的。」

曹濱笑道：「你不用為他說話，我也沒有怪罪他的意思。我是想跟你說，二十年前，濱哥挺下來了，二十年後，我希望你羅獵也能夠挺下來。」

羅獵點頭應道：「放心吧，濱哥，我一定能挺下來的。」

幹掉了山德羅，耿漢算是吐出了心中的那口惡氣，心情自然大爽。帶著一幫手下趁夜色安全返回了自己的藏身之所，耿漢終於睡上了一個踏實覺。

第二天醒來之時，日上竿頭已有三尺之多，耿漢簡單吃了點東西，便將自己裝扮了一下，然後獨自一人來到了聖安廣場，他需要親眼見證到辛苦了大半夜才做下的大案所產生的效果。和黛安不一樣，耿漢並未來到案發現場，而是登上了遠處一幢樓房的頂層，在那兒，通過望遠鏡一樣能將現場一收眼底。

卡爾帶著他的部下趕到案發現場，之後，卡爾在開車將曹濱帶到了案發現場，這一切，並沒有出乎耿漢的預料。只是後來，一個熟悉的人影出現在了耿漢的視野當中，這才使得他陡然間興奮起來。

那人影，便是黛安。

耿漢的興奮倒不是因為他對黛安的美色有所企圖，耿漢認識這個尤物已經有五年多了，要是對她有著男女之事的想法的話，應該早就上手了才是。耿漢的興奮來自於他對自己未來的一種憧憬，只要能控制住黛安，那麼，其父在南美的貨源就可以繼承下來，即便丟了眼前的這批貨，只要保住了那枚玉璽，便總有翻盤的那一天。

興奮中的耿漢並沒有失去理智，雖然，以他的一身功夫，制服黛安易如反掌，但在光天化日之下如此行為，無異於將自己的行蹤告知了安良堂。耿漢自然不肯貿然行事，只能遠遠地盯梢著黛安，寄希望於能探查到她的棲身之所，然後於夜間行事，將她擄去。

便是這麼一念之差，給了安良堂機會，待耿漢生出了後悔之意的時候，時機已然錯過，只得眼睜睜看著安良堂的董彪、羅獵二人帶著數名安良堂弟兄對那黛安布下了天羅地網。失去了黛安固然可惜，但不至於讓耿漢產生後怕的情緒，而事實卻是當耿漢親眼看到曹濱開著車疾駛而來，乾淨俐落地收拾了黛安後，那一瞬間，耿漢的後脊樑骨突然一陣冰涼。

他看得真切，安良堂圍捕黛安時，曹濱並沒有參與，直到黛安劫持了一名無辜的小姑娘並和董彪、羅獵二人形成了僵局的時候，曹濱才像是路過一般突然出現。這顯然不是曹濱可以安排的，因為圍捕一個黛安原本就不需要安良堂三大高手同時出動。

那麼，唯一的解釋便是曹濱真的是路過。

如果這個解釋成立的話，那麼，曹濱是去了哪兒才會剛好路過這兒呢？

金山礦場管理局！

耿漢對金山不甚熟悉，但對聖安廣場一帶卻頗為瞭解，自然知道礦場管理局的所在位置，心中略加思索，便已斷定曹濱必是去了那兒。

問題大了！

耿漢登時生出了絕望的情緒，在設計這一整套計畫的時候，他居然忽視了礦場管理局這一環節。如今才猛然想起，那礦場管理局中一定存放著那座廢舊礦場的巷道圖紙，而曹濱一旦看到了那巷道圖紙，那麼，秘密隨即消蕩無存，找到剩下的貨物對安良堂來說只是時間的問題，而這個時間，快則只需一天，慢則最多三天。

而安良堂一旦找到了那批貨，也就宣佈了自己的計畫徹底失敗。以他手下的那點力量，對山德羅這種蠢貨搞個暗殺還能勉強，若是拿來對付安良堂的話，無異於以卵擊石，自取滅亡。

很明顯，擺在耿漢面前的只有兩條路，一是知難而退，本著留得青山在不愁沒柴燒的精神離開金山，只要保住了那枚玉璽，或許還有重新組織起貨源的可能，二就是迎難而上，設下個計謀出來，將曹濱、董彪、羅獵三人引到一個對自己有利的環境中，只要能殺了這三人，那麼勝利仍舊屬於他耿漢。

耿漢點了支煙，強迫自己冷靜下來後，終於做出了選擇。

菜端上，酒斟滿，兄弟三人推杯換盞，好不快活。

只是，那羅獵端起的雖是酒杯，斟滿的卻是白水。

董彪也不在乎，曹濱更不願計較，對他們二人來說，喝酒的樂趣在於把自己灌盡興，而不是把兄弟灌醉。

正開心，堂口弟兄敲響了房門，送來了一封信，信封上用著雋秀小楷書寫了「曹濱親啟」四個漢字。

「送信的人長什麼樣子？」董彪攔在曹濱之前，接下了那封信件。

堂口弟兄搖搖頭，道：「沒看見送信人，我是巡查時在大門口看到這封信的。」

「藏首匿尾，必然有詐！」董彪舉起信封，先對著燈光看了兩眼，然後拍了下羅獵的肩膀，道：「兄弟，借你飛刀來用用。」

羅獵抖落出一柄飛刀來，遞給了董彪。董彪接過飛刀，小心翼翼地劃開了信封。

信封中並無異常，裡面只裝了一張便箋，董彪抽出那張便箋，但見上面依舊是雋秀小楷書寫了幾行字：「恭賀曹堂主破局解謎，兄弟就此別過，青山不改，綠水長流，只要江湖依舊在，總有再見敘舊時。耿漢。」

看到了這行字，董彪當即就愣住了。

羅獵跟著看到便箋上的字後也愣住了，耿漢這麼一走，就等於是惡虎歸山，再想將他捕獲，無異於江中求劍海中撈針。

曹濱看到那兄弟二人的神情，心中便知不妙，接過便箋來看了一眼，也是不禁沉吟。

「老子就是不信他個狗日的能捨得放棄那批貨！」董彪端起酒杯，悶乾了杯中酒，抹了下嘴巴，頗為激動地嚷道：「這肯定是他的迷魂計障眼法，目的就是想泄了咱們的氣，這個混帳玩意算準了咱們不在乎他的貨，只在乎他手上的玉璽，這才以退為進。」

羅獵跟著端起了酒杯，恍惚間發現杯子是空的，於是便隨手摸起了酒瓶給自己斟滿了，像是之前喝白水一般一飲而盡，卻因缺乏心理準備而嗆到，不由得劇烈咳嗽了起來。董彪連忙伸出手來幫羅獵捶著背，並關切道：「小子，別著急，那王八蛋肯定不會跑掉的。」

曹濱沉吟良久，終於開了口，卻是一句自語疑問：「問題是……他怎麼那麼快就知道了呢？」

羅獵止住了咳嗽，重新倒了杯白水順了下嗓子，然後應道：「他應該是看到你去了礦場管理局，這才意識到了自己的破綻。」

曹濱深吸了口氣，重重吐出，再緩緩點頭，道：「應該是這樣了，這事怨我，做事不夠小心，居然出了這種低級紕漏。」

羅獵道：「沒用的，濱哥，即便你沒讓他看到，但咱們總歸是要動那座廢舊礦場，耿漢遲早都會知道咱們找到了剩下的那批貨，那麼，他今天的舉措只是早一天或是晚一天的事情。我在想，這其中的關鍵還在於咱們必須得判斷清楚，這究竟是耿漢以退為進的策略，還是真的就放棄了？」

董彪點了支香煙，悶道：「他要是真放棄了，老子唾棄他八輩子祖宗。」

羅獵苦笑道：「難不成人家為了不被你唾棄，還心甘情願地等你去捉他？彪哥你剛才說的對，那耿漢的確是算準了咱們並不在乎他的貨，而只在乎他手上的玉璽。對耿漢來說，也是如此啊！貨丟了可以再去找，但玉璽若是沒了，他發財的黃粱美夢也算是斷了，所以，他不願再以卵擊石，就此放棄也不是沒有可能。」

受到董彪煙味的刺激，曹濱忍不住也點上了根雪茄，抽了兩口後，若有所思道：「羅獵，我問你，假如那耿漢真的跑了，你會怎麼想，怎麼做？」

羅獵將腦袋埋在了雙臂之間，沉寂了片刻，隨後抬起頭來，微微一笑，道：「那又能怎樣呢？天下那麼大，只要他鐵了心地躲著咱們，咱們拿他又能有什麼辦法呢？總不至於為了他耿漢，咱們把安良堂的門都關了，所有人都去搜尋他吧？」

做出這樣的表態，羅獵看上去很是輕鬆，但內心中卻是經過了極為痛苦的掙扎。記憶中父親只是一張冰冷的永遠不會笑一下的畫像，而母親始終是一副病容，很想疼愛幼小的羅獵，卻總是有心卻無力，除此之外，便是爺爺那張嚴厲的面龐。可以說，在十三歲之前，羅獵並沒有體會到多少親情的溫暖。

來到金山後，羅獵體會更多的則是世態炎涼，吳厚頓騙去了他的證件盤纏，洋人員警意志堅決地追捕他跟安翟，曹濱和海關警署的洋人員警將他們當做了貨物一般進行買賣，董彪逼著他和安翟一定要剪去了辮子，羅患瘧疾之時又被董彪戲弄……等等這些遭遇，對一個十三歲的孩子來說，實在是艱辛萬苦難以承受。

而席琳娜的出現成了羅獵心情改變的轉捩點，時間雖然不長，但席琳娜還是令羅獵感受到了滿滿的母愛。師父老鬼雖然欺騙了他，但對他的疼愛卻是不折不扣，尤其是大師兄趙大新，更是讓羅獵感受到了暖暖的親情。再到艾莉絲的出現，羅獵的生活才真正迎來了明媚的陽光。

羅獵喜歡上艾莉絲的時候，並不知道她便是席琳娜的女兒，或者，這一層關係促進了羅獵和艾莉絲之間的感情發展，但此等因素絕不是決定性的。艾莉絲長得確實漂亮，身材也是一流，但最吸引羅獵的卻不是這些，而是艾莉絲的性格。可以說，她在性格方面跟羅獵非常合拍，相處了五年的時間，兩人幾乎沒紅過臉吵過嘴，也只有彼此將對方看做了是自己不可或缺的一部分的時候，才能做得到如此包容。

而這樣一個美麗善良，給了羅獵無盡的愛情甜美以及親情溫暖的女孩，卻慘死在一支毒箭之下，那羅獵又豈肯輕易放棄報仇？雖然已經處決了直接兇手黛安，但羅獵心中的仇恨並沒有漸消，那耿漢才是始作俑者，才是造成艾莉絲慘死的真正兇手。

但是，曹濱和董彪同樣給予了羅獵滿滿的親情，尤其是董彪，亦父亦兄，亦師亦友，雖然有事沒事總喜歡跟羅獵鬥嘴鬧騰，甚至有時候還會故意捉弄羅獵，但羅獵卻能夠清晰感覺到，若是他陷入了危險境地，彪哥會毫不猶豫地挺身而出，即便犧牲了自己的性命，也要救出羅獵來。

這種感受下，羅獵又怎麼忍心因為一個耿漢而耽誤了安良堂的諸多大事。

聽到了羅獵的回答，曹濱很是欣慰，並不由讚歎道：「變故之下，不被情緒左右，實在難得，想我像你這麼大的時候，卻是難以做到。很好，既然你能有如此淡定之心，我想那耿漢遲早還是會落在咱們手上。」

董彪畢竟也是從風雨中闖蕩過來的，短暫的憤怒之後，隨即恢復了冷靜，跟著曹濱的話頭接著說道：「就像是一頭狼，看到了一塊肉，雖然想到了肉的後面很可能就是獵人布下的陷阱機關，但只要那塊肉還在，那頭狼遲早還是按捺不住要鋌而走險的試上一試。」

曹濱微微頷首，道：「就是這個道理，咱們先打通了巷道，確定了剩餘貨物就藏在其中，然後就等在那兒吧，我相信，只要咱們留著這塊肉，耿漢那頭狼遲早還是得拐回頭來。」

羅獵道：「這恐怕也是耿漢所希望的，不然的話，他根本沒必要給咱們送這封信來。」

董彪笑道：「將計就計是咱們濱哥最擅長的了，小子，只要你能保持了一顆平常心，彪哥向你保證，一定會活捉了耿漢那狗日的。」

羅獵點頭應道：「君子報仇十年不晚，濱哥，彪哥，你們放心吧，我不會被這件事影響了心情，從一開始我就知道，這將是一場耐性的比拚，誰能耐得住性子，誰才能笑到最後。」

三人雖取得了一致意見，但喝酒的情緒卻被徹底打消了，草草再吃了些飯菜，好端端一個酒局便散了夥。

羅獵回到了自己的房間，連衣服都懶得脫，便直接躺到了床上。當著曹濱、董彪的面，羅獵表現的還算淡定，可獨自一人的時候，心中的鬱悶之情卻是油然而生。那耿漢的如此之舉，究竟是以退為進的策略還是真的就放棄了呢？碩大的問號一個挨著一個，塞滿了羅獵的腦袋，脹得他只覺得頭顱縫就要開裂一般。

窗外猛然一亮，緊接著便是一聲炸雷，羅獵看了眼尚未關閉的窗葉，卻毫無心情起身去關。已過中秋季節，按常理已經難見雷雨，但天有不測風雲，這鬼天氣不單打破了常規，而且大有一副來勢洶洶的架勢。狂風驟起，又是一連串的閃電雷鳴，傾盆大雨緊接而至。

雨大風疾，那扇沒關閉的窗戶成了禍害，羅獵無奈，只得從床上翻身下來，來到了窗前。風雨中，那羅獵原本脹得要開裂的腦袋卻突然輕鬆了許多。

一夜風雨，一夜無眠。

清晨，風停雨歇，湛藍的天空飄散著朵朵白雲，自東方一輪紅日躍然於天際，映紅了藍天，燃燒了白雲。

這本是一個好天氣，理應有個好心情，可羅獵的心情卻是異常低落。一時報仇無望自然是一個原因，徹夜無眠造成的身體疲憊則是另一項重要原因，以至於堅持了五年多的晨起鍛煉的好習慣都停頓了下來。糟糕的心情加上糟糕的身體狀態，使得羅獵的臉色很不好看，在吃早餐的時候，剛巧碰上了董彪，將董彪不由嚇了一跳。

「你這是咋的了？生病了麼？」董彪一臉關切地問道：「要不要去看醫生？剛好我要出去一趟，可以順便帶你去趟安東尼的診所。」

羅獵輕歎一聲，苦笑道：「我沒生病，就是睡不著覺給睏的累的。」

董彪稍顯安心，拿起筷子敲了敲碗沿，道：「抓緊吃點東西，待會跟彪哥出去蹓躂蹓躂，坐車是最容易睡著的了。」

這也是羅獵願意下樓來吃早餐的原因，自打患上這要命的失眠症，每每實在是撐不住的時候，總是靠著這種辦法才能勉強獲得一兩個小時的短暫睡眠。

吃了點東西後，羅獵上了董彪的車。和以往幾次一樣，董彪儘量將車速保持了平穩，以便羅獵能夠儘早睡著並睡得踏實些。然而，這一次卻失效了，董彪將車子駛出了十多里路，那羅獵也是一個哈欠接著一個哈欠，可就是無法進入到夢鄉之中。

董彪沒有放棄，依舊平穩地開著車漫無目標地在市內轉悠，也許是潛意識在作崇，不覺間，竟然將車子開到了聖安廣場附近。

「彪哥，把我放到神學院門口吧，你還有事要辦，我不能再耽誤你了，我去找西蒙聊聊天。」羅獵揉了下雙眼，打了個哈欠，頗為無奈道：「或許只有上帝能讓我入睡了。」

這分明是句玩笑話，董彪自然不肯相信，於是回道：「彪哥的事情不著急，上午辦還是下午辦，今天辦還是明天辦，都無關緊要。但你睡覺的事情卻等不得，尤其是你這個年紀，睡不好或是缺覺的話，對身體的影響實在太大，要是因此生了病，那彪哥可就難過了。」

羅獵道：「我說真的，彪哥，這車子都坐了一個多小時了，我雖然睏得不行，可就是睡不著，再坐下去的話，我覺得也是白搭，真不如把我放下來，讓我去跟西蒙聊聊天說說話，或許就能舒緩一下心情呢。」

但見羅獵說得認真，董彪也不願再拗著，於是便將車子開到了神學院門口，將羅獵放了下來。神學院的管理頗為嚴格，閒雜人等一概拒絕入內，羅獵報出了西蒙・馬修斯的名字，門衛也只是同意通報一聲，讓羅獵在學院門口等著。約莫過了半個多小時，才看到西蒙神父匆匆趕來。

「諾力，你怎麼來了？」看到了羅獵，西蒙神父顯得很興奮，急忙上前幾步，擁抱了羅獵，問道：「是不是抓到漢斯了？」

羅獵回以苦笑，道：「漢斯他昨晚給我們送來了一封信，說他放棄了，要離開金山。西蒙，假若他真的要走了，為艾莉絲報仇的事情只能是從長計議了。」

西蒙神父先是一怔，隨即疑道：「他怎麼能捨得剩下的那批貨呢？要知道，那些貨至少價值上百萬美金呢。」

羅獵無奈道：「湯姆想到了他藏匿剩餘貨物的地點，那麼對他而言，再堅持下去的話也是必然失敗，在財富和生命之間，他選擇了後者也是正常。」

西蒙神父愣了愣，跟著輕歎了一聲，道：「諾力，不必太灰心，像漢斯那種人，上帝是不會寬恕他的。」

羅獵點了點頭，道：「是的，西蒙，湯姆和傑克也是這樣說，不過，我知道，這些都是你們為了寬慰我才說的話。漢斯這一逃，真的不知道這輩子還有沒有機會為艾莉絲報仇雪恨了。」

西蒙神父道：「諾力，不要給自己太大的壓力，我們已經懲處了射殺艾莉絲的直接兇手，也算是為艾莉絲報了仇。這已經夠了，艾莉絲在天堂上也不願意看到你這麼辛苦。諾力，你的臉色看上去很糟糕，再這樣下去，你的身體會被熬垮掉的。你要聽我的話，把這些恩恩怨怨放下吧，過好你的生活，這樣才對得住艾莉絲的期盼。」

羅獵聳了聳肩，露出了一絲勉強的笑容，道：「我會盡力的，西蒙，我好不容易來神學院一次，你就不打算請我進去參觀參觀嗎？」

很顯然，西蒙神父也是被羅獵帶給他的消息擾亂了頭腦，經羅獵提醒後，這才意識到自己的失禮，不禁拍著腦門抱歉道：「看我這腦子，真是老了，稍微遇上點事便就糊塗了。走吧，諾力，到我辦公室去，我那兒有最好的咖啡，剛好可以為你提提神。」

神學院的環境非常幽靜，走進院門，四處均是鬱鬱蔥蔥的闊葉樹木，林蔭下，則是蜿蜒交錯的青磚小路，小路旁，不時可見上等木材打造的連椅。乍一看，這些連椅的造型幾乎一致，但仔細觀察，才可發現工匠的獨到用心，於椅腳或是靠背的雕刻造型上，每一張連椅都有所不同。沿著青磚小路前行了百餘米，卻見一汪清池，池水清亮，其間金紅色錦鯉。

繞過清池，映入視線的便是一排紅磚瓦舍，每一排房屋最前端的屋頂上，均高聳著一個十字架。

「西蒙，那邊就應該是神學院的教室了吧？我好像聽到了誦讀聖經的聲音。」羅獵停下了腳步，側轉了身子，仔細聆聽著遠處傳來的聲音，臉上露出了祥和的笑容。

西蒙神父於一旁應道：「你想不想體會一下做神學院學生的感覺呢？」

羅獵饒有興趣道：「當然想。可是，人家正在上課，現在進去不太合適吧？」

西蒙神父掏出了懷錶，看了下時間，道：「還有十分鐘就下課了，下一堂課便輪到我，你若是真有興趣的話，可以跟在我的班上，但有一個要求，不能早退！」

羅獵玩笑道：「你的課會不會很枯燥啊？」

但見羅獵的臉上有了笑容，西蒙神父也放鬆了下來，跟著笑道：「我講的是教會歷史，是最受學生們歡迎的課程之一，諾力，雖然我沒有把握說服你信仰上帝，但我卻敢保證你一定會喜歡上我講課的內容和方式。」

羅獵聳了下肩，淡淡一笑，道：「但願吧！可我希望的卻是能聽到一堂枯燥乏味的課程，這樣的話，或許可以治療了我的失眠症。」

西蒙神父跟著聳了下肩，頗為自負道：「那可能會讓你失望的，諾力，我很想幫你，可你知道，在別的教師的課堂上睡覺是一件很沒有禮貌的事情，所以，我不能幫助你完成你的期望。」

兩人說著話，來到了西蒙神父的辦公室，羅獵攔住了準備去煮咖啡的西蒙神父，口中的理由很簡單，時間上不允許，但羅獵心中想的卻是喝了咖啡，更沒希望在課堂上打瞌睡。

只是喝了點白水，再聊了會閒話，接下來的一堂課眼見就要開始了。羅獵跟著西蒙神父來到了教室，坐在了最後一排。

必須承認，西蒙神父的講課很是風趣精彩，課堂上的學生們個個都是聚精會神地聆聽著筆記著，唯獨羅獵，兩隻眼睛無精打采，兩雙眼皮控制不住地往一塊湊攏……兒時就養成的一上課便想瞌睡的習慣在這一刻終於派上了用場，那羅獵終於沒能撐住，頭一歪，靠在最後面的牆上睡著了。

一堂課也就是五十分鐘，去掉剛開始的五分鐘準備時間，羅獵僅僅睡了四十五分鐘，但就是這麼一點的睡眠時間，卻使得羅獵的精神狀態好轉了許多，臉色不再那麼難看，雙眸中也多了許多的神采。

只是，那西蒙神父卻頗為失落。

「我的課就真的那麼枯燥嗎？」西蒙神父又是搖頭又是歎息，像是受到了莫大的打擊。

羅獵沒有正面作答，而是問道：「西蒙，接下來你還有課嗎？」

西蒙神父不解羅獵話意，實話實說道：「還有一堂課，講完後就可以下班了。」

羅獵歡喜道：「真好，那我就能多睡一會了。」

西蒙神父更是尷尬。做老師的，可能最不希望看到的便是課堂上有人睡覺，西蒙神父雖不忍心拒絕羅獵，但心裡的滋味卻實在不爽。

羅獵呵呵一笑：「仁慈的上帝，是他體會到了我失眠的痛苦，才賜予我這樣的機會。西蒙神父，從現在開始，我決定信仰上帝了。」

這顯然是挽救西蒙神父臉面的托詞，但西蒙神父聽了，心裡卻舒坦了許多，想想也是，能替上帝挽救眾生苦難，雖然已經離開了神父的位子，但西蒙還是頗為欣慰。

就這樣，羅獵繼坐車睡覺之後，又尋覓到了一個解決失眠痛苦的好辦法。

第十章

逐出堂口

曹濱以冰冷的口吻做出了決斷：
「功是功過是過，今天我也不想與你爭論，
既然是燒過香立過堂的兄弟，那就得按堂口的規矩辦。
念你呂堯對安良堂立過大功，可免你一死，
杖責一百，逐出堂口！」

一晃，小半個月便已度過。

已是晚秋季節，略帶寒意的秋風肆虐著樹枝上的殘葉，一場秋雨不期而至，濯滌了天空的浮塵，淹沒了城市的喧囂。深秋的雨，沒有夏季的磅礴，沒有春天的淅瀝，卻有著它獨特的韌性，霏霏雨絲，被秋風裹挾，或緊或疏，或直或斜，不願停歇。

曹濱已然將那座廢舊礦場的巷道完全打通，剩下的那一千八百噸煙土赫然在目，但曹濱並沒有聲張，甚至連卡爾那邊都沒打招呼，只是簡單地將那些貨物做了些掩蓋，便放置在那裡不問不顧。

這十多天裡，最為繁碌的當屬董彪，即便是秋雨霏霏，也無法阻擋了他外出辦事的步伐。安良堂下定了要轉型興辦實業的決心，曹濱接受了羅獵的建議，要開辦一個玻璃廠，而董彪這些日子忙活的便是選址買地操辦各項審批手續。

羅獵的失眠症不見好轉反倒是愈發嚴重，以往只是難以入睡，但熬到了下半夜總是能睡上一會，只有少數的一天兩天會出現徹夜無眠的狀況，可近些日子以來，徹夜無眠似乎已然成了習慣。好在還有西蒙神父的課，而西蒙神父心疼羅獵，主動向神學院申請每天要多代幾堂課，以便讓羅獵多些睡眠。

到了禮拜天，西蒙神父會帶著羅獵去教堂做禮拜，羅獵不會出現在禮堂中，因為西蒙神父認為在禮拜的禮堂上睡覺是對上帝的褻瀆，於是在禮堂旁邊給羅獵找了間房間，可以聽到禮堂中做禮拜的聲音，同樣能讓羅獵安心地睡上一個上午。

這樣，反倒是給羅獵多了些讀書的時間。

神學院有個圖書館，圖書館中的藏書可是不少，其中多數都是些對宗教宣傳有利的圖書，但也有小部分其他類型的書刊。羅獵在其中便尋覓到了一本講述玻璃製作工藝的書，這對羅獵來說，可謂是如獲至寶，連忙借了回去，花了整整五個夜晚的時間，將書中的重要內容全都抄撰了下來。

霏霏秋雨持續到第三天的時候，董彪終於辦好了開辦玻璃廠的所有手續。而這一天，羅獵也完成了玻璃製作工藝要點的抄撰，將原書還回了圖書館，並將抄撰下來的有圖有字的文稿交給了曹濱。

曹濱這些日子正在為挖人而操心，安良堂雖然不缺資金，但極缺技術。曹濱原本打算從洋人開辦的玻璃廠中挖幾個洋人工程師過來，然而，洋人們對華人有著天生的歧視，認為在華人老闆的手下做事是一種恥辱，因而，任憑曹濱將待遇整整提高了一倍，那幾名被相中的洋人工程師仍在猶豫之中。

但有了羅獵抄撰的這本玻璃製作工藝的文稿，曹濱登時有了底氣，那洋人工程師愛來不來，省下來的錢剛好可以多做幾次試驗，只要肯下功夫，又有正確的理論指導，相信那玻璃遲早都能製造出來。

也正是這一天，金山到來了一大批不速之客。

這幫人足足有百十餘，每一個的臉上不是寫下了凶惡二字便是貼上了殘暴印痕。這幫人下了火車後，在火車站附近稍作了修整，便租下了數輛大巴，浩浩蕩蕩向唐人街的方向殺來。

曹濱在火車站安排了便衣暗哨，原本是用來盯梢耿漢的，但見到這等情景，連忙開車先一步趕回了堂口彙報。在堂口大門處剛好遇見了辦事歸來的董彪，聽了堂口弟兄的回報，董彪不敢怠慢，連忙去了曹濱的書房，正好遇見曹濱羅獵二人正在研究玻璃製作的工藝。

「濱哥，打斷一下哈，剛才火車站的弟兄彙報說有百十名馬菲亞正在往咱們這邊殺來，估計最多再有個二三十分鐘便要到了……」見到了曹濱，剛才還是心急火燎模樣的董彪登時平靜了下來，一邊說著話，一邊坐到了沙發上，摸出了香煙，慢悠悠點上了，才接著追問了一句：「咱們該怎麼應對？」

曹濱不慌不忙放下了手中鋼筆，連同羅獵一道坐到了董彪對面，點上了一根雪茄，沉穩道：「兵來將擋水來土掩，他們若是不辨是非便要開打，那咱們也只能奉陪到底。安良堂雖已決定要退出江湖，但臨走之前，也不能讓人家滅了咱們的威嚴。」

董彪再抽了兩口煙，將剩下的半截摁滅在煙灰缸中，起身道：「明白！我這就去安排。」

待董彪離去後，曹濱再對羅獵道：「如果真要開打的話，羅獵，你一定要記住你應該怎麼做。」

這之前，曹濱曾考慮過山德羅一案的最差結果，那便是馬菲亞甘比諾家族得知了山德羅被殺的消息，不分青紅皂白便要跟安良堂開戰。江湖有江湖的規矩，面對蠻不講理的敵方，任何解釋只會折損了自己的臉面，唯一的辦法就是應戰，只有打贏了的那一方，才能真正掌握話語權。在曹濱的最壞打算中，羅獵絕不允許參戰，一旦開打，他必須及時撤出堂口。

羅獵對曹濱的這種安排頗為不滿，但羅獵又不敢多嘴，尤其是曹濱的理由，更是讓羅獵找不出反駁的話來。「一旦跟馬菲亞開打，必將是一場混戰，安良堂必須留下有生力量做為後手，不讓你參戰，並不是有意在保護你，而是希望你能起到奇兵的作用，在關鍵時刻派上用場，力挽狂瀾。」

只能奉從曹濱指令的羅獵勉強地點頭答應了，曹濱頗為欣慰，接道：「你就留在這兒靜觀其變吧，濱哥先下樓了。」

曹濱下了樓來，吩咐堂口弟兄給他搬了張太師椅，穩穩地坐在了樓道口。董彪佈置完畢，也來到了樓道口，靜靜地立在了曹濱的身後。

也就是一刻鐘的樣子，五輛大巴車來到了安良堂堂口。車停穩，從車上魚貫而下了百餘名彪形大漢。

二樓書房中，羅獵隔著窗戶看到了堂口大門處的此等景象，不禁啞然失笑。雖然尚不能搞清楚這些馬菲亞究竟在搞些怎樣的套路，但羅獵已然斷定，這絕非是一言不合隨即開打的陣仗。於是，便悄然下樓，來到了曹濱的身邊。

「你怎麼下來了呢？」曹濱像是身後也長了一雙眼睛似的，任憑羅獵躡手躡腳，卻還是被發覺了。

羅獵帶著笑意輕鬆回道：「我在樓上看到了他們的陣仗，根本不像是來開戰的，倒像是來咱們安良堂拜碼頭來了。既然打不起來，那我還待在屋裡幹嘛呀？出來透透氣多好！」

董彪搶先問道：「小子，你是怎麼看出來他們不是來開戰的？」

羅獵呵呵笑道：「在紐約的時候，西蒙給我介紹過一個老師，我跟他學了些讀心術和催眠術，其中讀心術說白了也就是通過對方的肢體語言和一些微表情微動作來判斷對方心裡在想什麼。濱哥，彪哥，你看看他們，直接將車子開到了咱們大門口，完全暴露在咱們的火力下，而且，先下車的那些個人根本沒有做出任何防範的動作，這只能說明他們來咱們堂口的意思絕非是跟咱們開戰。」

董彪歪揚著嘴角，頗不服氣，道：「那你來讀讀彪哥的心，看看彪哥現在想幹些什麼？」

羅獵詭異一笑，道：「先不說你在想什麼，先說你肯定沒在想什麼。彪哥，你現在肯定沒在想要給我十美元零花錢，對不？」

董彪大聲嚷道：「錯！彪哥這會子想的還就是要給你十美元呢！」說著，真從口袋裡掏出了錢夾，抽出了一張十美元的美鈔，塞給了羅獵，並得意道：「小子，別動不動就吹牛說大話，你說，這牛皮吹爆了多難看啊！」

端坐在太師椅上的曹濱終於沒能忍住，噗嗤一聲，笑開了。

外面的百餘馬菲亞下了大巴車，卻沒急著湧進堂口來，而是閑待在了大門外的空地上，其中站出了一人來，對著這幫大漢交代了幾句，然後帶著兩名弟兄，向堂口大門走來。來到了門口，那人主動伸手從懷中掏出了一把手槍來，並高舉過頭頂，邁入了堂口的大鐵門。

「湯姆，你應該就是安良堂的湯姆，對嗎？」那人將槍交給了安良堂的弟兄，然後在其帶領下走向了曹濱，剛從水池邊繞過，距離樓道口尚有十多米，那人便開口嚷道：「我叫喬治，喬治甘比諾，是山德羅的哥哥。我知道，山德羅和你做了一筆非常棒的交易，而且，你們雙方彼此信任，所以，我想殺害山德羅的人絕不可能是你。湯姆，我是帶著誠意來的，希望我們能坐下來好好談談。」

曹濱微微頷首，起身回應道：「喬治，能這樣見到你，我既高興卻又有些悲傷，我和山德羅消除了誤會，我們彼此把對方看做了朋友，只可惜，他竟然被人殺害了。不然的話，我們見面的時候，山德羅一定在場。」

喬治走到了曹濱面前，跟曹濱擁抱了下，並道：「請原諒我的冒昧，湯姆，我擔心我們之間可能會產生誤會，所以一下火車我便帶了所有的兄弟前來和你見面。」

不用曹濱吩咐，董彪已經安排堂口弟兄擺上了茶桌，並向喬治發出了邀請：「你好，喬治，我是傑克，湯姆的兄弟，很抱歉打擾到你們的談話，我是想徵求一下你的意見，咖啡還是茶？」

喬治側向邁出一步，向董彪伸出手來，道：「傑克，我早就聽到了你的大名，是你親手將湯姆簽過字的轉讓書交給山德羅的，對嗎？」

董彪應道：「是的，喬治，不過，在我們深入交流之前，你能不能先告訴我你的選擇呢？咖啡，還是茶？」

喬治笑道：「抱歉了，傑克，我只顧著表達我見到你的高興心情了，忘記了回答你的問話。我很嚮往神秘的中華，很喜歡品嘗中華的食品，尤其是茶。只是我並沒有多少中華朋友，因此很難品嘗到正宗的中華茶，如果你願意用茶來招待我的話，我會感到非常榮幸。」

董彪在心中罵道，你個死洋鬼子，想喝什麼就說什麼是了，拐彎抹角地囉嗦那麼多，就不嫌麻煩麼？但這就是洋人們的禮節，在享用對方招待的時候，必須要將對方大加讚賞一番，而且，還要將自己的選擇說得儘量委婉，這樣才顯得更像個紳士。來自於西西里的馬菲亞們原本並不講究這些，可來到美利堅的時間久了，也就潛移默化地染上了這種習慣。

曹濱將喬治請到了座位上，董彪動作麻利地沖上了茶，曹濱坐定之後，向羅獵招了下手，附在羅獵耳邊叮囑了一句，羅獵聽了，點了點頭，然後轉身進了樓道。

「喬治，請用茶。」董彪沖好了第一泡茶，首先給喬治斟了一盞。

喬治不假思索地便端起了茶盞，待端起之後，才感覺到茶水的滾燙，剛想放下的時候，曹濱也端起了董彪剛給他斟滿的茶水，道：「喬治，喝功夫茶，就要趁熱喝，我來教你！」曹濱舉起茶盞，輕觸雙唇，然後用力吸氣，茶盞中茶水隨著氣流被吸到了口中，同時在過程中也降低了溫度，到了口中，剛好是溫度適宜，香津頓生。喬治依葫蘆畫瓢，學得倒是挺像，只可惜心中對那滾燙茶水仍舊忌憚，又沒能掌握住其中技巧，一大口氣吸到了體內，可那茶盞中的茶水卻是紋絲不動。

「湯姆，真是讓你見笑了，這種絕技，我想我是學不會了。」喬治學不來正確的喝茶技巧，只能用了最笨的辦法，將茶盞放在了嘴邊，吹了幾口氣，才勉強喝下了那一盞茶水。「哦，這味道簡直是棒極了，謝謝你，傑克，你讓我有了這一生從未有過的奇妙感受。」

董彪邊為喬治、曹濱二人斟茶，邊道：「喬治，如果你喜歡喝茶，可以隨時來找我，我們和山德羅成為了朋友，我想，我們之間也應該成為朋友。」

喬治道：「我贊成你的建議。」

曹濱做了個請的手勢，同時端起茶盞問道：「喬治，你剛才說你一下了火車就來了這兒，那麼，你應該沒有時間去瞭解山德羅在金山的情況，但似乎你又……請原諒，我並不是有意在打探你們組織的秘密，我只是有些想不明白。」

不單是曹濱有疑問，董彪一樣有著相同的疑問，山德羅全軍覆滅，而之後，曹濱去過電報電話公司瞭解過，山德羅於覆滅當日並沒有向外面發過電報也沒打過電話，那麼，喬治又是如何得知了那麼詳細的資訊呢？

喬治端起茶盞，細細地品了口茶，然後手指身旁的兩名兄弟，回道：「他們二人並非我的手下，他們是山德羅的兄弟。山德羅在完成和你們的交易後，委派了他們二人回紐約通報喜訊，可他們二人卻背著山德羅在金山多逗留了一天，等到第二日準備啟程的時候，又發現山德羅支付給他們的車票錢以及路費全都被他們葬送光了，就這樣，陰差陽錯的撿回了一條性命，同時還保存下了事情的真相。」

這時，羅獵拿著一疊資料來到了曹濱身旁，將資料遞給了曹濱後，道：「濱哥，你們聊吧，我回房間研究玻璃製造去了。」

曹濱點了點頭，目送羅獵離去後，將資料推到了喬治面前，道：「這份資料便是我簽過字的轉讓協議，是我從案發現場拿回來的，喬治，兇手故意用飛刀殺人，其陰險目的就是想嫁禍與我，但現在，我將這份資料交給你，只要你願意，金山的賭場生意便全是你的了。」

喬治驚喜道：「你的意思是說你和山德羅之間的交易仍然有效，是嗎？」

曹濱點了點頭，道：「當然有效。不過，假若你來到金山後，不分青紅皂白便向我安良堂開戰的話，我想，我會重新考慮這場交易的。」

喬治大笑，道：「湯姆，我想，應該是我的行為讓你產生了誤會，我為我的魯莽再次向你道歉。事實上，當我知道山德羅受人誘惑前來金山與你爭搶地盤的時候，我簡直就要瘋了，以他能力，怎麼可能是你的對手呢？」

董彪接道：「喬治，聽你這麼說，似乎你研究過湯姆和我們安良堂？」

喬治微微一怔，自知自己說漏了嘴，於是乾脆挑明了直說：「對我們馬菲亞來說，金山絕對算得上一塊肥肉，早在十年之前，我叔父便動過金山的心思。比照你們紐約安良堂的顧先生，我叔父認為我們還是有機會的，但他一向謹慎，便派了我前來金山調查湯姆。」

曹濱微笑道：「那你最終得到了怎樣的結論？」

喬治再飲了盞茶，輕歎一聲，道：「我回到紐約後是這樣給我叔父彙報的，如果跟湯姆開戰的話，我們一定會取得明面上的勝利，但同時我們也將付出最為慘痛的代價，我們派去金山的主帥，將一個接著一個死在湯姆的槍口下。我叔父聽了我的彙報，就此打消了來金山發展業務的念頭。」

董彪沖了第二泡茶，給喬治斟滿了，笑著回道：「你很明智，喬治，在我們中華，有這麼一句諫言，叫強龍不壓地頭蛇，而我們，便是金山的地頭蛇，任你再怎麼強大，也不可能完勝我們，而敵人則勢必付出最為慘痛的代價。」

喬治稍顯尷尬地笑了下，道：「但我真的沒想到，你們會把地盤讓給山德羅。湯姆，傑克，我想，你們一定不是因為懼怕，更不會是因為山德羅的人格魅力。山德羅讓他們兩個轉告我說，你們是因為太想得到那個叫漢斯的人，以及他手上的一枚玉璽，可是，我總覺得你們出的價碼實在是太高了。」

曹濱點了根雪茄，再喝了口茶，這才解釋道：「看得出來，喬治，你是個有思想的人，你的疑問不無道理，單就交易本身，雙方籌碼確實有些不平衡，可是，你並不知道，我們安良堂的總堂主已經做出了轉型的決定，要求我們各分堂口要逐步減少賭場生意的比重，並且要保證在三年內完全退出賭博業。」

曹濱頓了下，抽了口雪茄，再聳了下肩，接道：「既然必須退出，那麼，我先一步拿來跟山德羅做場交易，並得到我想得到的東西，我想，這並不虧，是嗎？喬治，我的朋友。」

喬治點了點頭，愉快回應道：「這符合你的處事原則，湯姆，我知道你是一個有遠見的人，換了我，可能會做出和你一樣的決定。」

得到了曹濱的進一步解釋，喬治這才徹底打消了疑慮，暢快地拿起了那疊資料，粗略地看了一遍，然後自己疊好了，收在了懷中，接著道：「不管怎麼說，我們能順利得到金山的賭場生意，我對你還是充滿了感激之情。湯姆，我還有一個不情之請，我想知道，是誰殺死了山德羅？」

董彪呲哼了一聲，道：「還能有誰？不就是那個被山德羅拿來做交易籌碼的漢斯麼？」

喬治不禁皺起了眉頭，將目光轉向了身後的那兩個兄弟。

曹濱連忙道：「喬治，你不必質疑他們兩個，他倆向你彙報的應該是實情。那天上午交易的時候，漢斯確實落在了我們手上，可是，那並不是真的漢斯，他只是一個替身，而真的漢斯騙過了山德羅也騙過了我們。我推測，應該是真漢斯知道了山德羅拿他來做為交易籌碼，於是便懷恨在心，而當晚，山德羅他們卻疏於防範，才被真漢斯抓住了機會。」

喬治的神色緩和了過來，沉吟了片刻，道：「湯姆，能否進一步同我分享那漢斯的基本資料呢？我想，他是我們的共同敵人，我保證，若是我能抓到漢斯的話，一定會帶回來和你們分享，同時，我發誓我對他手中的那枚玉璽絕不會產生興趣，一定會完好無損地交到你們的手上。」

董彪掏出煙來，給喬治遞過了一支，然後劃著了火柴，二人先後點燃了香煙。抽上了煙，董彪替曹濱做出了回應。

董彪道：「我們對漢斯也不甚瞭解，所掌握的資訊可能比你多不了多少，而這些資訊，對抓捕漢斯似乎也沒多大的作用。再說了，那漢斯絕對是一名高手，單就能力而言，可能我們三個都不是他的對手。你調查過湯姆，應該知道湯姆是一個追蹤高手，可是，在漢斯面前，湯姆卻也只能是鎩羽而歸。」

曹濱跟道：「半個月前，漢斯送來了一封信，說他放棄了那批貨。就這半個月的情況看，他似乎並不是在開玩笑，或許他真的已經離開了金山。以我對他的瞭解，只要他決意躲起來的話，這世上難有幾人能夠找到他。」

喬治心有不甘道：「那就沒有別的辦法捕捉到他了嗎？比如，找到跟他關係密切的人，充分瞭解他的喜好，從而正確判斷出他的去向。」

董彪苦笑道：「除了跟在他身邊的手下，整個美利堅合眾國，再也找不到第二個熟悉他的人了。」

喬治顯得很是失望。

曹濱輕咳了一聲，磕去了雪茄上的灰燼，道：「還是我們中華的一句諫言，叫**君子報仇十年不晚**。喬治，我認為你首先要做好的事情是將金山的賭場生意順利盤接下來，至於為山德羅報仇的事情，我們可以聯手，但必須做好從長計議的心理準備。」

喬治頗為無奈地點了點頭，道：「謝謝你，湯姆，謝謝你，傑克，我接受你們的建議。」

董彪道：「你們這麼多人，有沒有事先找好安頓的地方呢？喬治，需要幫忙的話請儘管開口，我們是朋友，理所當然地要幫助你們。」

喬治應道：「不必客氣了，傑克，謝謝你的好意，更要謝謝你的茶，如果你們二位沒有別的事情了，我想，我應該向你們說一聲再見了。」

曹濱隨著起身，跟喬治握了手，並委託董彪送上一程。出於禮貌，董彪親自將喬治送到了堂口大門，看著那百餘名馬菲亞重新上了車，這才拐回頭回到了茶桌旁。

「濱哥，你怎麼看這個喬治呢？」董彪又點了支香煙，沖了第三泡茶。

曹濱抽著雪茄，若有所思道：「比山德羅強多了，但跟耿漢相比，還是差了許多。他不去招惹耿漢也就罷了，若是惹上了，恐怕也會遭到跟山德羅一樣的下場。」

董彪沖好了茶，為曹濱換了茶盞中冷了的茶水，笑道：「依我看啊，那些個洋人都一個熊鳥樣，看上去一個比一個精明，可實際上蠢得跟豬差不多。」

曹濱道：「不能這麼說啊！阿彪，洋人們確實比咱們華人少了點聰明勁，可這種聰明，只不過是個小聰明。咱們華人啊，最大的問題就是目光過於短淺，只要能吃飽穿暖，便懶得再進一步。反過來，你再看看人家洋人，他們現在掌握的先進科技，又有那一樣不是起源於咱們的老祖宗呢？可咱們的祖先，有了發明創造後，便守在原地不肯更進一步，而洋人們學了去，卻可以發揚光大，更進兩步，三步，甚至是十步百步，這才有了今天的局面，洋人處處領先，而咱們華人卻處處受人家欺辱。」

董彪讀書不多，對歷史傳承更是知之甚少，但又習慣於和別人鬥嘴，聽到了曹濱如此評論，下意識地反駁道：「不會吧，濱哥，按你這說法，洋人們的槍支大炮輪船火車，都是從咱們老祖宗那邊學過去的嗎？」

曹濱點了點頭，道：「咱們在宋代就發明了黑火藥，到了宋代後期，就有了突火槍，等到了元代，再發明了火銃，元代之後的大明朝，更是將火銃發揚光大，形成了相當強悍的戰鬥力。只可惜，那些做皇帝的生怕這些武器被民間學了去，會對他的皇權造成威脅，於是便多加限制，斷了火藥槍的進一步發展的道路。但歐洲的洋人卻偷學了火藥的製作並仿製了咱們老祖宗的火銃，逐步發展提升，這才有了洋人眼下的各種槍支和大炮，可僅僅幾百年的時間，人家便遠遠超越了咱們。」

董彪仍有不服，強道：「那輪船火車呢？這些玩意總不該也是從咱們老祖宗那邊學去的吧？」

曹濱笑道：「五百年前，大明朝的三寶太監七下西洋，乘坐的是什麼？可不會是馬車對麼？那時候咱們老祖宗的造船技術絕對是全世界最強的，真可謂是船堅炮利啊！但在這之後，也不知道那些個皇帝老兒是怎麼想的，居然開始限制出海，造船業也因此一蹶不振。以至於被洋人順利趕超，隨後又發明了蒸汽機，用在了船隻上，這才有了現代洋人的鐵殼輪船。至於火車，它的核心也是蒸汽機，而蒸汽機這種玩意，早在咱們的唐代就有了雛形，只不過，咱們的老祖宗拿這種發明用在了享樂玩耍上，根本沒想到還能用在生產上。」

董彪憋嗤了一小會兒，又想到了一項可以反駁的技術，於是道：「那玻璃呢？濱哥，你不會告訴我說，那玻璃也是咱們老祖宗首先發明的吧？」

曹濱忍不住笑開了，道：「玻璃這種玩意不能用發明這個詞，只能用發現。最早的玻璃，是人們在發生了森林大火後的地方發現的，一粒粒成珠子狀，晶瑩剔透，煞是精美。之後，有聰明人搞明白了這些珠子的生成原因，經過不斷試驗，終於人工燒出來了玻璃。在這方面上，咱們老祖宗倒是不比洋人們早，只是後來，咱們的老祖宗卻是將玻璃燒制玩出了花樣，弄出了五彩斑斕的玻璃，並起名叫琉璃。歐洲洋人們重新燃起對玻璃的興趣，恰是接觸到了咱們老祖宗製作出來的琉璃飾品。」

董彪上了強脾氣，仍舊不肯認輸，雙手抱著腦袋，道：「別急，濱哥，讓我想想，一定有東西是洋人首先發明的。」

曹濱連著抽了幾口雪茄，將剩下的一小截扔到了煙灰缸中，再倒了點茶水澆滅了火頭，端起茶盞喝盡了杯中茶水，微微一笑，道：「有肯定是有的，只是不多而已，你慢慢琢磨吧，我要去找羅獵研究玻璃廠工藝的事情了。」

曹濱揚長而去，那董彪沒了繼續鬥嘴的機會，也就懶得再動腦子琢磨問題，一個人獨坐在茶桌前，喝著茶，抽著煙，享受著霧雨濛濛帶來的愜意感。大半包煙抽完，董彪意猶未盡，轉身上樓，再拿了一包煙下來，坐在遠處，繼續抽煙喝茶看雨景。

如此無聊了一個多小時，堂口大門處終於現出一人影來，那人撐著把偌大的雨傘，將整個頭臉都遮擋了個嚴嚴實實。饒是如此，那董彪似乎仍舊認出來人，臉上現出了一絲等待已久的笑容。

來人像是知道董彪在等著他，穿過了林蔭道，繞過水池，那人很自然地坐到了董彪的對面。「彪哥，讓你久等了，下雨天，馬車走不快。」

董彪跟那人拿了一只新的茶盞，斟上了茶，又遞過去了香煙。那人倒也不客氣，端起茶盞便是一飲而盡，然後大咧咧接過董彪的香煙，抽出了一支，叼在了嘴上，卻沒著急點火，而是嘮叨道：「彪哥，濱哥下定決心了？」

董彪點了點頭，道：「濱哥決定的事情，什麼時候半道變過主意？」

那人幽歎一聲，道：「可我們這些老兄弟大半輩子都在賭場中廝混，除了賭場，別的什麼都不會，濱哥說不幹就不幹，讓我們這些老兄弟如何生計呢？」

董彪擺了擺手，道：「呂堯兄啊，你本是我的同鄉，又是我董彪帶進安良堂的，在堂口上你叫我一聲彪哥也沒錯，但私下裡，我阿彪理應叫你一聲老兄。我說這話的意思是想告訴你，公，是公，私，是私，咱們可不能將公和私混為一談啊。」

那人姓呂名堯，論地位資歷，在金山安良堂只排在曹濱、董彪之後，安坐第三把交椅。呂堯掌管的便是安良堂的賭場生意，二十年來，不辭勞苦地將安良堂賭場生意從無到有從小到大做成了今日局面。半個多月前，曹濱沒跟呂堯商議便決定將賭場生意轉讓給山德羅，那時，呂堯並沒有多說一句。後來，山德羅突遭橫難，呂堯以及他賭場的弟兄難免暗自慶幸了一番。但今日，呂堯也不知道從何處得到的資訊，竟在喬治離開後沒多久便趕到了堂口，而董彪似乎也有所準備，故意留下來等著呂堯。

聽了董彪的公私論調，呂堯陡然一凜，道：「彪哥，你說這話是什麼意思？」

董彪再給呂堯斟了盞茶，深吸了口氣，平復了一下心情，緩緩道：「你自己做了些什麼對不住濱哥的事，自己心裡清楚，叫你來，就是給你機會，主動向濱哥承認，或許還有的兄弟做，要是逼得彪哥我跟你掰扯帳目，那可能連兄弟都沒得做了！」

呂堯的臉色倏地一下僵硬住了。

董彪也不再說話，只顧著抽煙喝茶。

過了好一會，呂堯開口道：「我二十三歲入堂口，到今天已是四十有三，整二十年來，我呂堯為了堂口可謂是嘔心瀝血。公正地說，沒有我呂堯，安良堂開不了那麼多家賭場，即便開了，也不可能賺到那麼多錢。現如今，安良堂做大了，家底厚了，說轉型就要轉型，說把我們這些個老兄弟給拋棄掉那就毫不猶豫地拋棄掉，阿彪，為這事我不是沒有問過濱哥，可他卻始終含混不清不給我們一個明白話。我承認，那些錢是被我拿走了，但我拿走那筆錢，是為了給兄弟們養老！」呂堯說著，愈發激動，幾乎要吼了起來：「我錯了嗎？我沒錯！想讓我低頭？門都沒有！」

董彪慢悠悠端起茶盞，啜了口茶水，道：「我剛才說過，公是公，私是私，今天請你過來，完全是因為公事，所以，我不想評判你的委屈，也不想去瞭解你的用意。我只想跟你說，未經濱哥允許，私自將堂口錢財據為己有，十元以下，當以斬指為戒，百元以下，當以斷掌懲處，百元以上……」董彪重重地吁了口氣，歎道：「呂堯兄，你私吞的堂口錢財，又何止幾十個百元啊？」

呂堯怒道：「既然無理可講，那就不講，阿彪，事已如此，要殺要剮，悉聽尊便。錢，你是拿不回來了，那些錢，我早已經分給了應該分給的人，而他們，也已經打定主意退出安良堂，離開金山。我呂堯還願意前來堂口，並非是因為心存僥倖，只不過是一人做事一人當，便是死罪，我呂堯以項上人頭擔下來就是了！」

董彪終於上了怒火，將手中茶盞狠狠地灌在了地上，摔了個粉碎，並站起身來，手指呂堯怒吼道：「你他媽做出了這等齷齪事情還有理了是嗎？既然你振振有詞委屈得要命，那老子就跟你掰叱掰叱。金山安良堂的堂主是濱哥，不是你呂堯，且不說轉型是總堂主的意思，就算只是濱哥自己的意思，輪得到你來指手畫腳嗎？你說濱哥不為老兄弟著想，那老子問你，濱哥又說過不管你們這些老弟兄的話了嗎？濱哥之所以沒明說，那只不過是因為轉型還存在變數，沒到考慮這等事的時候。話再說回來，你呂堯口口聲聲說為安良堂做下了多大的貢獻，但你他媽怎麼不反過來想想，安良堂這二十年間都給了你什麼？」

說到激動時，董彪撩起一腳，踢翻了茶桌，繼續罵道：「沒有濱哥罩著，你呂堯在金山能算上個什麼呀？別忘了，當年你耍老千被人家識破，是濱哥救下你。更別忘了當年你被洋人欺負，是濱哥幫你出的氣。這二十年來，安良堂好吃好喝供著你，你一個月拿的薪水，比金山最有名氣的醫生安東尼還要多。呂堯，做人要講良心啊！」

呂堯依舊安坐，冷笑了兩聲的同時「刺啦」撕開了上衣衣襟，露出了滿胸膛的傷疤，不無悲愴道：「好一個做人要講良心！二當家的，你應該記得我這一身傷疤是因何而來吧？若不是我死扛到底，那曹濱能有今日？這安良堂能有今日？我呂堯大半輩子都泡在了這賭場之中，離開了賭場，就等於要了我呂堯的老命，那曹濱有沒有替我考慮來著？他所考慮的，只是讓你去查我的賬！董彪，說白了，我拿走那筆錢，就是在報復曹濱！」

這二人已經不是在談話了，而是扯著嗓子相互怒吼，那聲響大到了即便是躲在二樓房間中研究玻璃製作工藝的羅獵、曹濱二人都聽了個清楚，更不用說在堂口各處的值班弟兄了。一大字輩的兄弟實在看不下去了，走過來勸解道：「彪哥，堯哥，你們都是二十多年的兄弟了，有什麼話不能……」

董彪不等那弟兄把話說完，便是一聲怒吼：「滾！這兒沒你說話的份！」

那兄弟只能是一聲長歎，轉身離去。

二樓羅獵的房間中，曹濱不禁搖頭歎氣，再也沒了心思跟羅獵一起探討玻璃製作工藝。

羅獵不善於賭博，自家的賭場，他也就是跟董彪去過兩趟，對呂堯倒是認識，但絕對談不上有多熟。因而，無論是就事論事還是個人情感上，他都站到了董彪這一邊，不過，就董彪的做事方法，他卻不怎麼認可，於是忍不住叨嘮了一句：「彪哥這是怎麼了？跟他有什麼嘴好吵的呢？」

曹濱陰沉著臉，一言不發，轉身離去。

羅獵見狀，心知不妙，連忙收起了抄撰文稿，跟在曹濱後面下了樓。

樓道口，董彪和呂堯仍處在僵持對峙中，只是，該吼出來的話都已經吼出，能爆出來的粗口也已然爆出，二人陷入了言語上的冷戰。但見臉色陰沉得嚇人的曹濱走出了樓道，董彪頗為懊惱地抬起巴掌狠狠地給了自己腦袋一巴掌，然後重重一聲歎氣，退到了一旁。反倒是那呂堯，頗有些硬氣，只是冷眼看了曹濱一眼，鼻孔中哣哼了一聲，然後將頭轉向了別處。

事已至此，曹濱也不想過多廢話，以冰冷的口吻做出了決斷：「功是功過是過，今天我也不想與你爭論，既然是燒過香立過堂的兄弟，那就得按堂口的規矩辦。念你呂堯對安良堂立過大功，可免你一死，杖責一百，逐出堂口！」曹濱稍一停頓，略略提高了嗓門，對著遠處圍觀的弟兄叫道：「執法堂的弟兄何在？」

四名兄弟應聲而出。

「執法！」曹濱冷冰冰再喝一聲，然後轉身退入了樓道口中。

相比斬指斷掌來，杖責似乎是最輕的處罰，無非是屁股被打個鮮花綻放罷了，可那是挨的少，若是挨的多了，傷到了骨頭，恐怕就再也沒有站起來的機會了，再若是身子板不夠結實，當場被打死也不是沒有可能。雖說都是練家子，身子板足夠結實，挨個二十杖或是三十杖或許沒多大問題，但一百杖打下來，即便是年輕時的董彪，也絕難能夠承受得住。

那呂堯似乎真是抱著必死決心來的，因而對曹濱的決斷像是充耳不聞，但董彪的神色卻倏地變了，撲通一聲便跪在了曹濱身後，高聲叫道：「濱哥，且慢，濱哥！」

曹濱聽到了董彪的叫聲，猶豫了一下，但還是站住了腳，卻沒轉身，冷冷道：「你還有什麼話要說？」

董彪道：「呂堯是我阿彪帶入堂口的，兄弟犯錯，我阿彪理應分擔，求濱哥允我為呂堯分擔五十杖。」

曹濱冷哼一聲，道：「胡鬧！」

董彪叫嚷道：「一百杖是要死人的呀！濱哥，呂堯雖有錯，但也有功，功過雖不能相抵，但也應該饒他一命呀，濱哥……」

曹濱沉默了片刻，終究是一聲歎息，道：「也虧得是你阿彪為他求情，好吧，允你替他分擔三十杖。」言罷，曹濱再無猶豫，拔腿快步上了樓梯。

也就是三五分鐘，執法堂的四名弟兄擺好了兩張條凳，拿來了四杆長杖，為首一人小心翼翼來到董彪身邊，請示道：「彪哥，怎麼打？」

董彪吼道：「實打實地打！要不還能怎樣？」

執行杖責之時，受罰之人需退下了褲子，最多只能穿著一條褲衩，因而，想通過在衣褲中墊個什麼來討巧的話是行不通的，但執杖者在施刑時卻有技巧，看似打得實在，但在長杖觸到受刑人的屁股時可以借助長杖的彈力，造成聲響挺大但力道一般的假打虛打。只是，這種技巧只可瞞過外行，像曹濱這樣的內行，是絕對瞞不過去的。

被董彪吼了一嗓子後，那執法堂的兄弟頗為無奈地搖了搖頭，只得將董彪、呂堯二人請上了條凳，實打實的一杖一杖打了下去。

每一杖打下去，都使得站在樓道口的羅獵心頭猛地一顫。

董彪挨完了三十杖，長出了口氣，側過臉來看了眼呂堯，目光中透露出的神色頗為複雜。「擔架呢？抬老子過去呀？挨完板子了，還要讓老子淋雨是嗎？」那呂堯並沒有搭理董彪，使得董彪又上了火氣。

另有幾名兄弟連忙拿來了擔架，將董彪抬到了樓道口。

羅獵似乎很猶豫，但終究還是撿起了掉在地上的香煙和火柴，蹲到了董彪的身旁，抽出了一支，點上了之後，放到了董彪的口中。

董彪美美地抽了一口，道：「小子，還是你心疼彪哥啊！」

羅獵歎道：「你說，你這又是何苦呢？」

董彪道：「我不替他挨這三十杖，他就有可能死在這兒，小子，二十年的兄弟啊，我能忍心看著他被打死嗎？」

呂堯的身子板顯然要弱了許多，只挨了五十杖不到，便痛得昏了過去，執法堂的兄弟不得已停了下來，領頭的那位趕緊來到樓道口請示：「彪哥，堯哥他昏過去了，還打麼？」

董彪咬著牙擠出了一個字：「打！」

那兄弟再問道：「要不，我讓兄弟們玩點手法得了？」

董彪瞪圓了雙眼，喝道：「誰敢糊弄濱哥，拿堂規當兒戲，接下來趴在那張條凳上的便是他！」

那兄弟輕歎一聲，只得轉身回去繼續執行。

打完了剩下的二十幾杖，呂堯早已不省人事。董彪招呼了堂口兄弟將他抬到了呂堯跟前，親自試了下呂堯的呼吸，再翻開了眼皮，看到瞳孔依舊正常，然後鬆了口氣，吩咐道：「你們幾個辛苦一趟，把他送到家裡，再去將安東尼醫生請過來。」

安東尼醫生的醫術高明，治療這種外傷更是得心應手。也是虧得執法堂的弟兄終究還是手下留情了，雖是實打，卻並未用盡全力，因而，那呂堯傷勢雖重，但性命卻是無憂。

董彪雖說皮糙肉厚，但三十杖挨下來，一個屁股卻也是皮開肉綻，敷了藥後，在床上趴了整整兩天，這才勉強能夠下得床來。閒不住的董彪在能夠下床的第二天便叫上了羅獵和另一名會開車的堂口弟兄，開上車，直奔呂堯家而來。

呂堯多挨了四十杖，傷勢比董彪重了可不止一倍，人雖然已經清醒，但仍舊只能俯臥在床上不得動彈，聽到家中內人說董彪來訪，呂堯冷冷地甩出兩字：「不見！」

堂屋中，董彪面對呂堯的夫人，苦笑了兩聲，交代了一句：「嫂子，請轉告老呂，雖然在安良堂已不再是兄弟，但出了安良堂，我們還是同鄉還是兄弟，有事打招呼。」

董彪帶著羅獵悻然離去，偏房中閃出來兩人，對著門外已然離去的董彪啐了口唾沫，然後徑直進了呂堯養傷的臥房。呂堯夫人頗為知趣，連忙關上了家中大門，並帶上了臥室房門，守在了客堂之中。

那二人乃是呂堯的左膀右臂，年紀稍長約莫有三十五六的一位名叫馬通寶，另一年紀稍輕約莫只有三十歲上下的名叫盧通河，只聽名字便可知道，此二人應是安良堂通字輩弟兄。

進到了臥房，那盧通河對董彪仍有著憤恨之情，忍不住嘮叨道：「董大彪前來分明是想看先生笑話，先生不見他就對了，從今往後咱們爺仨跟他安良堂再無瓜葛。」

馬通寶畢竟年長幾歲，比起盧通河來稍微沉穩了一些，聽了盧通河的怨恨之詞，他微微皺起了眉頭，勸慰道：「兄弟，還是少說兩句吧，當心隔牆有耳。」

盧通河不屑道：「聽到又能怎樣？大不了把我抓去也杖責一百就是了，即便我盧通河死在那杖責之下，也絕不會屈從了那不講義氣不講情面的死規矩。」

馬通寶歎道：「說得也是。咱們先生多半輩子都奉獻給了安良堂，到頭來，那濱哥說一聲轉型，便招呼不打一聲地把賭場全都讓出去了，根本不考慮咱們弟兄們的死活。要不是先生為咱們做主，咱們下個月都不知要去哪喝西北風才能喝飽了肚子。」

俯臥在床上的呂堯輕咳了一聲，道：「你們二人都停下，聽我說。」

那二人連忙停歇下來，一個為呂堯淘了個濕毛巾來，另一個則倒了杯茶水端到了呂堯跟前。呂堯在那二位的伺候下擦了個臉，喝了兩口茶水，問道：「已經兩天過去了，外面都有些怎樣的風聲？」

馬通寶搶著彙報道：「根本用不著我們哥倆往外說，現在江湖上都傳開了，風言風語，說什麼的都有。」

盧通河跟著說道：「曹濱淫威在外，多數人站在他那一邊也屬正常，但還是有不少明眼人能看出實質，只是不願意把話說明就是。」

呂堯輕歎一聲，道：「我歲數大了，名聲什麼的倒也不怎麼在乎，大不了退出江湖就是。可你們還年輕，卻要跟著我遭受旁人的冷眼嘲笑，真是苦了你們兩個了。」

馬通寶道：「先生，您可別這麼說，沒有您的栽培，我們兩個現在還不知道在哪個礦場裡做苦工呢。我們能有今天，已經是心滿意足了，至於別人怎麼看，那是別人的自由，我們問心無愧，走到哪兒都能挺直了腰杆子。」

盧通河跟道：「寶哥說得對，我們哥倆是先生一手帶出來的，只要先生不嫌棄，我們哥倆便永遠追隨先生左右。」

呂堯再是一聲歎息，道：「想我呂堯風光之時，經營著八家賭場，手下兄弟近兩百人，可到頭來也只有你們兄弟二人仍在身旁伺候，可悲，可歎啊！」

馬通寶道：「先生莫要傷心，咱們這一枝弟兄，心裡還是有你的，只是他們位卑言微，如此局面下不敢表態，說白了，也就是對安良堂仍抱有希望。等再過些日子，當他們看清楚了曹濱、董彪的真實嘴臉後，自然會倒向先生這邊的。」

呂堯淒慘一笑，道：「那又能如何？咱們現在什麼都沒有了，那些個兄弟投靠過來，咱們又能靠什麼生意來養活他們？」

盧通河道：「先生，咱們可以另立山頭東山再起啊！只要手藝在，再開一家賭場也不是什麼難事。只要您振臂一揮，之前的弟兄們保管是一呼百應。」

馬通寶接道：「是啊，先生，凱旋大道上有一處物業正在招租，昨日我跟通河去看過了，很適合開辦一家賭場，那地方介於市區和唐人街之間，蕭條是確實蕭條了點，但對咱們開賭場的來說，卻是個好處所在，而且，那地方距離唐人街沒幾步路，咱們的那些熟客很容易就能招攬回來。」

呂堯兩眼一亮，隨即又顯露出愁雲來，道：「曹濱將賭場生意轉讓給了馬菲亞，你們對那馬菲亞可能不怎麼熟悉，但我卻知道，他們都是些心黑手辣的貨色，跟他們搶生意，我擔心兄弟們會吃虧啊！」

馬通寶道：「先生何必長他人威風滅自家氣勢？馬菲亞心黑手辣，咱兄弟們又是怕死的主嗎？只要曹濱、董彪不插手，那些個馬菲亞不吭聲也就罷了，真要惹到了咱們兄弟的頭上，保管將他們打回東海岸去。」

盧通河跟著咬牙道：「寶哥說得對，自打入了堂口的那一天，咱們兄弟就沒打算落個善終，只要這日子過得爽快，該拚命的時候，絕對沒人會犯慫。先生，別猶豫了，帶著咱們兄弟們大幹一場吧！」

呂堯咳嗽了兩聲，咳出了一口痰來，一旁的馬通寶連忙遞來了痰盂，呂堯吐了痰，再清了下嗓子，道：「這些年，我也攢下了不少趁手的傢伙事，要是真遇上了麻煩必須開戰的話，咱們在火力上倒也不會吃虧。我擔心的是咱們另立了山頭，卻沒有兄弟過來投奔，搞到最後，卻成了一場笑話，那咱們的臉面可就算徹底丟盡嘍。」

馬通寶道：「先生，那您就是多慮了。您想啊，咱們這一支弟兄習慣了做賭場生意，離開了賭場，一個個便等同於行屍走肉，即便曹濱、董彪能收留他們，那日子也過不開心。再有，馬菲亞接了安良堂的賭場，或許會保留一些位子給咱們這支弟兄，但畢竟也是少數，就算被馬菲亞留下了，可是，跟洋人做事和咱們弟兄們一起打拚，卻全然是兩碼事，所以啊，通寶敢跟先生下軍令狀，只要先生豎起大旗來，咱們之前的弟兄們至少得有一多半前來投奔。」

呂堯的雙眸中再次閃現出光亮來，口吻之間，也有了少許的激動：「這麼說，咱們另立山頭還是有基礎的，是嗎？」

盧通河搶道：「當然！先生，您就放一百個心好了，只要您點點頭，剩下的事情，咱跟寶哥兄弟二人全包了。」

呂堯點了點頭，道：「很好，很好！那咱們就再拚一場，站住了，過人上人的日子，沒站住，咱們也不怨天尤人，只怪自己實力不夠。」

馬通寶也頗為激動，道：「俗話說得好，富貴險中求！先生，咱們弟兄們要是沒有將腦袋別在褲腰帶上的這點膽魄，那還有啥自個說另立山頭這種話呢？先生，你就別再有什麼顧慮了，兄弟們信你，即便真的敗了，也絕不會埋怨先生的！」

呂堯沉吟了片刻，終於下定了決心，道：「那好，我身上有傷，不便行動，一切拜託你們二位了，場地的事情，有通寶你來掌眼，我還是放心的，你覺得那塊物業還算不錯，那就抓緊跟業主敲定了合同。定做檯面什麼的也要抓緊了，最關鍵的便是跟之前的弟兄們聯絡上。咱們只有一個場子，可能養不活那麼多人，但兄弟們要是少了，又怕扛不住馬菲亞，我估摸著一個場子養個五十來人還是夠的，你們兄弟倆怎麼看呢？」

馬盧二人齊聲回道：「聽先生的安排。」

洋人做事的習慣，往好了說那叫規範嚴謹，往差了說，純屬拖疊囉嗦。喬治拿到了曹濱簽過字的轉讓協議，卻花了足足三天時間才辦完所有法律層面上的手續，隨後，又因為該如何處理賭場固有人員犯起了難為。從意識深處講，喬治和大多數洋人一樣，打心眼裡鄙視華人，但考慮到生意，想著一旦失去了這些熟面孔的荷官，那麼賭場的熟客或許會減少很多，因而，理智上又想將這些人留下來。

終於做出了留人的決定，喬治卻沒有著急宣佈，而是帶了幾名手下前往了安良堂。畢竟這些人都曾是安良堂的兄弟，喬治想得很周到，必須徵得了曹濱或是董彪的同意後再做出決定才算是最為妥當。

喬治來到安良堂的時候，剛好是董彪、羅獵二人從呂堯家中掃興而歸之時。吃了個閉門羹，使得董彪頗為懊惱，再加上屁股上的傷病未痊癒，一坐車再一走動，使得剛剛結痂的傷口再次綻裂而疼痛難忍，那心情，自然好不到哪兒去。因而，面對喬治的意見徵求，董彪顯得有些不怎麼耐煩。「你說的這事不歸我管，你要去徵求湯姆的意見，他說可以那就可以，他說不可以，那你就自己看著辦。哎呦呵，那誰，趕緊去給老子打盆冷水來，可真他媽疼死老子了！」

喬治保持了很好的修養，並不怎麼在意董彪的不耐煩，並關切道：「傑克，你受傷了？是誰有那麼大的膽子敢對你下手？」

董彪苦笑道：「是湯姆，喬治，你是不是打算為我出頭，將湯姆教訓一番？」

喬治尷尬笑道：「那我可不敢插手，一定是你做錯了事情，才被湯姆責罰的。」

董彪道：「還不是因為湯姆將賭場生意轉讓給了你們馬菲亞，惹毛了我們堂口負責賭場生意的兄弟，我啊，是代人受過。唉，跟你也說不清楚，喬治，你還是改天再來吧，湯姆他一早就出去了，可能要很晚才會回來。」

打發走了喬治，羅獵扶著董彪上樓，在樓梯上艱難地向上移步時，羅獵忍不住問道：「彪哥，濱哥不是在家麼？你怎麼說濱哥出去了呢？」

董彪借機停下來歇息，並瞪圓了雙眼，驚道：「濱哥在家麼？你瞧我這腦子，居然記糊塗了。唉，說起來也是奇了怪了，這屁股開花，居然會傷到腦子？我這兩天總感覺稀裡糊塗的。」

羅獵笑道：「你可拉倒吧，你分明是不想讓喬治見到濱哥，別想騙我，我可是學過讀心術的哦。」

董彪翻了翻眼皮，咧開嘴巴笑開了：「看破不說破，乃君子之為，小子，你是不是君子？」

羅獵搖了搖頭，乾脆利索回應道：「不是！」

董彪一怔，隨即搖頭笑道：「你確實不是個君子，總是跟彪哥耍賴皮，好吧，彪哥就跟你實說了吧，彪哥之所以不想讓喬治見到濱哥，是因為濱哥不想見到喬治。」

輪到羅獵發怔了。

這回答顯然是搪塞，可是，羅獵一時間又挑不出毛病來，只能呆傻地盯著一臉得意的董彪。

「幹嘛這樣看著我？彪哥老了，確實不如你帥氣，但擱在二十年前，彪哥能甩你兩條街你信不信？」董彪伸出手來，示意羅獵扶著他繼續上樓。

董彪的房間調到了三樓，待羅獵扶著他上到二樓後準備再上一層的時候，卻被董彪攔住了。「去濱哥那兒吧，時機差不多成熟了，有些事情也該告訴你了。」

金山安良堂自成立以來，給外人的最強烈印象便是團結，就像是一團鐵疙瘩一般，想擊垮他，只能從外部施加以足夠大的壓力，絕無可能從內部將其瓦解。但是，高位於第三把交椅的呂堯卻脫離了安良堂並自立山頭，給了所有江湖人一記響亮的耳光。人們在震驚之餘，紛紛揣測，這安良堂究竟是出了什麼變故？

安良堂雖然遭此變故，但就實力，仍舊是金山所有幫派中的執牛耳者，只要曹濱、董彪二人不產生矛盾而決裂的話，那麼其他幫派也就只能望其項背而興歎，絕不敢生出一絲一毫的覬覦之心。至於賭場生意的大變天，對這片江湖的各個幫派來說實無意義，之前是安良堂一手遮天，現如今是馬菲亞鯨吞獨食，旁人雖然看著眼紅，卻也有自知之明，絕無摻和進來分上一杯羹的實力和膽識。

不過，這還是金山幫派江湖的一件趣事。

馬菲亞橫空出世於金山，安良堂的曹濱將賭場生意這麼一塊大肥肉拱手相讓，是安良堂懼怕了馬菲亞，還是那曹濱另有企圖？呂堯雖曾經貴為安良堂第三號人物，但如今脫離了安良堂，也就只能算做金山的一個末流幫派，如此實力，居然敢跟馬菲亞玩出一手虎口奪食，其底氣是如何得來？那馬菲亞將會如何報復？如果兩邊真的幹起仗來，安良堂的曹濱、董彪又將作何態度？等等疑問，不無在挑逗著江湖人的神經，人們紛紛打起了精神，拭目以待。

喬治・甘比諾原計劃於這天上午再來唐人街安良堂堂口找曹濱商量老賭場人員的安排事宜，結果還沒出門，便得到了這個消息，一時間驚得半天說不出話來。

洋人確實少了點小聰明，但這並不代表洋人就缺乏智商，喬治聽到了這個消息後，先是一陣驚愕，隨即便意識到這其中的蹊蹺。那個叫呂堯的人物，失去了自己賴以生存的賭場生意，與曹濱產生了些許矛盾實屬正常，甚至，因這種矛盾無法調和而導致分道揚鑣的結果也是能夠理解。但是，那呂堯居然敢於自立門戶另立山頭，而且仍舊是重操舊業繼續開辦賭場，那就有些疑問了。

莫非，這是曹濱的有意安排不成？

喬治在心中打出了一個碩大的問號。

假若這只是那呂堯的個人行為，喬治心想看在安良堂的面子上也就算了，雖然會給自己的賭場生意帶來一定的損失，但相比曹濱幾乎是無償相送的舉措，自己還是賺到了。可是，這若是曹濱的有意而為呢？

喬治禁不住打了個冷顫。

中華人的勤勞，那是有目共睹，中華人的精明，同樣是有目共睹。勤勞不消多說，但精明就得好好理論一番了，用好的聽的詞彙來描述，可以用精明這個詞，但若是用難聽的詞彙來描述的話，完全可以用陰險來表達。喬治與十年前就曾調查過曹濱，深知這個男人的厲害，論能耐，他可以獨自一人單挑內華達州及猶他州一帶的惡霸布蘭科，論耐性，他在狙殺敵人之時可以不吃不喝等上三天三夜，論智謀，安良堂近十個分堂口出了問題，第一個想到的便是他。

這樣的人，喬治絕對不希望招惹到。

但擺在眼前的問題又不能不解決，喬治矛盾了好一會，最終決定還是要去拜訪一次曹濱，有什麼事情當面說清楚，大不了，他放棄金山這塊地盤就是了。

來到了安良堂的堂口，守門的堂口弟兄進去稟報了一聲，沒多會，便看到了曹濱親自迎了出來，那喬治的心中更是七上八下。

「喬治，我的朋友，聽說你昨天下午就來看我了，實在抱歉，我有事外出，沒能接待好你。」離老遠，曹濱便熱情地打起了招呼，並向喬治展開了雙臂。

喬治硬著頭皮迎了上去，和曹濱擁抱後，寒暄道：「湯姆，能得到你的親自迎接讓我感到十分榮幸，其實，我並不想帶著問題來打攪你，可是，問題卻出現在了我的面前，我必須來向你徵求意見。」

曹濱邊走邊道：「我聽傑克說了，你是想聘用我原來的賭場工作人員，是嗎？」

喬治道：「是的，湯姆，可是，這個問題卻被今天的另外一個問題給替代了。」

曹濱點了點頭，道：「我知道，你說的新問題應該是呂堯另立門戶重操舊業的事情，對嗎？」

喬治直言不諱道：「是的，湯姆，我不知道這其中究竟是發生了什麼，但我想，我們既然是朋友，就應該相互坦誠的談一談。」

曹濱停下了腳步，看了眼喬治，微微一笑，道：「我能理解你心中的疑問，你一定是在想，那呂堯的行為可能是受了我指使，對嗎？」

喬治聳了聳肩，回道：「我知道這樣說會讓你不高興，可是，湯姆，做為朋友，我必須向你坦誠，我確實是有著這樣的疑問。」

曹濱道：「謝謝你的坦誠，喬治，但凡誤會，均是因為相互之間做不到坦誠相待，你能以坦誠待我，我很欣慰，但這件事卻是一句話兩句話說不清楚的，所以，我鄭重邀請你到我的書房去坐坐，我也會坦誠地告訴你這其中的原因以及我的難處。」

「周嫂，給我們煮兩杯咖啡來。」進屋之前，曹濱沒再徵求喬治的意見，直接做出了安排，然後將喬治讓到了房中的沙發上，並拿出了頂級雪茄來招待喬治。

二人點上了雪茄，周嫂的咖啡也端上來了，曹濱飲啜了一小口，開始向喬治解釋道：「呂堯跟了我二十年了，可是，我為了安良堂的轉型而傷害了他的利益，使得他對我產生了一些意見，並做出了一些錯事，這使得我很是難辦，喬治，你也是帶兄弟的人，你應該能理解到我的難處。」

喬治端起了咖啡，品嘗了一口，不禁豎起了大拇指，同時點頭應道：「是的，湯姆，我能理解。」

曹濱接道：「如果他能像你一樣坦誠，主動來跟我談談，甚至跟我提出一定的補償條件，或許都不會走到今天這一步。可是，他並沒有這麼做，而是出於報復，私吞了一大筆公款。按照我安良堂的規矩，這個罪行，理應槍決。但是，他不光是我相處了二十年的兄弟，為我安良堂賺了無數的美元，他同時還是傑克的同鄉。你可能不知道，喬治，我們華人對家鄉的概念比任何人都要強烈，傑克和呂堯是一個村莊的，我不能不顧忌到這一層關係。」

喬治抽了口雪茄，應道：「所以，你並沒有處決了呂堯，這一點，我很能理解，可是，傑克說你卻連他一塊懲罰了，這又是為什麼？」

曹濱歎道：「呂堯私吞了那麼大一筆錢，我不能不處罰他，而且，也不能處罰輕了，否則的話，這堂口組織就很難管理了。傑克擔心他的同鄉承受不了這麼重的處罰，於是便為呂堯分擔了一些，所以，他說是我打了他的屁股，倒也是實情。」

喬治道：「這些並沒有什麼問題，我的疑問是，呂堯為什麼會自立門戶並重新開辦了一家賭場？」

曹濱道：「除了打屁股之外，我對他還有一項處罰，那就是將他逐出了安良堂。既然他已經不再是安良堂的兄弟了，那我也很難再對他有所約束，至於他為什麼敢這麼做，我想，應該是他跟了我二十年，對我的脾氣性格太過瞭解了吧。」

喬治有些糊塗，不禁鎖眉問道：「這和他對你的瞭解有什麼關係呢？」

曹濱抽了兩口雪茄，不由得一聲歎息，道：「賭場那一支的兄弟最多也就能起到個維持治安的作用，若是真刀真槍地幹起仗來，他絕非是你喬治的對手。換句話說，你可以在一夜之間將他的賭場夷為平地，而他，卻沒有實力對你造成多大的損傷。」

喬治應道：「或許我們沒有你說的那麼強大，也或許他們不像你說的那麼脆弱，但我相信，如果在沒有干擾因素的情況下，戰勝他們並非是一件很難的事情。只是，這其中你湯姆的態度最為關鍵，如果你站到了他那邊，那麼，我將毫無勝算。」

曹濱道：「你很客觀，喬治，事實上，如果你要對他們不利的話，我是一定不會坐視不管的。呂堯正是看明白了這一點，才會如此的有恃無恐。」

喬治很不理解，攤開了雙手，很是誇張地問道：「為什麼？他既然已經不是你的兄弟了，你為什麼還要袒護他？」

曹濱道：「這並不難以理解，喬治，你們甘比諾家族在別的馬菲亞家族受到侵犯的時候會不會挺身相助呢？」

喬治連連搖頭，道：「這不一樣，湯姆，我們對內雖然分做了多個家族，但對外，我們卻是完整的馬菲亞。」

曹濱道：「一樣的，他呂堯雖然脫離了安良堂，但這也是我們內部的事情，對外，我們卻是完整的中華人！」

喬治怔了下，隨即笑著向曹濱豎起了大拇指來，道：「我懂了，湯姆，你的安良堂，實際上就是所有中華人的庇護神。我非常敬佩你的精神，請放心，這件事只要不是你湯姆的有意之為，那麼，看在你的面子上，我一定不會傷害他們的。」

曹濱露出了欣慰的笑容，道：「謝謝你，喬治，謝謝你的理解和包容，我向你保證，我一定會妥善處理好這件事情，但需要一些時間。」

既然證實了不是曹濱的有意之為，喬治自然就放下心來，至於呂堯新開辦的賭場會影響到自己的生意，這一點對喬治來說並不重要，他相信，以馬菲亞這種經營賭場的專業水準，最多半年時間，便可以以增量將眼前的損失彌補回來。

放心下來的喬治開始輕鬆地享受起頂級雪茄和頂級咖啡的美妙滋味，並大方地向曹濱表態道：「就算讓他一直經營下去也沒有多大問題，湯姆，我只要求他不要再開辦第二家賭場了，我想，這個要求並不過分。」了卻了心思的喬治享受完了咖啡雪茄，也忘記了再徵求曹濱關於他聘用原賭場人員的意見，便樂呵呵地告辭而去。

在跟喬治的談話中，曹濱用了有恃無恐這個帶有貶義的詞彙，而事實上，呂堯這一撥人確實是將有恃無恐發揮得淋漓盡致。

馬通寶、盧通河兄弟二人於頭一天晚上跟相中的物業的業主談好了租賃條款，並簽署了租賃合同，當日一大早，便帶著投靠過來的老弟兄們開始佈置起來。

忙活到了中午時分，眼看著新賭場已然成型，馬盧倆兄弟如釋重負，將剩下的活交代給了信任的弟兄，然後回到了呂堯的家中，如實向呂堯彙報了一通。

「明天就開業？不行吧！」呂堯的屁股剛剛結痂，還經不起任何程度的觸碰，自然談不上下床走路。「你們倆總不至於讓我趴著見人吧？」

這一點倒是馬盧二位所忽略了的，心中只想著將賭場弄好，儘快開業，以便吐出心中那口惡氣，卻忽略了老大呂堯的傷勢。尷尬中，盧通河來了機靈，圓場道：「先生，我們可以先試營業，等您的傷養好了，咱們再正式開業。」

馬通寶道：「這個辦法好，先生，您就安心養傷，賭場的事情，就交給我們兄弟二人好了。」

呂堯長歎一聲，道：「好什麼好呀！賭場開門納客，不管是試營業還是正式開業，總歸是營業了，而我要是不露面的話，那江湖人會怎麼看我呂堯？通寶通河啊，在江湖上混，名聲高過一切吶，咱們跟曹濱鬧翻，退出安良堂，雖說有著咱們的道理，可外人卻不會公正地看待，如果再讓江湖人將我看成雞賊一般的慫貨的話，那咱們賭場的生意就很難紅火起來哦！」

「那咱們再緩幾天開業？」馬通寶雖心有不甘，但也是無可奈何。

呂堯沉吟片刻，道：「老話說的話，一鼓作氣，再而衰，三而竭。你們兄弟倆千辛萬苦開創出來的局面若是一拖再拖的話，恐怕就會入了再而衰三而竭的境地……也罷，我呂堯趴著見人雖然不好看，但也不是什麼丟人的事，那就這麼著，推遲一天，後天開業，餘出來的這一天時間，你們兄弟二人再辛苦一下，買上最好的請帖，給各門各派都送上一份。」

馬盧二人不禁一驚。

馬通寶倒吸了口冷氣，道：「先生，這樣做會不會激怒曹濱和董大彪呢？」

呂堯臉色一沉，斥道：「濱哥彪哥的名諱也是你能直呼的嗎？」

馬盧二人陡然一凜，不知呂堯是何用意，只得閉緊嘴巴，等著呂堯進一步叱喝。

「咱們跟濱哥彪哥的矛盾在這板子打過之後就該告一段落了，怎麼說，濱哥彪哥的安良堂也是護著咱們華人的，全金山的華人都無比尊重濱哥彪哥，咱們又怎麼能因為那點矛盾而記恨他們呢？」呂堯放緩了口吻，臉上的神情也不再那麼陰沉。「從今天開始，但凡跟著我呂堯的兄弟，不得對濱哥彪哥有半點不敬，明白嗎？」

能成為呂堯的左膀右臂，那馬盧二人自然是聰明過人，呂堯這番看似空洞的大道理，卻使得馬盧二人豁然開朗。事實上，在他們二人招攬舊部的時候，那馬通寶就說過類似的話來。另立山頭或許不是什麼難事，但若是想從馬菲亞的嘴邊奪下一口吃的，沒有強大的靠山顯然是行不通，而這個靠山，他們也只能依靠安良堂。

但見馬盧二人面露會心神色，並點頭做了表態，呂堯接著分析道：「濱哥是一個好臉面的人，我跟了他二十年，雖然被他逐出了堂口，但在他心中，一時半會對我還扔不掉兄弟二字。所以，他雖然惱火，但也不會在外人面前發作，而關上了門，又有彪哥這層關係，他呀，也只能是強忍著怒火而裝不知道。你倆記住了，只要咱們不幹出傷天害理的事情來，濱哥對咱們總是會睜隻眼閉隻眼的。」

馬盧二人齊聲回道：「我們明白了，先生。」

請續看《替天行盜》第二輯卷十四　高瞻遠矚

替天行盜 II 卷13 復仇之心

作者：石章魚
發行人：陳曉林
出版所：風雲時代出版股份有限公司
地址：10576台北市民生東路五段178號7樓之3
電話：(02) 2756-0949
傳真：(02) 2765-3799
執行主編：劉宇青
美術設計：許惠芳
行銷企劃：林安莉
業務總監：張瑋鳳

初版日期：2022年9月
版權授權：閱文集團
ISBN ：978-626-7025-68-0
風雲書網：http://www.eastbooks.com.tw
官方部落格：http://eastbooks.pixnet.net/blog
Facebook：http://www.facebook.com/h7560949
E-mail：h7560949@ms15.hinet.net
劃撥帳號：12043291
戶名：風雲時代出版股份有限公司

風雲發行所：33373桃園市龜山區公西村2鄰復興街304巷96號
電話：(03) 318-1378
傳真：(03) 318-1378
法律顧問：永然法律事務所 李永然律師
　　　　　北辰著作權事務所 蕭雄淋律師

行政院新聞局局版台業字第3595號 營利事業統一編號22759935

定價：290元

國家圖書館出版品預行編目資料

替天行盜 第二輯 ／ 石章魚 著. -- 臺北市：風雲時代出版股份有限公司，2022.02- 冊；公分

ISBN 978-626-7025-68-0（第13冊；平裝）

857.7　　110022741